Ce livre est un roman

En dehors des personnages historiques bien connus, les acteurs de ce livre n'ont aucune réalité. Il serait illusoire de vouloir établir des ressemblances.

Jacques Turet

Turet Jacques

Le chuchotement du COQUILLAGE

Ed. EDIMUS
Meudon

Les œuvres d'art sont d'une infinie solitude.
Seul l'amour peut les saisir.

Rainer-Maria Rilke

Pour honorer la mémoire de Nénène
A ma fille Amélie

jacturet@aol.com
www.Edimus.fr
Illustration : Cécile Turet   http//www.turet.fr

1 - LA MAISON DE LEA

En pays de Bretagne, dans le petit village de Saint Germain, vous trouverez sur la route qui descend vers la vallée, un chemin qui mène à la mer. Il vous conduira d'abord jusqu'à une maisonnette, près d'une petite rivière que traverse un pont en bois, juste au-dessus d'une cascade. Cette maison appartenait jadis à une dame au doux nom de Léa. Quand l'occasion lui était offerte de bavarder un peu, elle n'hésitait pas à engager la conversation.

C'est ainsi qu'un jour, je fus invité chaleureusement à pénétrer dans sa maison. Une pièce unique, mais bien agencée, avec une seule fenêtre ouverte sur le chemin. Au fond se découpait la gueule noire d'un âtre surmonté d'une imposante cheminée en saillie. Le lit d'un côté et la table de l'autre ne laissaient guère de place pour d'autres meubles, hormis un bahut sur lequel étaient disposés avec soin, sur un napperon brodé, divers objets utiles, à l'exception d'un seul. Je ne le reconnus pas immédiatement, tant il était coloré et de forme inhabituelle. Je me souviens que Léa fut amusée de mon étonnement et tout en essuyant les verres avec un torchon bien blanc qu'elle avait tiré du placard, elle me dit :

« Je vois bien que mon coquillage vous intéresse ! C'est bien vrai qu'il est beau et pas ordinaire ! Ne croyez surtout pas que je sois allée l'acheter dans une foire ou que c'est un cadeau qu'on m'a rapporté de « je ne sais où ». Non, c'est bien plus extraordinaire que cela. Figurez-vous que je l'ai trouvé sur la grève il y a bien longtemps. J'étais encore une gamine à l'époque. Laissez-moi vous conter l'histoire :

« Dans ma jeunesse, mes rares moments de liberté, je les vivais sur le bord de ce chemin ou sur la grève. Bien sûr, c'était souvent à l'occasion d'une tâche à accomplir ; soit couper des orties pour les lapins ou ramasser des coques pour le souper. Un jour que je m'attardais dans la baie pendant l'absence de ma mère partie en ville, je fis une curieuse découverte en jouant dans le courant du gué. Mon pied heurta ce que je crus d'abord être une pierre et qui se révéla être un coquillage quand je le sortis de sa gangue de sable et de vase mêlés. Je n'en crus pas mes yeux, jamais je n'en avais vu de pareil. Ce gros coquillage, car il semblait bien que c'en fut un, n'était assurément pas d'ici, pas de cette mer. Il ne ressemblait à aucun de ceux qui composaient la grande collection que nous avions rassemblée à l'école.

Ma première idée fut de courir à la maison et partager ma joie pour cette trouvaille miraculeuse. Je le montrerai à ma maîtresse, j'aurai ses compliments. Puis chemin faisant, l'inquiétude vint troubler mon plaisir. Plus d'une fois, j'avais eu l'occasion de ressentir la convoitise de ma sœur cadette malgré les maigres choses qui m'appartenaient. A l'école ce serait pareil et pour finir je n'aurai que des ennuis. Non, je devais réfléchir avant de m'emballer et peut-être valait-il mieux que je garde mon secret.

J'ai donc caché ce précieux chargement sous mon tablier, en faisant bien attention de ne pas trébucher sur les cailloux et je repris le chemin de la maison. C'était déjà l'époque des grandes marées et la mer remontait très vite accompagnée d'une brume épaisse qui envahissait toute la baie. J'avais pourtant l'habitude, je connaissais bien ma route mais il était déjà tard et ce que je serrais contre moi me faisait trembler d'émotion et d'angoisse. Il fallait vite rentrer. De retour à la ferme, je contournai le pigeonnier pour trouver la cachette où placer mon trésor et vite je courus vers le poulailler pour accomplir ma tâche quasi quotidienne. Il était temps, ma mère qui n'était pas femme facile, venait juste d'arriver. Si ma besogne n'avait pas été convenablement terminée, elle n'aurait pas manqué de me houspiller.

Nous vivions mes parents mes sœurs et moi dans une fermette sur le haut de la côtière. C'était plutôt la pauvreté sans que ce soit pour autant la misère : deux vaches, un âne et une biquette guère plus. Le père, terre-neuvas[1] n'était pas toujours là et quand il revenait de sa campagne de pêche cela se passait plutôt mal avec ma mère habituée à conduire sa maison sans homme. Aussi vous comprendrez,

---

[1] Terre-neuvas : Les pêcheurs de morues sur les grands bancs de Terre Neuve partaient en campagne dès le mois de février pour une période de plusieurs mois.

combien j'étais émerveillée d'avoir quelque chose à moi, que je n'avais pas à partager, surtout pas avec ma sœur grincheuse et revêche, toujours prête à tout accaparer.

Ma solitude devenait un enchantement. Ce cadeau de la mer faisait vivre mon imagination et me comblait de bonheur. Une joie que j'appris à garder secrète pour ne pas éveiller de soupçons. Alors, je me perdais dans mon livre de géographie par-delà les mers et les continents. Dans le coquillage j'écoutais le vent, j'écoutais la mer et dans mes rêves il me contait plein d'histoires étranges, mystérieuses et peut-être vraies. »

Le bavardage de Léa m'amusait et je m'attendais à ce qu'elle me donne son coquillage afin que je puisse l'examiner de plus près, mais non ! Elle n'en fit rien et je n'osai pas le lui demander. Cependant en le regardant avec attention même d'un peu loin je peux vous dire qu'il n'était pas ordinaire, il s'enroulait sur lui-même dans une volute élégante, laissant apparaître une large ouverture nacrée aux reflets bleutés. Sa forme assez curieuse n'était ni celle d'un bénitier ni celle d'une corne d'abondance, mais plutôt apparenté si j'ose dire avec ironie, à ces sortes de cucurbitacées colorées qui agrémentent les fêtes de Halloween. J'avais peine à croire que c'était vraiment un coquillage.

2 – DANS L'ETE 1 9 9 0

Aujourd'hui je reviens sur ces lieux chargés de souvenirs. Je reprends ce chemin mille fois parcouru qui m'a vu grandir. C'est là que j'ai versé mes premières larmes, connu mes premiers baisers, décidé le plus souvent des choix qui jalonnent ma vie.

Arrivé devant la maison délabrée de Léa, ne reconnaissant pas les lieux, je m'arrêtai un moment dubitatif. La maison sans porte ni toit était ouverte à la pluie et au vent. Il ne restait plus que les vestiges d'une cheminée encore noircie, seul témoignage que la vie était passée à cet endroit. Je me recueillis un moment, remerciant Léa de l'hospitalité qui m'avait jadis permis d'étancher ma soif et d'écouter le début d'une belle histoire, mais le début seulement car des imprévus m'empêchèrent d'en savoir davantage.

En empruntant le pont qui enjambe la rivière juste au-dessus de la cascade, je repris ma promenade pour me rendre jusqu'au gué qu'il faut franchir en sautillant pour atteindre le marais. C'est d'abord une petite clairière d'une herbe bien grasse qui après quelques pas devient plus drue et se mêle aux bruyères florissantes des marais. Parfois la mer, en grande marée peut monter jusqu'à cet endroit cerné par les bois et la côtière qui se prolonge jusqu'à l'océan qu'on aperçoit au loin derrière l'ombre du moulin et de sa digue. C'est un lieu plein de charme qui invite au silence. Je m'arrêtai donc à l'orée du bois, discret, pour écouter ou le chant d'une fauvette ou celui du rossignol. Le paysage bucolique et la solitude du lieu sont propices à la rêverie et les souvenirs reprirent toute leur place dans ma pensée.

Je la revois, Gaëlle, ici même, s'élancer, courir et sauter de motte en motte, de pierre en pierre, leste et agile, ses cheveux roux agités par le vent. Aussi avais-je renoncé à la suivre tant son adresse était vive.

Luttant contre les bourrasques, elle retint ses jupes des deux mains sur ses genoux en me jetant un regard empreint d'inquiétude. C'est alors que je lui dis avec malice « Gaëlle as-tu des ailes ? ». Se laissant emporter par les airs, riant à pleine gorge, elle leva les bras pour imiter les goélands, oubliant ce qu'à l'instant même elle tenta de cacher d'une pudeur juvénile. Je ris à mon tour en détournant les yeux, lui laissant croire que je n'avais pu apercevoir ce qu'un vent coquin montra sans façon. Cela me paraît si peu de chose aujourd'hui, mais j'étais comme étourdi, assailli d'une ivresse nouvelle, inconnue. Comme je la regardai, elle sembla désappointée, presque déçue. Sans doute crut-elle que j'avais raté son petit jeu et que je n'avais rien vu de ce qu'elle feignît ne pas vouloir montrer.

Comme une fille du pays, elle était en symbiose avec cette terre qui la nourrissait mais à laquelle elle apportait la vie, la joie et sa jeunesse.

L'idée me revint subitement. L'endroit était propice aux échos. Je me souviens maintenant du plaisir que nous avions à crier nos prénoms qui se répercutaient en ricochets comme l'aurait fait une pierre plate sur les eaux du marais. L'envie me prit de refaire l'expérience. Le pouvais-je à mon âge ? J'hésitai un moment, craignant de troubler la quiétude des lieux. Après m'être assuré que j'étais bien seul, je criai à plein poumon « Gaëlle », « Gaëlle » et l'écho me répondit avec clarté ce prénom qui imprégnait si fortement ma vie. Accroupi, prostré, je pliai les genoux sur la poitrine pour étouffer une douleur trop poignante, le temps de surmonter cette souffrance du cœur, quand un sentiment exalté n'est pas entendu.

Un coup de vent plus frais, un peu cinglant me fit reprendre mes esprits et sortir de mes rêveries nostalgiques. Le ciel s'assombrissait et allait bientôt couvrir les rayons du soleil qui illuminaient encore les nuages s'effilochant vers l'ouest dans des couleurs mordorées, jusqu'à s'abîmer dans un océan qui semblait répondre à la menace du ciel en se couvrant d'écume. Un frisson me parcourut les épaules. Je relevai le col de ma veste, essuyai d'un revers de manche mes yeux encore humides et j'entrepris d'un pas alerte la montée du chemin empierré qui mène au hameau, avant que la pluie ne me rattrape pour de bon. Les premières gouttes s'annonçaient déjà. Je fis sonner la clochette de la porte en entrant et Mireille vint aussitôt à ma rencontre.

-    Je commençais à m'inquiéter Pierrot, dit-

13

elle, le temps se met à la pluie et tu rentres juste à temps !

La salle de l'auberge où j'étais descendu, était déserte et j'avais l'embarras du choix des places mais au lieu d'aller m'asseoir comme c'était ma première idée, je m'approchai près du comptoir pour raconter ma promenade sentant poindre déjà les questions. Mireille prit machinalement un verre et un torchon, prête à me servir. Dans mon for intérieur je trouvai cocasse que la situation que j'avais revécue mentalement en passant devant ce qui reste de la maison de Léa, se répète à nouveau. J'en souris et le regard de Mireille m'interrogea sur mon air énigmatique.

-       Tu as l'air bien mystérieux Pierrot ! Ça t'a plu cette promenade ?
-       Ma promenade ? Ah oui ! C'était formidable, mais vois-tu, je n'ai pas vraiment soif car on m'a déjà invité !
-       Ah ! Tu ne perds pas de temps, je te reconnais bien, et c'est qui par curiosité ?
-       Non, je plaisante, mais dans ma balade je suis passé devant la maison de Léa et je me suis souvenu qu'elle m'avait offert à boire un jour qu'il faisait très chaud. Sa maison est un champ de ruines maintenant. L'idée m'est revenue qu'elle avait sur son bahut un objet un peu bizarre qui m'avait beaucoup intrigué à l'époque, comme une coquille, une sorte de coquillage très coloré. Je ne serais pas surpris que tu en saches davantage ?

- Elle ne t'a jamais raconté son histoire ?
- Elle en avait tout juste amorcé le début, je n'ai pas su la suite, mais je compte bien sur toi pour tout apprendre cette fois.
- Je pense que Léa elle-même, quand elle fut plus âgée fit certainement des recherches. Elle a fouillé les bibliothèques, elle est même allée jusqu'à St Malo au Muséum, mais pour finir elle m'a surtout dit, ce que ça n'était pas. Je crois qu'elle était plutôt jalouse de son mystère et mettre un nom sur ce soi-disant coquillage aurait été sans doute à ses yeux trop le banaliser. Je n'ai pas cherché à en savoir plus lui laissant sa légende.

- Encore une de plus en Bretagne, ce n'est pourtant pas cela qui manque !

Le téléphone sonna et Mireille retourna vers les cuisines me laissant seul avec mes pensées. J'allai m'asseoir près de la fenêtre, dans la salle du restaurant. Il y faisait sombre maintenant et la pluie, en grosses gouttes frappait rudement l'asphalte de la rue qui brillait d'étincelles. Mireille en quittant la salle oublia d'ouvrir la lumière, laissant simplement l'éclairage du vestibule, sans doute par mesure d'économie. N'ayant pas besoin de plus de clarté, je me sentais bien dans la pénombre pour conduire ma réflexion.

Je n'étais pas un client ordinaire mais plutôt un intime, un ami d'enfance qui revenait au pays. Les aléas de la vie m'avaient écarté de ces lieux pendant de nombreuses années. Dans les moments difficiles de mon existence, le besoin impérieux de me remémorer ces temps de jeunesse que j'avais passés ici tempérait, ces périodes d'angoisse où je perdais toute confiance en moi. Ce petit village à l'écart de tout, un peu perdu au bord de la mer, je l'aimais comme un lieu de naissance. J'y avais vécu des heures inoubliables avec elles deux, Mireille et sa sœur Gaëlle. J'avais aujourd'hui tant à leur dire et de questions à leur poser.

Mireille, l'ainée, avait vieilli, mais comme tout le monde bien que son boitillement semblait s'être un peu accentué avec l'âge. Elle compensait cette légère infirmité qu'on oubliait vite, par un bustier soulignant une poitrine ferme et une gorge haute, ouverte à mon regard furtif de jeune homme d'alors, qui s'étourdissait aussi au parfum subtil qu'elle distillait, lorsque l'on s'approchait d'elle d'un peu trop près.

Après la mort de ses parents, Mireille avait repris cette petite auberge dans ce pays où nous venions en vacances l'été et parfois à Pâques. Avec Gaëlle, sa sœur cadette et deux ou trois camarades nous formions un groupe de jeunes pour partager les balades en vélo, les parties de pêche, ou les soirées dans les bals de campagne. Ces jours heureux avaient duré pour moi jusqu'au jour de septembre 1959 quand je dus prendre le chemin de la caserne pour répondre à l'appel du service militaire. La séparation avec Gaëlle avait été douloureuse, surtout pour moi. A dix-huit ans, elle n'avait pas encore senti le poids de la vie pour éprouver un sentiment vraiment profond. Elle avait encore l'insouciance de son jeune âge qu'elle devait vivre pleinement. Pour moi, c'était cruel et la réalité qui m'attendait en Algérie était bien différente.

Mireille avait toujours vécu avec ses parents, elle avait choisi de rester auprès de sa mère d'une santé fragile sachant que son père n'était pas d'un grand secours. Sa nature plutôt discrète ne l'incitait pas à s'ouvrir sur sa personne et surtout sur les peines de cœur qui avaient pu l'affecter. Pour finir je ne savais que peu de choses sur elle, sans doute parce que toute mon attention à l'époque se portait sur sa sœur Gaëlle, qui fut l'amour secret de ma jeunesse.

Je ne disposais que de souvenirs épars et d'impressions émoussées par le temps et pire encore peut-être, moulés par l'imagination. Ce dont j'étais sûr, c'était l'intensité des sentiments que j'avais éprouvés pour Gaëlle avant que mon départ pour l'armée ne mette un terme à cette période heureuse de ma vie. Ainsi, je me mettais à l'épreuve des questions pour comprendre ce qui m'avait tant fasciné en elle. En me concentrant fermement sur mes souvenirs, j'essayais de la faire revivre telle que je l'avais connue. Lorsqu'elle m'apparaissait, c'était toujours une vision enchantée. Sa légèreté, sa grâce naturelle semblait l'affranchir des règles de la gravité. Elle tenait cette apparence, de son allure toujours en mouvements. A tout instant, elle semblait diffuser une énergie démesurée, au point qu'à ses côtés, je me sentais placide, comme inexistant. J'étais subjugué.

Pleine d'imagination, elle était toujours prête à entreprendre quelque chose sans jamais ménager ses efforts. Son goût pour les arts, faisait que son appréciation n'était jamais superficielle, cherchant ses mots avec obstination pour toujours être au plus près de ce qu'elle ressentait. J'aimais son parler-vrai et clair, jamais sans arrière-pensée ni faux fuyant. Elle était par son esprit incisif, vive et décidée ; par son sourire, son langage, ses gestes, chaleureuse et spontanée. Elle savait vous inviter à partager sa pensée, à discuter son opinion, à éprouver un sentiment.

A dix-huit ans elle était déjà étudiante alors que j'étais encore au lycée. Cette différence m'obsédait au point d'annihiler toutes ambitions amoureuses. Elle était décidément bien mieux que moi et je devais humblement me contenter d'en convenir. Elle réussit de brillantes études d'architecture et partagea un temps, un cabinet avec son mari à Rennes. Je n'avais plus eu de nouvelles depuis bien longtemps. On s'était apparemment oublié.

Mon célibat me pesait et j'étais plutôt aujourd'hui tourné vers le passé. Les amours d'antan reprenaient place avec leur part de fantasmes et d'embellissements, mais je savais que Gaëlle était seule à présent.

3 - SON AMI PIERROT

C'était l'heure du dîner, et la pluie cessant, les gens arrivaient tous en même temps pour le repas. On s'activait aux cuisines et Mireille aidée par une jeune employée, attentive à ses clients n'avait plus de temps pour moi. Ce long voyage tout seul en voiture avait rendu la journée éprouvante et le repas terminé je regagnai la chambre, content de pouvoir enfin m'allonger un peu pour me plonger dans la lecture d'une revue de vulgarisation scientifique dans laquelle j'avais bien du mal à maintenir mon attention. La fatigue, le changement d'air eurent tôt fait de me plonger dans un sommeil profond pour m'entraîner vers des rêves un peu fous qui empruntent souvent aux événements de la journée passée ses thèmes les plus insolites. Ainsi la visite chez Léa, les ruines de sa maison, et le souvenir de son curieux coquillage sur lequel je m'étais questionné, vinrent habiter ma nuit.

Exténué, je rêvais, tel un marin pêcheur pris dans l'ivresse de la fatigue, scrutant en pleine nuit l'écume des vagues, et qui n'a de compagne que cette lueur de lune bondissante, jouant comme un marsouin au gré de la houle et des nuages. Mon navire ; c'était un tapis, une nacre géante qui s'illumina aux premiers feux de l'aurore ; il m'emportait et comme un compagnon de route, il me parlait de ses voyages passés. Mais quel rivage prédestiné devait il atteindre ? Et pourquoi ? Puis, c'était Léa qui venait troubler mes songes. Elle courait dans les landes, fouillait du pied le sable des gués, cherchant des coques ou un présent mirifique pour lequel le temps n'était pas encore venu pour qu'elle le trouvât.

Les rêves conduisent vers des mondes étranges, mêlant désirs et refoulements, parts de vraie vie et fabulations, libérant l'esprit du carcan des règles qui régissent notre existence, dans leurs réalités si contraignantes.

Après un sommeil trop lourd, j'éprouvai quelques difficultés pour reprendre mes esprits le matin. Mais j'étais en vacances, libre et je me voulais sans souci. Le soleil était là pour saluer mon réveil. Tout me souriait. Enfin, je voulais sans entrave me laisser prendre par le plaisir de vivre et accomplir les petites envies que je m'étais promis. En sortant, j'aperçus de loin Mireille qui me héla.

- Bonjour Pierrot, j'ai quelque chose pour toi. J'y ai pensé hier. Léa m'avait confié un coffre avant de partir à l'hôpital. Peut-être avait-elle le pressentiment qu'elle ne reviendrait pas. Il contient quelques babioles et plusieurs cahiers d'écolière qu'elle a dû écrire étant gamine. Viens avec moi.

Je suivis Mireille vers la remise où elle dénicha dans un recoin, sous un fatras d'objets hétéroclites, un vieux coffre de marin, qui avait sans doute servi jadis au père de Léa quand il partait pour les bancs de Terre-Neuve pêcher la morue, jusqu'au début des années cinquante.

–   Voilà de quoi t'occuper ! Tu peux le garder, depuis le temps qu'il traîne ici, peut-être trouveras-tu une réponse à ton énigme ? Allez, bonne journée et à ce soir

Je la remerciai pour ce don fabuleux, très ému car Léa fut une personne que j'avais beaucoup appréciée même si je l'avais peu connue et j'étais curieux d'en apprendre davantage sur ce qu'elle avait été. Je remontai dans ma chambre pour ranger mon précieux butin. Un vrai coffre de corsaire pensai-je, après l'avoir dépoussiéré de ses vieilles toiles d'araignée.   L'envie de l'ouvrir me chatouilla les doigts mais je n'en fis rien. Sûr de ne pas être déçu, je voulais surtout me laisser le plaisir d'imaginer le contenu du trésor. Puis le désir pressant de voir la mer dans son immensité, sous un soleil d'été, m'obligea à accélérer le pas pour sortir de l'hôtel.

Avec émotion, je retrouvai ces lieux qui n'avaient pas changé. Après tant d'années, ce petit bourg tranquille avec son caractère champêtre était resté le même ; quelques maisons, une chapelle et sa fontaine. Un havre de paix, de silence, qui en plein été, lorsque le soleil brûlant de midi est à son zénith et que tout semble dormir, même les oiseaux ; alors seules quelques poules errantes et solitaires laissent entendre leurs caquètements satisfaits quand l'aubaine enfin se trouve entre deux cailloux.

Il n'y a pas foule, mais il n'est pas impossible que je rencontre quelque connaissance oubliée. Aujourd'hui, je n'ai guère le goût de parler de moi mais plutôt de me laisser bercer par cette atmosphère reposante, fermer les yeux pour mieux sentir la caresse du soleil et du vent marin. Une volupté qu'il faut prendre le temps de savourer. Tant de plaisirs simples et naturels nous échappent, anesthésiés que nous sommes par un mode de vie tourné vers le consumérisme à tout crin sur fondu de numérique. Je chasse de ma pensée ces idées parasites, et prends mes jumelles pour observer un rapace qui virevolte au-dessus des champs, peut-être bien un milan royal si j'en juge par sa queue échancrée, ses rémiges claires et les couleurs rousses d'une poitrine flamboyante par l'effet du soleil. Quelle élégance dans le vol ! La femelle n'est peut-être pas si loin. En effet elle apparaît, volant à ras du sol, puis le couple s'élève dans les airs dans une parade nuptiale faite de vrilles, de chutes brutales suivies de planés souples et de courses à tire d'ailes. Quel spectacle fascinant. Je suis enchanté à chaque fois que j'ai le bonheur d'observer ces oiseaux.

J'enfourche mon vélo laissé sur le bas-côté du chemin et je m'élance sur la route jusqu'à la pointe de l'île ; une langue de terre en fait qui s'avance dans la baie, au bout de laquelle s'offre un point de vue sur la mer avec au loin la silhouette d'une forteresse médiévale. Le décor change avec le temps et aujourd'hui cette brume de chaleur estompe un peu les couleurs. La soirée sera sans doute plus propice pour une prise de vue. Il faut savoir attendre le bon moment pour enclencher une photo. La mer est « au plein » et m'invite à la rejoindre. Je descends un petit raidillon escarpé, franchis quelques roches pour me retrouver « au bas de l'eau ». L'eau est un milieu dont je raffole. Sa fraîcheur ne me rebute pas et le désir l'emporte. Je regarde à l'entour, pas âme qui vive. La mer est à moi, comme une maîtresse avide et passionnée. Nu, je plonge dans la vague et nage jusqu'à la pointe d'un rocher qui affleure en surface. Quel plaisir la nudité dans l'eau. On redécouvre une certaine animalité et la liberté du corps dans une relative apesanteur est ressentie doublement. Un vrai moment de bonheur qu'il ne faut pourtant pas prolonger davantage pour éviter toute remontrance car quelque mauvais coucheur pourrait bien venir rompre le charme de ce moment délicieux. Sorti du bain, j'enfile mon short et sur une roche plate je me réchauffe au soleil. Tout cela peut paraître banal mais c'est si bon que j'ai envie ne serait-ce que par l'esprit, de le partager avec ceux que j'aime. Alors je pense à Gaëlle, à Mireille, mais aussi à Léa qui n'est plus mais reste l'objet de toutes mes pensées.

En levant les yeux vers l'horizon, une présence, comme un souffle de vie m'effleure le visage, un encouragement à mieux comprendre les secrets que Léa enfant avait su si bien garder.

Une foule de questions me harcelait l'esprit et puis j'avais intensément besoin de parler. Par solitude j'avais retenu tant de choses en moi. Au creux de l'après-midi, les gens étaient plutôt à la plage, ainsi, Mireille moins sollicitée par son travail pourrait peut-être me consacrer un peu de son temps. Je pris donc le chemin du retour pour me rendre à l'hôtel. La salle du restaurant était vide comme je l'avais prévu et sur le bar trainait le journal que j'ouvris un peu désabusé sachant déjà le lot de mauvaises nouvelles que j'allais découvrir : Une courbe du chômage qui refuse de descendre alors que les besoins les plus élémentaires sont criants et que les banques regorgent d'argent ; des croissances atones en Europe mais à deux chiffres dans les pays émergeants qui travaillent à moindre coût et des profits qui se gagnent par la finance. Un enrichissement fictif engendrant des bulles financières, qui un jour ou l'autre éclatent en crises économiques. Voilà le programme des libéraux et des lobbies qui pour rentabiliser leurs investissements, n'hésitent pas à massacrer l'environnement en épuisant à grande vitesse les biens de ce monde. Nous arrivons au terme d'une époque de jouissance inconsciente. Le monde des hommes doit changer s'il veut survivre.

J'en étais là de mes réflexions et je préférai arrêter ma lecture craignant que les autres nouvelles parviennent à m'embrumer davantage l'esprit.

Mireille apparut au moment où je refermai le journal. Elle en tenait un autre dans la main, qu'elle me tendit.

- Tu as vu ? La Corée du Nord[2] veut quand

---

[2] Occupée depuis 1905 par les japonais, la Corée est libérée à la fin de la 2ème Guerre mondiale en août 1945 ; séparée en deux pays sur le 38ème parallèle, entre la République démocratique de Corée sous obédience communiste au Nord et la République de Corée au Sud sous influence américaine.

même se doter de l'arme atomique. Ils feraient mieux de s'occuper de la famine qui sévit dans leur pays.

- Je vois ! Ils ont signé en 1985 le traité de non-prolifération nucléaire mais n'acceptent aucun contrôle de leur site et l' AIEA[3] semble le tolérer.

- Si les Américains n'avaient pas déployé des armes nucléaires[4] en Corée du Sud en 1958, on n'en serait pas là aujourd'hui ! me répondit Mireille d'un air indigné.

- Ça peut aussi expliquer la construction du réacteur au plutonium au début des années 80. Eux aussi seront un jour ou l'autre en mesure de fabriquer des bombes, même s'ils n'ont pas les moyens de leur ambition ; des bombes rapidement obsolètes mais quand même ! C'est faire courir des risques insensés au monde entier.

- Les Etats malheureusement sont toujours dans la surenchère ! Combien de décennies faudra-t-il pour effacer les séquelles de cette guerre froide[5] ?

Au fait, je te rappelle que je suis venu en vacances et ce n'est pas avec des préoccupations de cette nature que je vais retrouver le moral. Parle-moi plutôt de ta sœur. Elle vient toujours en vacances en

---

[3] Agence internationale de l'énergie atomique
[4] Pour mettre fin aux hostilités avec le Japon les USA ont bombardé deux villes en 1945 au moyen de bombes atomiques : Hiroshima et Nagasaki.
[5] Tensions et confrontations politiques et idéologiques entre URSS et les Etats Unis de 1947 à 1988 début du désarmement nucléaire.

Bretagne ?

- Moins fréquemment, ces dernières années, mais on devrait la voir. Le décès de son mari remonte à deux ans déjà et elle s'est retrouvée du jour au lendemain avec une entreprise sur les bras. Entre vendre ou continuer, elle hésite encore, car trouver un associé de confiance, c'est un gros problème.

- Donc si je comprends bien Gaëlle est libre comme l'air. Tu lui as dit que je venais ? Tu as parlé de ma situation ? Comment t'a-t-elle paru ?

- Pas très à l'aise vis à vis de toi. Quand tu es parti pour l'Algérie en 1958 ou 59, tu nourrissais quelques illusions alors qu'elle était encore dans la frivolité. Et puis loin des yeux loin du cœur, elle s'est mariée, un beau parti, mais bien trop jeune, et toi, tu as fait la même chose pas bien longtemps après ton retour. Son mariage un peu précipité, n'a pas tenu longtemps. Quand elle s'est remariée ensuite, bien plus tard, j'avoue que je n'ai pas très bien compris. Tu n'es pas sans savoir que Gaëlle et moi, on n'a jamais été dans la confidence toutes les deux. C'est notre caractère.

- Je fus un peu dépité quand je reçus le faire-part de son premier mariage, cependant de mon côté j'avais fait la connaissance d'une jeune fille à Oran au moment du putsch des généraux Salan Challe et Cie. J'aurais dû normalement être consigné dans ma caserne pendant ces jours d'effervescence. Pourtant, je me trouvais libre à ce moment-là, en raison d'un déplacement pour raison médicale. A la suite d'un simple évanouissement, une syncope sans conséquence, l'officier supérieur médecin qui faisait sa visite de routine, décida par mesure de sécurité, de m'envoyer à Oran faire des examens de santé, du genre encéphalo-gramme. Sans doute n'avait-il pas grand-chose à mettre dans son rapport. Et puis, la complaisance des toubibs du contingent[6] m'a permis de rester près d'un mois dans cette ville.

- Tu ne me dis pas comment tu as connu Adeline ta femme ? me demanda Mireille.

- Je l'ai donc rencontrée à Oran en 1961 à la suite de cette escapade médicale imprévue. C'était à l'époque où Georges Brassens chantait « un petit coin de parapluie ». Lorsque je l'ai vue la première fois, la pluie s'est mise à tomber inopinément. J'ai même dû claquer dans les doigts pour qu'elle tombe et c'est tout naturellement qu'on s'est abrité ensemble sous le pépin qu'elle venait tout juste d'acheter alors que le soleil brillait encore quelques instants auparavant. J'y ai vu là un signe et à vingt ans on ne se fait pas prier pour se laisser entraîner par une aventure amoureuse. Notre flirt évidemment fut de courte durée et je n'imaginais pas la revoir quand je suis reparti dans le sud Algérien dans mon régiment de Spahis. Mais bizarrement la destinée n'a pas voulu que les choses en restent là.

A mon retour à Paris, j'ai trouvé du travail faci-lement. A cette époque comme les entreprises faisaient des pieds et des mains pour recruter, je me suis ac-cordé quelques expériences professionnelles avant de m'orienter vers des études de Droit. Pour les payer, je

---

[6] Soldats non volontaires appelés ou rappelés sous les drapeaux pour effectuer leur service militaire, à distinguer des militaires de carrière.

donnais des cours de gestion et de comptabilité dans des boîtes privées du côté de la Garenne St Hilaire et à Paris Boulevard Richard Lenoir.

Un matin, alors que j'allais assurer mes cours, place de la République, à la sortie du métro, je me suis retrouvé nez à nez avec Adeline et sa mère. L'émotion d'Adeline s'est vue sur son visage. La crainte de sa mère devait aussi y être pour quelque chose car à l'époque il était tout simplement impensable qu'une relation même anodine ait pu naître de cette façon entre un bidasse appelé de deuxième classe et une jeune fille rangée de si bonne famille. C'était au début du printemps 1962. Elles venaient tout juste d'arriver d'Oran. Rapatriée d'Algérie, toute la famille regroupée s'installe dans le dix-huitième arrondissement avec la rage au ventre après avoir tout laissé sur place, après avoir transité par des centres d'accueil et vécu des heures atroces. Reconstruire une vie dans un milieu inconnu, sans vraiment de repère, au sein d'une société dont les autochtones vous tolèrent à peine, c'est un passage réellement difficile et j'en avais pleinement conscience. Pour moi ce fut la surprise et l'éblouissement. Les événements l'avaient changée, l'avaient mûrie. C'était une belle jeune femme. Sans attendre qu'elle se ressaisisse je l'ai prise par le bras pour l'emmener à l'abri d'un kiosque à journaux, un peu à l'écart de sa mère qui restait médusée sur place complètement estomaquée par mon audace et par l'irréalité de la situation. Je ne disposais que de quelques instants de grâce pour libérer mon cœur, la retenir et lui glisser subrepticement un papier avec mon adresse en l'implorant de me téléphoner au plus vite.

- Tu avais déjà le téléphone en 1962 ?
- A l'époque avoir le téléphone était un grand luxe de la bourgeoisie. Mais nous l'avions fait installer mon père et moi parce que nous avions pris en charge ma grand-mère qu'on ne pouvait laisser seule dans l'appartement. Sans doute mon père avait-il besoin de reporter sur sa mère, son besoin d'agir. La mort de sa femme, quelques mois plus tôt l'avait terriblement affecté. Face au cancer, il avait dû se résigner, supporter son impuissance. Lui qui avait tant aimé sa femme, il ne pouvait rien pour elle sinon l'accompagner dans sa maladie et contenir sa colère inutile.

Alors j'ai revu Adeline. J'ai pu l'aider dans ses démarches bien que la famille fut plutôt réticente. Je les comprends. Débarquer dans un pays inconnu après un traumatisme pareil, tu peux imaginer qu'ils avaient vraiment d'autres préoccupations plus urgentes que celle de fiancer leur fille à un Parisien. Ils auraient certainement préféré qu'elle prenne un gars du pays, de leur pays. Avec le recul, je me dis maintenant, qu'elle n'était pas très franchement amoureuse. J'étais pourtant beau garçon, en voie d'avoir une situation… mais je pense qu'elle avait surtout envie de tirer un trait sur tout ce qu'elle avait vécu. Sans doute que la famille aussi lui pesait. Au début c'était bien, je ne peux nier les moments de bonheur que nous avons connus ensemble.

Comme beaucoup de jeunes ces deux années perdues à l'armée me restaient en travers de la gorge. Car pendant qu'on faisait les c… là-bas en Algérie, les idées évoluaient ici (je parle de Paris où les jeunes planqués des beaux quartiers commençaient leur révolution culturelle en musique).

A cette même époque, moi aussi, j'avais été éprouvé, en particulier par la mort de mon frère ainé, un suicide incompréhensible à vingt-sept ans, juste au début de mon service militaire en 1959. Ingénieur pour la marine nationale en détachement de son entreprise, il mettait au point les sonars sur les vaisseaux de guerre dans les arsenaux de Lorient et de Brest. Selon les confidences faites à sa femme, il aurait subi des pressions pour qu'il se taise sur des trafics de fausses factures établies sur la base de prestations factices. C'était un type intègre, très bûcheur et sérieux qui n'a pas voulu s'associer ou se soumettre à des gangs mafieux. Bien sûr nous avons fait notre enquête mais par manque de moyen on a été obligé de supporter l'invraisemblable. Puis à cette époque, je te rappelle, je venais d'être incorporé, je faisais mes classes en Allemagne avant de partir pour l'Algérie.

Ma mère qui devait faire le deuil de son fils aîné, avait à supporter aussi l'inquiétude pour son autre fils « appelé sous les drapeaux », sans parler de ses autres enfants, bien que majeurs, étaient également une source de grands soucis.

Cette conjonction de tous les tourments a contribué au développement d'un cancer foudroyant du foie, et notre mère nous a quittés au mois de juin de cette année 1962. Je n'ai pu être avec elle que quelques mois après ma libération de l'armée, pour le Noël de l'an 1961. Ses derniers instants, je les ai vécus seul avec elle dans cette chambre de l'hôpital Vaugirard où les salles communes de l'époque n'avaient rien à envier à celles de la fin du siècle précédent. Etait-ce faute de moyens, ou par inconscience pour cause religieuse, mais les mourants dans ces années soixante n'étaient pas suffisamment soulagés de leurs souffrances avant leur trépas. C'était atroce. Elle m'a réclamé la mort que je n'ai pas su lui donner.

C'est une période de ma vie la plus dure, où toutes les catastrophes se sont accumulées.

- Avec la famille d'Adeline tu as réussi à te faire accepter ? me demanda Mireille qui sentait bien ma déprime et mon besoin de parler.

- J'étais sincèrement dans la compassion pour cette famille de pieds noirs. Je les comprenais d'autant mieux que vingt ans plus tôt, cela nous ramène aux années de pleine guerre, nous avions vécu un peu les mêmes événements.

— Vous aussi, vous avez été réfugiés ? Raconte-moi, tu ne m'as jamais rien dit à ce sujet.

— Je suis natif du Havre et pendant la guerre cette ville stratégique était particulièrement bombardée. Dès le début des hostilités, le trafic maritime fut totalement interrompu et mon père à la transat [7] n'avait plus d'emploi. Mes parents décident de partir pour la capitale avec leurs cinq enfants et la grand-mère maternelle. Il pense qu'à Paris il peut se débrouiller comme garçon de café puisque c'est le genre de service qu'il effectuait sur les paquebots de la ligne le

---

[7] Compagnie maritime du Havre assurant la ligne le Havre-New York

Havre-New York. Les meubles, le peu qu'ils avaient, à peine mis en wagon, sont détruits par un bombardement. Mes parents se retrouvent complètement démunis quand ils s'installent dans un meublé à Montmartre rue Paul Albert, pas loin du marché St Pierre où je fais mes premières expériences de Poulbot dans les caniveaux du Sacré-Cœur. Pour avoir trop couru après mon cerceau, ou celui d'un autre, je fais même connaissance avec le commissariat du quartier. Le cerceau, c'était un engin tout trouvé pour perdre les gosses à l'époque. Ma grand-mère en a fait les frais.

- Surtout à Montmartre !

- Cinq enfants plus ma grand-mère maternelle, nous formions une belle famille, mais un peu à l'étroit avec mes parents dans ce petit meublé Montmartrois. En tant que réfugiés ils obtiennent que deux des enfants partent quelques mois dans des familles d'accueil dans le sud de la France. En 1942, les parents se sont mis à rechercher un logement plus grand qu'ils ont fini par dénicher dans le quartier de la porte de St Cloud. Un logement vacant ! Même à l'époque, c'était difficile d'en trouver et quand la providence vous souriait, vous ne pouviez faire autrement que de penser aux derniers occupants : peut-être des résistants en fuite ou des juifs arrêtés par la gestapo. L'appartement situé sur les boulevards extérieurs, non loin du quartier du point du jour était quand même à proximité des usines Renault Billancourt. Une cible de choix et à chaque alerte, on s'attendait à recevoir une pluie de bombes. Quand cela s'est produit, toutes les bombes ne sont pas allées sur les usines, le bd Murat fut aussi gravement sinistré. Les bombes de fort tonnage, ont réussi à percer les immeubles jusqu'à l'intérieur des caves. Des bâtiments entiers ont été rasés par le bombardement.

- J'ai vu des photos de Paris après la libération.
- L'immeuble en face de chez nous ; rasé, plus rien ; je t'assure que l'effet fut saisissant quand nous sommes remontés des caves après l'alerte. Toutes les fenêtres avaient volé en éclats. Dans les assiettes, les œufs reçus la veille de la campagne et qu'on n'avait pas eu le temps de manger, étaient couverts de verre pilé ; obligés de tout jeter alors que nous n'avions rien dans le ventre.

Ces sirènes hurlantes, les cavalcades dans les escaliers, mettaient les nerfs à vif. Dans les caves, les gens serrés les uns contre les autres écoutaient dans un silence glacial, les déflagrations assourdies des bombes. Elles éclataient tout autour, plus ou moins proches, faisant vibrer les murs et trembler le sol sous les pieds. J'imagine l'effort qu'il fallait prendre sur soi pour ne pas craquer et garder son sang-froid, se retenir de pleurer pour ne pas effrayer davantage les enfants. Attendre le pire en serrant les poings. Très jeune, je n'avais pas conscience de cette gravité mais je ressentais l'anxiété ambiante et des souvenirs de cette nature s'impriment profondément dans les mémoires.

Mireille était repartie au comptoir pour nous préparer un thé. Pourquoi se remémorer tous ces vieux souvenirs maintenant me disais-je ? Sans doute pour oublier des tourments plus actuels et se dire qu'on a surmonté pire, les mauvaises passes ont aussi une fin.

- Ces évènements nous valent d'être sinistrés une fois de plus. Pour nous protéger mes parents estiment qu'il serait bon de placer les enfants à la campagne sous la responsabilité de la grand-mère.

– C'était plutôt une bonne idée ! me dit Mireille qui s'attendait malgré tout à une mauvaise décision.

- Oui et non car en nous envoyant en Normandie à St James près d'Avranches, on était encore aux premières loges au moment du débarquement des forces alliées. Au petit matin dans un bruit infernal des escadrilles d'avions, couvraient le ciel, parfois même à quelques centaines de mètres seulement du sol. Ils passaient au-dessus de nos têtes en formations comme à la parade. Par vagues, elles se succédaient à un rythme, régulier. On n'en voyait pas la fin. Par sa démesure cette armada qui envahissait le ciel dégageait une impression d'invincibilité tant sa puissance semblait irrésistible. Une vision phénoménale qu'on ne peut pas oublier non plus. Puis, sur les routes, ces longues files de GMC, ces gros camions de transport militaire, dans la chaleur des mois d'été, avec leur forte odeur de gasoil, de goudron surchauffé par l'ardeur du soleil, envahissaient la ville. La vie fut bouleversée du jour au lendemain. Tout gamin que nous étions on se jetait dans les bras de ces chauffeurs de camion, soldats noirs américains qui nous donnaient plein de petites choses inconnues : des chewing-gums, des chocolats et des cigarettes par paquets. Pour eux aussi, c'était la surprise, car ces petits blancs qui voulaient les embrasser, avec des yeux plein d'amour et de sincérité, ce n'était pas encore dans leur coutume. Ils découvraient eux aussi un nouveau monde chargé d'espoirs qu'ils ne pouvaient pas imaginer sans l'avoir vu.

- Ces noirs américains, me dit Mireille, qui ont eu un tel contact avec vous, ont dû comprendre à ce moment-là que la relation avec les blancs pouvait être tout simplement naturelle. Ce n'était plus du domaine de l'invraisemblable.

- Je pense en effet que cette expérience, ces contacts au cours de la guerre ont certainement favorisé leur émancipation légitime. Ils ont bourré leur musette d'espérance qu'ils ont rapportée chez eux.

Et puis des moments plus difficiles quand le cimetière militaire de St James s'est construit. Avec les parents nous sommes allés pour nous recueillir sur les tombes. J'avais un peu plus de six ans. Nous sommes passés devant ces rangées de sacs blancs maculés de rouge d'où dépassaient les brodequins, les rangers, ou les bottes et puis ces mouches, ces milliers de mouches qui tourbillonnaient, bourdonnant tout autour.

Imagine, qu'à cet âge, je courais dans les camps américains installés dans les champs, avec mon panier et mes œufs pour faire un peu de troc. En échange, je récupérais des friandises et des boîtes de conserve et même avec du beurre dedans, un comble pour des normands. Les G.I[8] d'un caractère plutôt conciliant, m'ont prêté une de leurs gamelles en me faisant une place dans la file de cantine pour partager le repas avec eux. S'il m'arrivait d'entrer dans une

---

[8] Soldat américain

tente où il n'y avait personne, je me faisais courser par des soldats qui m'avaient vu et qui pensaient que j'essayais de chaparder quelque chose. Ils me menaçaient avec leurs petits fusils d'assaut, mais je crois bien que j'étais assez déluré pour ne pas me laisser impressionner. Avec ma petite tête d'ange je pouvais me faire tout pardonner. La police militaire (M.P.) devait sans doute avoir d'autres soucis plus graves que de s'occuper des quelques gamins qui se promenaient dans le camp et venaient voir un nouveau jeu inconnu : Le base-ball, qu'on regardait tout en tressant des couronnes de laurier assis sur des bombes énormes entreposées à même le sol. Malgré mon très jeune âge, je me souviens comment le paysage s'est trouvé modifié du jour au lendemain, transformant en un tour de main, un paysage de bocage, avec ses champs paisibles, en terrain d'aviation couvert de tôles, de tentes et de hangars. Pour nous qui étions habitués aux ânes et aux charrettes, on s'est retrouvé propulsé dans un monde de ferrailles, de bruits de moteur d'avion, d'odeurs inconnues. C'était une fantastique métamorphose.

Les affres de l'exode, ma famille et celle d'Adeline, les avaient connues à des époques différentes. Sans doute l'échange de compassion, l'entraide aussi a permis de créer des liens et l'union a fini par se réaliser entre Adeline et moi. Maintenant la suite de mon mariage avec elle, je préfère ne pas en parler.

J'aimerais plutôt que tu m'éclaires un peu plus sur Gaëlle, car je me pose bien des questions à son sujet !

- Peut-être plus que des questions ! A mon idée Pierrot, raviver les feux de la passion serait plus exact.

Si tu veux un conseil, c'est surtout de ne rien brusquer. Elle est à bout de souffle, il faut la laisser respirer elle aussi. N'oublie pas ; vous avez vécu l'un et l'autre, vous avez changé, vous êtes devenus d'autres personnes bien différentes sans doute de ce que vous avez été dans votre jeunesse. Beaucoup de compréhension, de patience, sont nécessaires pour que l'amitié retrouvée s'émulsionne et fasse renaître des sentiments aujourd'hui quand même un peu défraîchis ; Tu m'excuseras ! Ce que tu pourrais faire par exemple, c'est de me donner un bon coup de main. Je ne dis pas aux cuisines, n'est pas peur, mais au jardin. Petite, Gaëlle était une passionnée. Et puis ce sera un excellent sujet de conversation pour redémarrer des relations avec elle.

- Je t'avoue Mireille que c'est un domaine que j'ignore totalement mais ton idée me plaît. J'ai remarqué quelques revues sur ta desserte, je vais étudier cela de près. Voilà une bonne façon de m'occuper l'esprit et un bon remède contre la déprime.

Déjà en me donnant le coffre de Léa, tu m'as fait, Mireille, un cadeau fantastique qui s'entoure de mystères. Entrer dans son intimité me trouble au point de ressentir une certaine appréhension. Ces choses précieuses qu'elle me transmet s'ouvrent peut-être sur un monde fabuleux, chargé d'inconnus et le désir de savoir, de toucher au secret, s'éveille en moi. Léa était de ces personnalités si fortes, que son magnétisme rayonnait sur les personnes de son entourage. Il n'est donc pas surprenant que des objets lui ayant appartenu se soient imprégnés de son esprit ou le simple fait de savoir qu'elle ait pu en faire usage, qu'elle les ait manipulés quotidiennement, implique sa présence. Une volonté impérieuse, irrésistible s'installe en moi, et m'invite à me laisser conduire, à surmonter mon anxiété. L'idée de toucher ce qu'elle a tenu crée en moi une résonnance que j'essaie d'entendre. Qu'attends-tu de moi Léa ?

4 - LE COFFRE

Si le coquillage avait été dans le coffre, Mireille me l'aurait dit. Je n'ai aucune chance de le trouver, par contre ses cahiers contiennent peut-être des indications, peut-être même des secrets d'enfant ? Si Léa a pris la précaution de remettre ce coffre à Mireille c'est qu'elle avait ses raisons.

En évitant de faire la moindre rencontre qui aurait pu m'attarder, j'allai directement dans ma chambre. Je tournai la clé avec appréhension et vis au pied du lit le coffre mystérieux. Pour dominer mon émotion, j'éprouvai le besoin de me recueillir un moment pour penser à Léa, de me parler aussi, pour m'enjoindre de faire tous les efforts afin de tenter de la comprendre. Ensuite, je pris tout mon temps pour ouvrir le coffre. Une cordelette l'entourait de tous côtés avec des nœuds qui réclamaient toute mon habilité pour parvenir à les délier sans dommage. L'emploi d'un canif aurait été plus simple mais ce bien précieux exigeait de moi calme et patience. Enfin je pus soulever le couvercle et plonger mon regard avide au cœur de l'écrin multicolore où fourmillaient toutes sortes d'objets hétéroclites. Pèle mêle, se mélangeaient : rubans chamoisés, dentelles, boules et santons de noël, bijoux de pacotilles et autres babioles décoratives. Dans une boîte à biscuits Léa avait rangé soigneusement des petits souvenirs et certains me faisaient revenir en mémoire des moments oubliés. Ce fut le cas quand je trouvai plié en deux une figurine d'Esther Williams. Comment avait-elle pu se la procurer ? Trouvée par hasard ou gagnée dans un jeu à l'école ? Je me dis que pour elle, petite fille, dans une campagne perdue des années cinquante, cette gravure ne pouvait pas signifier grand-chose : Une belle dame avec une belle coiffure et une jolie tenue de bains, rien de plus, alors que pour moi s'ouvrait tout un univers. Celui en particulier des comédies musicales de l'après-guerre avec Fred Astaire, Gene Kelly ….Esther Williams, qu'on allait voir le dimanche après-midi dans l'un des sept cinémas du quartier près de la porte de St Cloud à Paris. Certaines salles nous proposaient en plus du film, du documentaire et des actualités, des dessins animés et des attractions à l'entracte ; moment délicieux l'entracte pour les plus gourmands et les plus fortunés qui pouvaient d'un geste de la main faire venir à eux une gentille ouvreuse portant au cou un panier rempli de bonbons et de glaces enrobées de chocolat ; des esquimaux, délice suprême pour les occasions exceptionnelles.

Dans ces années-là, les réalisateurs de films, ne mégotaient pas sur la longueur des scénarios. Ainsi entre deux et cinq heures on occupait tout l'après-midi du dimanche qui se terminait chez l'un ou chez l'autre des copains par un goûter bien apprécié avant de répéter les meilleures séquences du film. Pour les besoins du décor, on n'hésitait pas à transformer la maison en capharnaüm, au grand désespoir de la grand-mère chargée de nous surveiller. Seules, les protestations des voisins nous empêchaient de rejouer les scènes les plus fantastiques sous peine de « coupure », avec arrêt immédiat des combats. Un moment détestable au cinéma ces coupures quand elles survenaient à l'endroit le plus palpitant du film, bien qu'on en profitât pour protester plus fort que les autres. On pouvait se le permettre sans se faire trop rabrouer.

Ainsi, à partir d'une simple image, je pus comparer ma vie d'enfant parisien avec celle de Léa qui avait conscience que dans le monde qui l'entourait se produisait de nombreux événements dont la consistance lui échappait certainement. Ces images, sans doute ne savait-elle pas d'où elles provenaient alors qu'à la même époque j'en faisais collection en achetant en Belgique des tablettes de chocolat St Jacques. Un produit courant dans ce pays juste après la guerre mais plus rare en France, bien que les deux pays aient adhéré au Plan Marshall[9].

Je trouvai aussi d'autres trésors : ce porteplume des temps anciens apparemment en os, sculpté d'ornements en arabesque, avec sa petite loupe incrustée qui laissait voir le mont St Michel tout proche d'ici, mais aussi plus bizarrement une carte postale des Baux de Provence non écrite que j'aurais pu lui envoyer au cours de l'été 1956 quand Laurent et moi, encore au lycée, nous étions descendus dans le Sud, en

---

[9] Une aide américaine favorisant la reconstruction et le redémarrage économique à partir de 1947.

stop pour découvrir une région inconnue. Nous avions été émerveillés par l'ensoleillement, l'éclat des pierres sous la lumière blanche et puis les cheveux noirs de geai des Arlésiennes qu'elles portaient en grande parure, inondant leurs épaules et leur dos nu.

Les routes bien différentes de celles d'aujourd'hui, et surtout bien moins encombrées par les voitures, nous offraient sur le bas-côté des espaces libres pour se reposer. Notre périple après Nîmes et Arles, nous conduisit naturellement vers les Baux de Provence. Nous arrivâmes le soir à la tombée de la nuit quand les lumières tamisées s'estompent sur l'horizon. Les Baux se dressaient devant nous encore dans la lumière comme un phare vers lequel nous nous dirigions à grands pas pour faire plus vite que le soleil qui au travers des brumes de chaleur, s'écrasait au loin, avachi de fatigue lui aussi. Ne sachant rien des lieux sinon qu'une auberge de jeunesse pouvait nous accueillir, nous étions vigilants sur le chemin à suivre. La nuit fut sur nous au moment où nous commençâmes à grimper le raidillon qui montait au village. Le temps clair favorisait notre cheminement malgré les pierres et les éboulis. De très rares lumières scintillaient, ce qui laissait penser que peu de foyers vivaient dans ce village à l'allure plutôt abandonné. J'ai le souvenir de maisons délabrées, de ruines, et de portes qui s'ouvraient sur rien, sinon des terrains en friche et puis un halo de clarté sur le fond de la rue : l'auberge. Elle était déjà occupée par quelques routards comme nous en mal d'espace et de liberté qui nous invitèrent à partager un coin de table pour le repas du soir. L'un des hôtes prit sa guitare et moi, je leur proposai de lire un passage « des lettres à un jeune poète"[10] ». Ce passage sur le mûrissement de la pensée. « Porter jusqu'à son terme, puis enfanter : tout est là ... ».

Deux suissesses, avec des joues bien rouges de bonne santé vinrent nous rejoindre. C'était leur mot « bonnard », qu'elles prononçaient avec l'accent de leur pays, en roulant des yeux remplis de malice. Nous pouffions de rire à vouloir les imiter sans trop de succès. Découvrir les Baux à cette époque pouvait se révéler comme une aventure de jeunesse bien différente aujourd'hui après tous ces riches aménagements bien apprêtés, qui font de ce village un des plus beaux de France et qu'on visite aujourd'hui comme une pièce de musée.

Je poursuivis ma fouille dans ce coffre en cherchant sous les fanfreluches les cahiers désirés. En effet ils étaient là, simples, un peu grisâtres, avec au dos de la couverture, les tables de multiplication sur lesquelles s'échinaient les écoliers méritants d'autrefois. L'écriture appliquée à la plume Sergent Major indiquait la date et le n° du cahier sans toutefois en préciser le contenu. Par respect pour l'écrivaine je cherchai le premier d'entre eux. Il était un peu mal en point, écorné et taché, mais aucune page cependant ne semblait manquante.

On dirait par moment une écriture codée. Elle utilise parfois des couleurs entre les consonnes. Cor-

---

[10] Rainer Maria Rilke, poète Allemand 1875 - 1926

respondance avec des voyelles sans doute. Ces consonnes sont précédées ou suivies d'un point ; peut-être faut-il lire la précédente dans l'alphabet ou peut-être bien la suivante. Je fais des essais pour déchiffrer ce code, mais elle utilise aussi des lignes comme une portée musicale avec des points noirs comme des notes. Je me dis que cela devient savant et qu'il va falloir que je me surpasse. On nage en plein mystère et si au bout, un trésor doit être trouvé, chic, je suis preneur. Je pense plus sérieusement que Léa s'est inventée un code pour se garder de ses sœurs à qui elle voulait certainement cacher certains mots, ses secrets. Tout le texte heureusement n'est pas codé. Quelques mots seulement.

Comme je m'attendais à une lecture passionnante et pleine d'imprévus, je décidai de m'installer confortablement avant d'entreprendre l'étude de ces curieux cryptogrammes. Après avoir décodé le mot « coquillage » et le mot » perle », je ne fus pas surpris de lire ce que Léa m'avait déjà raconté sur la découverte de son coquillage dans la baie de St Germain.

« Le coquillage m'a dit qu'il venait d'une mer lointaine et qu'il était perdu. Quelle chance donc de l'avoir trouvé sur le rivage. Il parle à mon oreille de fabuleux voyages, et d'une perle qu'il aime et qu'il n'a plus revue.»

Léa nous dit ensuite comment la perle et le coquillage se seraient connus dans les mers du sud. Elle me dit aussi que les animaux parlent ou plutôt échangent ou communiquent par des moyens peu connus des hommes : le langage des signes bien sûr mais aussi celui des couleurs, celui des attitudes, par des cris, des chants, des odeurs et d'autres moyens sans doute que nous ignorons et j'ajouterais peut-être même par diffusion d'ondes et de rayonnements. Des expériences de télépathie entre une personne humaine et un perroquet ont été couronnées de succès et de plus il n'est pas exclu que le sens des mots soit compris[11] également.

Une étude que j'avais lue sur le comportement des abeilles me revint en mémoire. Elles communiquent par la danse pour indiquer à leurs congénères les sources de nourriture. La distance est donnée par le rythme, la rapidité des vibrations. L'orientation est précisée par des vols en arc de cercle par rapport à la ruche en tenant compte de la position du soleil. Un vol en montant vers le haut ou descendant est lui-même significatif. On voit bien que la nature ne manque pas d'idées pour faire passer l'information entre animaux de même espèce. Pour ce qui est des espèces différentes tout reste à découvrir. Je n'oserai pas affirmer que le courant ne passe pas car on ne peut nier pour le moins, un langage universel des attitudes et des comportements.

Léa était encore une toute jeune fille, à peine adolescente au tout début des années cinquante du siècle dernier quand elle eut envie d'écrire ce qu'elle rêvait. Des rêves somme toute prémonitoires qui rap-

---

[11] N'kisi un perroquet New Yorkais

pellent la situation catastrophique des mers d'aujourd'hui plutôt que celle de l'époque d'après la guerre où les pollutions n'étaient pas partout aussi abondantes. Elle vivait dans ses songes une réalité actuelle contre laquelle le monde marin se mobilisait déjà pour résister, avec l'assistance de forces secrètes et ignorées comme si la vie réagissait contre l'oppression humaine. Elle parlait des guerres, de l'hostilité des États et de l'arme atomique qui allait bientôt se propager dans tous les pays et elle en avait peur.

L'examen de ces premiers cahiers me permit de constater qu'une partie au moins était constituée comme un journal personnel. A d'autres endroits, elle développait des textes pour commenter sa vie de pension ou sa vie de famille. Il y avait aussi la narration de ce conte extraordinaire qui concernait ce coquillage qu'elle avait trouvé dans la baie et cette perle énigmatique.

Je décidai donc de rassembler les notes qu'elle avait écrites et de les ordonner afin de reconstituer son histoire personnelle, mais aussi celle qu'elle n'avait pu me raconter : d'une perle mystérieuse et d'un coquillage pas moins fabuleux.

5 - LE VOYAGE DE NEVES

Le jeune marin fut émerveillé en ouvrant l'huître perlière. Il avait déjà le coup d'œil de l'homme de métier et sa trouvaille sortait de l'ordinaire. L'envie de la montrer tout de suite à son chef fut si forte, qu'il se retourna brutalement pour se rendre jusqu'à la cabine du bateau, où s'affairait son capitaine. Dans sa précipitation, il buta maladroitement sur une drisse mal logée. De tout son long il s'affala sur le pont laissant échapper sa précieuse découverte qui ne demanda pas mieux que de rouler le plus vite possible jusqu'au bord du vidoir ; là, où se jette habituellement les déchets de toutes sortes ; restes de poissons ou de coquillages.

Proférant une bordée de jurons, le marin se releva d'un bond, espérant rattraper la perle avant qu'elle ne retourne à la mer. La maligne, agile et prompte ne se laissa pas rejoindre et sauta dans l'eau limpide du lagon. Furieux, le patron exigea de son matelot qu'il retourne immédiatement à la plongée pour retrouver l'impertinente.

Pendant ce temps la perle avait roulé le long d'un rocher en évitant le sable où on l'aurait trop vite retrouvée. Elle cherchait désespérément une cachette dans le corail où déjà le plongeur fouillait et retournait tous les cailloux en ratissant les alentours ! Il fallait faire vite, et disparaître de sa vue sous peine d'être reprise. C'est alors qu'un coquillage qui avait tout vu de la scène lui fit signe de s'approcher et lui proposa de venir se blottir contre lui sous sa coquille.

-       Ce n'est pas là qu'il te cherchera, pour le moment il ne s'intéresse pas aux coquillages tels que moi. Viens vite !

La perle sembla rosir, intimidée, hésita un bref moment, mais l'urgence lui imposait d'accepter sans plus attendre cette opportune invitation. Doucement le coquillage chargé de cette nouvelle compagne s'éloigna du secteur dangereux pour trouver un refuge momentané où ils seraient tous deux à l'abri des recherches du pêcheur de perles.

-       Dans cette rocaille nous ne craignons plus rien, vous pouvez maintenant sortir de ma coquille.

-       Ouf ! J'étouffais ! Je suis désolée de vous déranger de la sorte !

-       Soyez sans crainte, je m'appelle Bénimus et je suis très enchanté d'avoir fait votre connaissance.

-       Hé bien merci Bénimus, mais je n'ai plus rien, j'ai dû laisser toutes mes affaires en route.

-       Ne vous inquiétez pas, je connais, pas loin d'ici un endroit charmant où j'ai beaucoup d'amis. Des poissons très colorés qui seront ravis de vous connaître et aussi des anémones qui nous protégerons des poulpes de passage. Vous ne m'avez pas dit votre nom ?

-       On m'appelle « Nèves» et Nèves s'endormit à

côté de son ami Bénimus, épuisée par tant de péripéties.

Un tel événement ne pouvait rester inaperçu. Il se trouve toujours des curieux qui sont à l'affût d'un « scoop » et c'est pour eux l'occasion de faire valoir qu'ils sont plus au fait de l'actualité que les autres. De bavardages en commérages bientôt tout le voisinage fut au courant qu'une perle d'une beauté hors du commun était l'hôte d'un coquillage ; qu'il l'avait sauvée des griffes d'un vilain barbu de pêcheur et patati et patata... Personne ne l'avait vue en vrai et de supputation en supputation on commençait à dire n'importe quoi.

Un poisson multicolore comme on n'en trouve que dans les mers chaudes, nommé « Filus » du fait de sa vélocité vînt rapporter à Bénimus tous les propos qui se disaient et lui conseilla de paraître avec « Nèves » la perle, afin d'éviter de malfaisants racontars et aussi pour calmer les plus excités. Bénimus demanda à Nèves son avis et ils convinrent que tel jour fixé ils feraient la parade attendue.

Les coraux et les anémones qui étaient dans la confidence se consultèrent pour organiser un défilé de prestige. Les poissons d'alentour furent invités à préparer une haie d'honneur pour faire le meilleur accueil à la nouvelle citoyenne des lieux. Le jour venu, on vit arriver toutes sortes de poissons, des girelles royales des gorettes jaunes et noires, des gorettes bleues à la gorge rouge, des poissons papillons, des sars grands et petits, des poissons clowns et même des rascasses volantes à qui on avait bien recommandé de prendre des précautions ce jour-là car ce sont habituellement des poissons venimeux. Même la blennie baveuse et gluante était venue plus curieuse que jamais, mais on veillait bien à ne pas trop se frotter contre elle. Derrière, des poissons plus gros avaient fait le déplacement. Des barracudas, des mérous bruns et des saint-pierre tout plats qui serrés les uns contre les autres ne prenaient pas trop de place sur le parcours du cortège. J'allais oublier les tortues qui contrairement à ce que l'on pourrait croire, étaient arrivées les premières. Les étoiles de mer et les crabes étaient venus par dizaines. Même un grand blanc, ce requin immense qui avait eu vent de l'affaire était passé par là mais n'avait pas voulu troubler la fête et s'était tenu à l'écart, sans rien manquer pour autant des festivités. Tout ce monde avait été impatient de voir arriver ce qu'on pourrait appeler la nouvelle princesse. Dès qu'elle fut sortie, le soleil jusqu'alors caché derrière les nuages et qui semblait avoir attendu cet instant, se découvrit tout à coup et flamboyant, vint illuminer nos deux amis : Nèves et Bénimus. Quelle ne fut pas leur surprise devant un tel déploiement de couleurs et de témoignages de bienvenue. Nèves était superbe dans ces rayons de soleil, au travers de ces eaux si limpides que tout le monde pouvait être satisfait même s'ils avaient dû attendre un peu longuement le début du cortège.

Ce fut une fête sublime et colorée mais de courte durée. Filus toujours en quête d'informations nouvelles, s'était rendu accompagné de ses habituels amis, Pégase l'hippocampe et l'anguille Glucie dans les eaux du port, près des paillotes et des habitations. Ils avaient sur place quelques connaissances qui acceptaient parfois, avec complaisance, de leur fournir des renseignements glanés çà et là, à l'occasion de leur ronde sous les coques des bateaux et près des quais. Les pêcheurs à leur corps défendant sont bien plus bavards qu'on ne le pense et c'est ainsi qu'ils apprirent que les sorties en mer étaient suspendues pour les jours à venir en raison de l'approche imminente d'un terrible ouragan. Les marins étaient donc affairés à protéger tout leur attirail. C'est ce qui explique leur absence dans le lagon, pendant la période de la fête célébrée en l'honneur de Nèves. Cependant, à en juger par les discussions très animées entendues sur les embarcadères du port, les plongeurs étaient bien décidés à reprendre leurs recherches dès que possible pour retrouver cette « satanée perle » qui leur avait filé entre les doigts.

Il n'y avait plus de temps à perdre et il fallait sans tarder rendre compte de tout ce remue-ménage, en train de se préparer. Dès le retour de Filus et de ses amis, il fut convenu de tenir une grande assemblée pour délibérer et prendre les décisions qu'imposaient de telles circonstances. On choisit un lieu tranquille à l'écart de certains prédateurs qui n'avaient pas compris que leur sort aussi était en danger. Le conseil eut lieu malgré tout avec une très large participation. Sans obtenir l'unanimité, l'opinion générale s'accordait sur les difficultés grandissantes à maintenir une vie collective et saine dans le lagon. Filus leur rapporta que les hommes s'étaient outillés d'un nouveau matériel qu'ils venaient de recevoir dont ne sait d'où, mais dont l'efficacité à les entendre, ne faisait aucun doute. Ils allaient ratisser à la herse tous les fonds, ravager les bancs de sable et aussi utiliser de nouveaux filets meurtriers.

Il n'y avait pas d'autre issue que de déguerpir vers des lieux plus paisibles et moins accessibles aux folies des hommes. Et puis, l'ouragan qui s'annonçait allait bouleverser une fois de plus le littoral et les eaux peu profondes du lagon. Le temps était venu de quitter ces lieux saccagés, sans doute à tout jamais, vers des fonds inconnus moins hospitaliers peut-être, mais en gardant espoir que cet exode conduirait vers un avenir radieux et plus sûr.

- Les jours ne se ressemblent pas disait amèrement Nèves à Bénimus « hier nous étions à la fête et demain ce sera le grand dérangement bien avant le lever du jour. Regarde même Filus fait sa tête de morue des mauvais jours ».

- Il faut savoir oublier ses angoisses et se montrer enthousiaste pour que les événements vous réussissent lui répondait Bénimus qui se voulait résolument optimiste

- C'est moi la cause de tout ce chambardement se lamentait Nèves

- Allons ! Dans de telles circonstances nous devons nous montrer forts et pugnaces. On compte sur nous !

Ursus, le mérou philosophe s'était joint à la conversation et répliquait :

- Bravo ! L'unité fait la force et la solidarité est de mise. Le chemin de l'union est la seule voie possible pour affronter la violence des événements et résister aux puissances agressives. L'homme est notre pire fléau et je ne comprends pas que la nature, la vie, lui ait donné l'instrument par lequel elle va finir par se détruire elle-même ?

- A quoi penses-tu demanda Bénimus ?

- A l'intelligence ! Je crois intervient la finaude perle en craignant de froisser son nouvel ami qui répliqua :

- La nature ne nous a pas doté de tels moyens, mais nous saurons quand même nous défendre et nous protéger.

A titre tout à fait exceptionnel, la confrérie des raies manta s'était offerte en proposant leur service pour le transport des gastéropodes et autres échinodermes, afin d'accélérer cette transhumance quand même improvisée. Quelques volontaires étaient partis plus tôt en éclaireur pour ouvrir le chemin, c'est à dire prévenir du grand passage et surtout rechercher des lieux où ces myriades en mouvement pourraient trouver refuge en toute sécurité.

Nèves et ses amis les plus proches avaient pris place avec beaucoup de précaution sur le dos de la raie Ranie qui avait recommandé de ranger tous les accessoires habituels de défense ; en particulier les épines urticantes et même empoisonnées. Interdiction même de gratter ; la peau d'une raie manta est extrêmement fragile. Nèves sujette au mal de ... des voyages craignait de rouler sur le côté et s'était coincée dans le creux de la coquille de son ami Bénimus tout ému et qui s'était lui- même confortablement installé près des ouïes de la raie pour avoir un peu plus de mer si j'ose dire.

- Tout le monde est en place ? On peut partir ?

En un coup d'aile comme un bel oiseau des mers le poisson plat décolla des fonds sablonneux pour s'enfoncer dans le courant marin et se laisser porter par la force des eaux. Bien avant l'aurore des bandes de poissons, et de crustacés quittèrent les lieux sur lesquels ils avaient vécu depuis la nuit des temps et semblaient partir un peu à l'aventure vers la pleine mer chassés par la cupidité des hommes toujours avides de tout posséder et dont l'impatience les conduit jusqu'à aller détruire ce qu'ils convoitent.

Il n'était resté sur place que des poissons malades ou trop vieux pour partir. Des compagnies de crabes et de poissons nécrophages se relayaient pour laisser les lieux le plus propre possible ; l'éthique exigeait qu'il soit montré aux hommes qu'on ne laisse pas de souillures derrière soi.

L'équipe de poissons chargée de repérer des endroits propices à une nouvelle colonisation était revenue pleine de promesses. Des oiseaux marins complices de leur entreprise ou plus vraisemblablement des poissons volants, leur avaient signalé au nord d'une petite île dont vous me pardonnerez de taire le nom, des amas de récifs à perte de vue qui de toute évidence constitueraient un rempart invincible et protecteur. Les populations autochtones averties s'étaient mobilisées pour accueillir avec compassion ces nouveaux réfugiés contraints à l'exil. Les crabes avaient confectionné des caches pour accueillir leurs congénères. Les murènes qui possèdent parfois plusieurs abris avaient pris soin d'en nettoyer au moins un pour recevoir les nouveaux venus. Chacun avec ses propres moyens s'affairait du mieux possible pour que tout soit en place pour leur arrivée.

L'installation se fit sans trop de heurts ni de dommages et chacun put trouver sa place même provisoirement. Il fut même admis que les heures de chasse pour les poissons prédateurs seraient réduites pendant un temps limité afin que le biotope un peu perturbé par les événements puisse retrouver un équilibre normal. De la discipline de chacun dépendait la survie des espèces. Cet abri naturel pouvait être un havre de paix pour nos amis tant que les hommes seraient tenus à l'écart.

Au cours du débat qui avait décidé de la destination, certains avaient proposé d'investir cette région de la mer des Sargasses si tranquille, que les pêcheurs ne la recherchent pas vraiment en raison des algues gigantesques qui y poussent et de l'absence de vent. Cette zone marine avait plutôt tendance à regrouper tous les déchets de l'océan. Le cœur de l'océan Pacifique était bien pire aux dires de certaines tortues chelonia mydas. Des matières nouvelles inaltérables en provenance de terres lointaines venaient s'accumuler à cet endroit. Elles affirmaient que ce secteur n'avait pas d'avenir, et que la pollution n'irait qu'en empirant si on en jugeait par les actions délirantes des hommes peu enclins à protéger la mer et leur environnement terrestre. En tous cas cette partie de l'océan sans doute celle des Bermudes, n'avait pas eu l'agrément de la majorité.

Des raisons inavouées expliquaient davantage ce rejet. Un sujet plutôt tabou, car des phénomènes incompréhensibles perturbent cette région des mers. S'agit-il des gaz sulfureux qui émanent des entrailles profondes de l'océan ou de champs magnétiques très perturbateurs ? On ne sait pas vraiment, mais à l'approche de cette zone de San Banago un malaise se diffuse dans la gente marine. Curieusement ces atolls semblent délaissés, inhabités, un désert que la vie veut oublier.

Évitant d'intervenir dans les débats, Glucie l'anguille ne voulait pas ajouter à l'anxiété ambiante. Pourtant, après les nombreux et longs voyages effectués par son espèce, elle aurait pu faire devant l'assemblée réunie, le récit de tous les témoignages qui lui avaient été rapportés sur l'état des rivières et des eaux douces de tous les continents, souillées par des pollutions de toutes sortes. En bord de mer, près des estuaires, des métropoles démesurées s'édifiaient, charriant quantité de détritus. Les poissons ainsi que les oiseaux mouraient en grand nombre en raison de nappes d'hydrocarbures, parfois immenses qui dérivaient sur l'océan. La baie de New York où se jette l'Hudson River en était un exemple édifiant.

Les rencontres avec les salmonidés avaient confirmé ces impressions. La remontée vers les sources des fleuves allait bientôt être contrariée par des barrages gigantesques impossibles à franchir. Les poissons d'eau douce remarquaient aussi la présence de produits nocifs nouveaux qui empoisonnaient les rivières et les lacs. Un faisceau de présomptions indiquait clairement que l'avenir s'assombrissait pour la vie du monde marin mais peut-être tout autant pour le monde en général.

Des poissons de haute mer avaient témoigné de la violence des combats que se livraient les hommes sur mer, sans se soucier des conséquences sur l'environnement. D'autres avaient confirmé qu'on leur avait signalé que sur terre les violences étaient pires encore, jusqu'à employer des armes atomiques contaminant pour des centaines d'années, voire davantage, l'environnement sur des milliers de kilomètres carrés. Bref la première moitié du XXème siècle avait été calamiteuse et rien ne laissait présager que les choses iraient en s'arrangeant.

Filus faisait régulièrement ses enquêtes auprès de poissons voyageurs qui fréquentaient les quais de ports de commerce. Une information importante, même ancienne apportait un élément nouveau sur lequel pouvait enfin se fonder un espoir. Le Président du plus puissant État de l'Amérique, pourtant à l'origine de l'emploi de la force nucléaire, s'était prononcé en faveur d'un accord « d'abstention » relatif à la pêche en mer. S'agissait-il d'une limitation des droits de pêche ou l'implantation de zones de réserve ? On ne savait pas vraiment mais la faune marine semblait enfin devenir un sujet de préoccupation pour les hommes qui avaient en charge la gestion des États.

Nèves avait noté avec intérêt ce renseignement qui confirmait ses convictions. Glucie très inquiète s'était murée dans le silence, mais un échange furtif avec Nèves l'avait étrangement rassurée. Une sorte de pressentiment s'installait en elle qui apaisait son angoisse. Glucie s'interrogea sans vraiment comprendre, puis dans un éclair de lucidité elle prit conscience que la beauté de Nèves serait salvatrice. C'était un signe, une force qui générait autour d'elle, amour et confiance et qui donnait envie de l'accompagner, de la suivre. Objet animé, riche de sens inconnus, la perle était une messagère admirée, au destin mystérieux.

Nèves comprit les questionnements de Glucie, s'approcha d'elle, et lui dit :

- Les gros poissons ont toujours mangé les petits et il est bien normal que les hommes prennent aussi leur part, mais peut-être faudra-t-il un jour rappeler au monde des humains que la nature mérite respect et gratitude. Pour nous, les temps à venir seront terribles. Les guerres que se sont livrées les hommes les conduisent vers de nouvelles civilisations toujours plus gourmandes de biens et de savoirs. Nous ne serons pas épargnés et pourtant notre salut viendra d'eux et d'eux seuls s'ils en ont la volonté. L'avenir peut être différent de ce que nous vivons aujourd'hui et puis les hommes ne se satisferont pas éternellement d'une nourriture barbare.[12]

Une course dans l'escalier me fit sursauter. J'ai dû me laisser emporter par la rêverie. A vrai dire, je ne sais plus si ce que j'ai écrit, je l'ai vraiment lu ou bien si je l'ai imaginé dans la somnolence qui a suivi la lecture de ce premier cahier laissé par Léa. Je regardai ma montre et vu l'heure, je bondis pour me passer un peu d'eau fraîche sur le visage et descendre quatre à quatre jusqu'au restaurant pour le repas du soir.

- On ne t'attendait plus me dit Mireille en me

---

[12] Le monde pourrait vivre sans tuer ni animal, ni végétal : Théodore Monod

taquinant.

- Ecoute, je suis désolé. Les notes de Léa sont vraiment surprenantes. Je n'ai pas vu le temps passer. Quand tu auras une minute, je t'en parlerai.

Lorsque Mireille, put se libérer à la fin du repas et venir me rejoindre à ma table pour faire la conversation quelques instants, je lui fis part de mes impressions et lui racontai ce que Nèves avait prophétisé à propos de la nourriture.

– Crois-tu que l'homme dans le futur puisse créer une nouvelle forme de nutrition ?

– C'est bien la peine de te faire des petits plats sur mesure. Quelle tristesse ! Arrête de rêver Pierrot !

– Selon toi ! la fonction alimentaire peut-elle être dissociée des sens du goût et de l'odorat. Imagine qu'on puisse découvrir une multitude de saveurs sans craindre de grossir. C'est un domaine où tout peut s'inventer. Pour l'odorat on en est encore au stade de la préhistoire et je crois même que l'humanité a régressé depuis l'homme de Cro-Magnon qui devait mieux savoir se servir de ses capacités olfactives que l'homo sapiens moderne.

– Qu'est-ce que tu cherches à me démontrer, me demanda Mireille?

– Rien, sinon que l'homme réussira peut-être à s'affranchir de tout ce qui n'est pas nécessaire à sa fonction maîtresse de créativité. Il est conçu pour découvrir, créer et plus encore pour aimer ce qui est beau. Si l'homme trouve le moyen de simplifier ses fonctions biologiques astreignantes, il préférera jouir et se consacrer à l'essentiel, cherchant toujours à étendre sa liberté contrainte. Autrement dit pourra-t-on savourer mille délices nouveaux sans massacrer tous les animaux de la terre comme on le fait aujourd'hui ?

–   Pierrot prédicateur ! Voilà qui est nouveau !

–   Non je m'interroge, comme beaucoup d'hommes. Je cherche des signes prometteurs, des voies nouvelles qui pourraient redonner confiance….l'avenir paraît si sombre par moment.

6 - LA MISSION

La vie a enfanté les hommes qui doivent être le sommet de sa créativité. Il leur appartient de terminer la construction de l'univers, puis de l'éterniser, pour en faire l'Eden imaginaire rêvé par eux.

La terre, celle qui tourne autour du soleil reste la dernière occasion pour la vie de réussir à façonner une humanité en harmonie avec la nature dont la maîtrise exige de la part des hommes, humilité et respect.

Des expériences multiples essaimées dans toutes les galaxies offraient aux humanités des conditions variables d'adaptation. Des terres accueillantes, il y en eut par milliers, où la vie créa avec obstination pour façonner l'homme dans son milieu organique et végétatif, ce qui était son but ultime. Souvent la vie avait cru réussir, être à deux doigts de gagner son pari. A chaque fois pourtant, l'avidité individuelle l'avait emporté sur l'altruisme nécessaire à la plénitude des êtres humains. L'intérêt particulier de chacun prévalait toujours sur l'intérêt général des communautés. Ainsi, la concentration des biens et des pouvoirs d'une minorité dominante aboutissait toujours à l'autodestruction des civilisations qui se développaient d'une manière discordante parfois jusqu'au gigantisme pour mieux s'effondrer et se détruire.

Notre galaxie est vide d'humanité. L'ultime espoir qui reste à la vie de s'épanouir par l'homme n'est plus que d'essence terrienne.

Pourtant, l'essor de l'humanité, son expansion fulgurante et surtout agressive laissent entrevoir une évolution contraire au développement de la vie, compatible avec les lois naturelles d'équilibre de l'univers auxquelles les hommes cherchent à échapper. Le combat des nations et surtout l'emploi d'armes atomiques, semblent avoir créé des perturbations cosmiques, ressenties au-delà de notre monde, laissant craindre qu'imperceptiblement des matières sombres, forces encore inconnues de l'univers, après s'être massifiées, puissent amorcer un mouvement convergent vers notre système solaire et le menacer d'extinction.

L'injonction a été reçue d'intervenir auprès des hommes pour stopper l'autodestruction de l'humanité, et maintenir l'existence des hommes sur la terre.

Fécondée par le soleil et la mer, Nèves fut créée : âme vivante et mortelle, capable de compassion et d'amour, prenant la forme d'un objet, celui d'une perle afin de s'approcher au plus près des femmes et des hommes, pour qu'elle puisse les couvrir de son champ de résonance. D'une force contenue et adaptée, cette nouvelle messagère des espaces soutiendra les forces de paix existantes, et s'opposera à l'emploi de l'arme atomique. Elle diffusera un rayonnement d'apaisement et de persuasion, en stimulant la compassion et l'empathie qui sommeille en chacun des hommes. Enfin, elle les incitera à s'interroger sur la place qu'ils doivent occuper au sein de l'univers.

Il est impératif que les humains maîtrisent leurs rapports de civilisation pour s'épanouir dans la créativité et dans l'amour au sens de la solidarité et du bien-être commun ; l'amour étant la seule force vivante susceptible d'agir contre ces forces obscures qui s'amoncellent aux portes de notre monde. Le phénomène de la vie, joyau de notre système solaire, et peut-être aussi de l'univers entier, est directement menacé.

Cet ordre de mission intégré dans les gènes, plutôt dans les atomes de Nèves devait nécessairement la conduire à s'interroger sur son bonheur personnel qu'elle partageait avec son coquillage Bénimus. La vie de leurs contemporains les concernait et souvent ils échangeaient des propos, pour trouver une action susceptible de changer le cours des événements, plus lourd chaque jour de mauvaises nouvelles.

Les récifs où s'était réfugiée la faune marine du lagon abandonné, offraient l'avantage de se dissimuler facilement. Les caches étaient nombreuses dans ce milieu très accidenté où les poissons les plus fragiles, les plus vulnérables pouvaient se garder des prédateurs. Les eaux très peu profondes par endroit laissaient filtrer la lumière qui activait les couleurs bigarrées de ces poissons des mers du sud. Les pierres chauffées par le soleil affleuraient par endroits la sur-

face des eaux, créant des micros courants qu'affectionnaient les alevins fébriles et gourmands. Ils se laissaient porter par le flux ou au contraire jouaient à braver les courants plus rapides. L'eau vive, le soleil et
l'ombre des pierres formaient des kaléidoscopes animés qui rivalisaient de couleurs avec les coquillages et
les poissons les plus colorés. Les plantes aussi apportaient leurs parures verdoyantes illuminées par le soleil. Tout était enchantement pour cette faune marine
qui pouvait s'épanouir et proliférer. Bénimus et Nèves
passaient des heures heureuses dans l'insouciance,
aimant exhiber la clarté de leur nacre, jouant des reflets de la lumière, se laissant bercer par la caresse des
eaux tièdes de l'océan. Ils étaient admirés. De loin,
crustacés et poissons venaient les contempler et s'entretenir de la quiétude des lieux, mais parfois aussi de
nouvelles plus alarmantes.

De cette douceur de vivre, ils avaient pu longtemps en profiter mais leur nature altruiste avait éveillé en eux le goût et le souci des autres. Ils étaient cons-
ternés d'apprendre que des milliers de requins étaient
amputés de leur ailerons, que des essaims d'œufs de
toutes espèces étaient régulièrement saccagés par des
moyens de pêche disproportionnés, que les cétacés de
toutes sortes étaient massacrés, que la mer était mise à
sac sans qu'on sache vraiment pourquoi. Même si les
hommes étaient en grand nombre, il n'était pas justifié
qu'ils éteignent la vie des océans comme ils s'achemi-
naient à le faire.

Les intempéries une fois passées, les hommes
de la lagune se lamentèrent encore davantage de ne

plus trouver sur leurs lieux de pêche, la manne habituelle qu'ils ponctionnaient régulièrement sur la mer. Les hommes recherchèrent d'abord de nouvelles zones de pêche toujours plus éloignées. N'étant jamais à cours d'imagination, ils se dotèrent d'outils perfectionnés comme ceux pouvant espionner les fonds marins. Il est vrai, que dans une mer hérissée de récifs, il n'est pas facile de pratiquer une pêche intensive mais rien ne rebute les hommes ; tant et si bien que le site qu'on croyait invulnérable, fut aussi convoité par des marins téméraires, de plus en plus nombreux. Ces nouvelles incursions, toujours plus fréquentes, incitèrent plus d'un poisson à s'exiler pour découvrir de nouveaux refuges.

Bénimus sentit un changement dans l'attitude de Nèves plus songeuse qu'à l'ordinaire et il s'en inquiéta.

– Il y a quelque chose qui ne va pas ? demanda Bénimus

– Écoute Bénimus, tu sais combien je suis heureuse avec toi, mais nous en avons souvent parlé, on se doit d'agir, on ne peut laisser massacrer le monde marin sans rien faire et puis tu te souviens de ce qui nous a été dit sur ces bombes si puissantes, qu'une seule peut anéantir tout un port maritime, si grand soit-il ?

– Je comprends ton inquiétude et je serai à tes côtés si on doit agir ensemble, lui dit Bénimus qui soupçonnait dans Nèves une force hors du commun.

– Je savais bien que je peux compter sur toi.

– Reconnais quand même que nous sommes

bien dépourvus pour nous opposer à une puissance qui nous dépasse, que pouvons-nous vraiment faire ? Tu n'as ni force, ni pince, ni venin, rien même pour te protéger !

– Je suis bien moins démunie que tu le crois. D'abord j'ai ton affection et celle des autres, de tous ceux qui m'ont dit que j'étais... si aimable, alors je veux essayer de me servir de ce que la nature m'a gracieusement offert pour tenter de faire comprendre aux hommes que le monde qui les entoure est beau, qu'il doit être aimé et respecté, sinon l'humanité disparaîtra.

– C'est un rien de vanité ...fit remarquer Bénimus.

– Non, c'est une indignation qui m'étreint. Un besoin irrésistible de conjurer une évolution qui deviendra insupportable dans le futur si on ne s'y oppose pas dès maintenant.

– La vie peut-elle mourir Nèves ? Peux-tu répondre à cette question ?

– Je crains que oui. La vie est si fragile. La terre, et la mer sont si petites, alors que la puissance de la fission nucléaire peut être démesurée.

Tuer la vie sur la planète est à la portée des hommes. Leur savoir ne cesse de croître et ils en ont les moyens. Bien heureusement, ils n'en ont pas la volonté, mais leur hargne à se battre, leur ambition démesurée, leur impatience irraisonnée, pourraient les conduire un jour à commettre des actes insensés. Ils ne parviennent pas à se détourner de la violence pour régler leurs différends alors que le niveau de civilisation auquel ils sont parvenus, devrait les obliger à s'entendre, à rechercher d'autres modes de vie pour connaître de nouvelles aspirations susceptibles de satisfaire leurs besoins dans l'équité.

Ils doivent percevoir le monde autrement et donner un sens nouveau à leur existence.

Le message que j'ai à diffuser auprès des hommes est celui de la générosité et de la raison et crois-moi Bénimus, je suis armée pour cela.

-     Le charme, j'imagine ; une arme irrésistible et redoutable. J'en suis totalement convaincu.

-     Cette entreprise difficile, nous obligera à choisir des routes différentes et certainement, nous devrons nous séparer. Quand cela se produira, tu feras savoir à tous l'objet de notre mission ; un message d'espoir, car nous éveillerons chez les hommes l'espérance d'une vie nouvelle à laquelle nous devons croire aussi.

-     Nous nous reverrons ?

-     Oui. En suivant au nord les quarante neuvièmes parallèles tu atteindras les côtes de la France. Dans ton périple tu parleras à la faune marine de notre combat. Sois confiant, courageux et patient, je te rejoindrai. Dans l'immédiat, concentrons-nous sur notre action salvatrice indispensable si nous voulons maintenir la vie des hommes sur la terre.

7 - LA JEUNESSE DE LEA

Mireille essayait bien de me tenir compagnie, mais au moment du repas le service la reprenait et poursuivre davantage la conversation n'était plus possible. J'allais me retrouver seul à table pour le dîner quand une femme qui aurait l'âge de Léa maintenant, entra. Mireille l'accueillit, et l'embrassa en lui glissant un petit mot à l'oreille. De prime abord, je ne reconnus pas cette personne. Aucun souvenir ne vint exciter ma mémoire, par contre je compris à son regard que je ne lui étais pas étranger. Je répondis par un sourire engageant qui la décida à venir vers moi. Je me levai pour la recevoir. J'étais sur le point de me présenter quand elle me dit :

-       Nous n'avons guère de souvenirs communs mais Mireille m'a rappelé qu'on a pu se rencontrer « jadis » par l'intermédiaire de Gaëlle. Vous êtes Pierre M...
-       Pour les intimes je suis Pierrot. Le fou de musique et de poésie. Cela va sans dire.
-       Voilà, qui me rassure. Moi, c'est Loïse, une ancienne amie de Léa.

-       Partageons la même table, nous aurons ainsi l'occasion de parler d'elle.

Loïse accepta mon invitation pour dîner. Elle avait bien connu Léa du temps où elles étaient pensionnaires ensemble au lycée de Crédan. En quelques mots, je lui fis le compte rendu de ce que je savais de son amie, de mes investigations et de mes projets d'écriture.

-       Vous rencontrer, c'est pour moi une chance inespérée. Lui dis-je. Ma connaissance sur la vie de Léa comporte des lacunes et des vides que vous allez peut-être pouvoir m'aider à combler.

-       Ne craignez pas de me tutoyer. Puisque vous étiez l'ami de Léa, nous devrions pouvoir aussi l'être ensemble. Léa fut une femme hors du commun me dit Loïse.

Après l'examen des bourses nous sommes entrées à la pension dès l'âge de onze ans en classe de sixième. Bonne élève, elle était donc boursière, travaillait très bien mais avait un caractère qui ne s'en laissait pas compter.

On n'imagine pas aujourd'hui ce que pouvait être la vie de pension dans ces années cinquante. Ce lycée pour jeunes filles était tenu par des bonnes sœurs avec toute la rigueur qui prévalait à l'époque. Par exemple dans les temps de récréation, il ne serait venu à personne, l'idée de s'asseoir sur le sol, comme on le voit faire aujourd'hui ou même de grignoter quelque chose en dehors des salles de réfectoire. C'était l'austérité pure et simple ; pas de musique, pas de lecture en dehors de quelques livres insipides passés par la censure de la mère principale, en tout cas pas de journaux ni de revues même pour les élèves de terminale. Seuls, les livres du programme et des textes bien choisis étaient autorisés pour préserver la moralité de ces jeunes filles, bien sous tous rapports.

Il y avait des sorties régulières, toujours les mêmes et bien sûr obligatoires. Un jour avec Léa nous avions décidé de sécher la promenade. Pour nous dissimuler, nous nous étions cachées bien innocemment dans les toilettes en attendant le départ des élèves. Par malchance, une sœur nous a trouvées accroupies l'une à côté de l'autre en train de chuchoter et en ricanant j'imagine. Ce fut le scandale, car la hiérarchie a cru que nous avions dans l'idée de faire toutes sortes de choses malsaines. Tu vois ce que je veux dire ! Du coup, nous sommes passées toutes les deux en conseil de discipline. Ce fut une véritable inquisition, avec des interrogatoires serrés où l'on essaya de nous faire avouer à toute force des choses qu'on n'avait pas faites. Il fallait indiquer comment on était installées dans les cabinets, dans quelle position, où j'avais placé mes mains, les propos qu'on échangeait, qui avait eu l'idée de ne pas partir en promenade et pourquoi. C'était insupportable mais Léa a su tenir tête, sans se laisser impressionner. Heureusement parce que moi, je n'étais pas loin de craquer et pour finir j'aurais pu dire n'importe quoi pour être débarrassée de cette suspicion.

-      C'est bien l'impression que j'avais d'elle. Une femme solide.

71

\-   Laisse-moi te raconter encore. Léa était une toute jeune adolescente quand elle a perdu son père et avec sa mère les rapports étaient plutôt difficiles mais elle s'estimait heureuse de ne pas être orpheline car la situation de ces jeunes filles à la pension n'était guère enviable. Imagine un peu !

Chaque élève interne devait apporter son pot de confiture personnel. Je piochais dans le mien sans précaution particulière et tous les matins je suçais naturellement ma cuillère que je replongeais dans le pot, sans souci. Les copines faisaient pareil, même si, avec quelques amies privilégiées on pouvait parfois faire des échanges, mais ce n'était jamais avec toutes les filles de la tablée. Pourtant, avant le départ en vacances, les élèves étaient priées, après le petit déjeuner du matin, de vider les restes de leur pot de confiture dans un grand pot commun en verre blanc. Tout était mis pêle-mêle : fraise, abricot, orange, prune et j'en passe ... avec les miettes en plus à n'en pas douter. On obtenait ainsi un grand berlingot de couleurs variées ; un mélange plutôt coloré, marbré peut-on dire, mais pas très ragoûtant.

Alors quand je pense que cette ratatouille de confitures était servie ensuite avec miettes de pain et cheveux collants aux orphelines du pensionnat d'à côté, je me demande si ces bonnes sœurs avaient assez d'estime pour ces enfants de pauvres, au point de partager la confiture avec eux ?

Elle m'a raconté aussi ses démêlés avec la maîtresse de l'école des sœurs. En primaire, elle avait huit ou neuf ans à l'époque.

L'école primaire était à trois kilomètres environ de la ferme. Pour une gamine c'est quand même une trotte à faire tous les matins et tous les soirs. C'était d'autant plus dur, que la course se terminait par une côte jusqu'à l'école des sœurs Ste Marie. Il fallait ajouter au cartable le repas à réchauffer ainsi que le goûter. Ce dernier, le plus souvent se composait d'une double tartine de confiture encore appétissante au départ mais qui se détrempait au fil de la journée. C'est à peine si Léa osait sortir son goûter du sac, ou si elle le faisait, c'était le plus fréquemment pour l'enfouir au fond du tiroir de sa table de classe où s'accumulaient tartines sur tartines.

Juste avant les vacances, quand il fallut comme de coutume, nettoyer les tables de leurs graffitis et des tâches d'encre, ainsi que de vider les tiroirs de tous les détritus entassés, on découvrit la cachette et le forfait. Léa prise au dépourvu n'eut pas le temps de tout remiser dans son sac. A remuer tout ce ramassis moisi, une odeur révélatrice finit par attirer l'attention. La sanction ne se fit pas attendre. Ce fut le pilori ou presque. L'enfant assise à sa table devant ses tartines gâtées et poilues de vert de gris, se devait de les manger en guise de repas. La maîtresse, Sœur Agnès, très courroucée était formelle, elle ne pouvait admettre qu'on gâche ainsi le pain du Seigneur. Léa était au supplice, mais ne pouvait succomber sous la force de l'autorité, alors qu'elle ressentait l'injustice de la sanction qu'on lui infligeait. Combien de fois n'avait-elle dit à sa mère qu'elle n'aimait pas manger un pain mouillé. C'était peine perdue, la mère avait ses habitudes et faire autrement l'importunait. Et puis, elle ne supportait pas qu'on lui résiste ou qu'on la contredise ; ce qui avait été fait depuis toujours, devait être refait de la même façon. Malgré son jeune âge, Léa sentait sourdre en elle le droit à la dignité, à l'indépendance, à cette liberté enfin qui déterminerait plus tard le sens de sa vie et ce n'était certes pas tous ces énergumènes qui entouraient sa table en la houspillant, sous l'œil complice de la bonne sœur qui lui feraient changer d'avis. Peut-être attendait-on de Léa, qu'elle se soumette en faisant au moins le geste qui simule de goûter cette infâme nourriture ? Convaincue de son bon droit, elle était décidée à tenir tête et à ne pas céder.

Des comportements qui visent à faire plier, à casser la dignité de l'individu, à faire renier pour mieux dominer, l'histoire nous en rapporte mille exemples. Rendons grâce aux justes qui ont tout donné, souvent au prix de leur vie, pour sauver leur vérité, leur idéal ou leur foi. Léa faisait partie de cette élite.

A l'heure du midi, les élèves étaient groupées dans deux salles en distinguant ceux qui bénéficiaient de la cantine scolaire et ceux qui étaient censés apporter leur repas. Pour déjeuner, Léa se rendait donc avec les autres enfants indigents dans le petit local qui jouxtait le réfectoire. C'était une pièce exiguë munie de deux grands bancs sans table. Sur des étagères murales, les élèves récupéraient leur couvert et leur bol et allaient ensuite s'asseoir pour le remplir du contenu de leur petit sac rapporté de la maison. La mère l'avait rempli de morceaux de pain accompagnés parfois, plutôt rarement, d'un bout de lard. La sœur passait ensuite entre les bancs pour verser à chacun, une lou-chée du bouillon de la viande et des légumes qui avaient été servis aux enfants plus fortunés du vrai réfectoire.

Comme un souvenir en appelle souvent un autre, je voulus moi aussi raconter à mon tour mes angoisses d'écolier à l'occasion des interrogations orales de grammaire qui s'effectuaient selon un céré-monial assez impressionnant.

-      Les élèves tous debout dans les rangées à côté de leur table tombaient (assis) les uns après les autres comme des lapins sous le tir des chasseurs. Ceux-ci faisaient partie du premier rang et disposaient de deux cartouches c'est à dire de deux questions auxquelles devait répondre le lapin de la deuxième ou de la troi-sième rangée. Si la réponse à la première question ne venait pas dans les vingt secondes, on estimait que le chasseur avait raté son coup ; mais il y avait une deu-xième chance pour le chasseur et pour le lapin ; c'était la deuxième question qui fusait aussitôt et la réponse devait être quasi instantanée, sinon le maître vous fu-sillait du regard et l'on devait s'asseoir piteusement sur son banc sous l'opprobre bien sûr de ceux qui restaient debout. Le jeu se prolongeait par l'exercice des autres rangées et les lapins qui avaient résisté à l'épreuve en donnant la bonne réponse devenaient chasseurs à leur tour. Une vraie tuerie. L'instituteur qui sans doute de-vait être un passionné de chasse exigeait la prompti-tude, qualité essentielle d'un bon tireur. Comme je n'avais pas une âme de prédateur j'exécrais cet exercice auquel j'avais bien du mal à participer. Je crois que la vie des lapins que je sentais mourir devait occuper tout mon esprit au moment de ces interrogations car je n'étais pas particulièrement brillant.

-       La pédagogie est un art difficile. Imaginer que les enfants puissent avoir un cœur de lapin, pour un enseignant-chasseur c'est contraire à tout entendement !

Pour Léa, la vie à l'école était sévère mais bien moins que dans sa famille. Pour étudier ce qui l'avait tourmentée autant pendant sa jeunesse et savoir ce qui avait pu se produire après son décès, je cherchais parmi ses cahiers, ce qui se rapportait à sa vie de famille.

Léa ne se contentait pas seulement de raconter ses rêveries, elle aimait aussi parler de sa vie d'enfant, de sa mère qu'elle ne comprenait pas, de l'absence de son père qui lui manquait et de la vie de la ferme qui était son environnement. Avec ses mots d'enfant, elle racontait le travail de son grand père à la ferme tel qu'il existait autrefois quand les labours se faisaient avec des chevaux. D''immenses percherons aux cuisses puissantes qui tiraient d'énormes chariots chargées de ballots de paille, ou des tombereaux de fumier qu'on emportait aux champs. La ferme avait ses odeurs de foin, d'écurie, ses chants de coqs, de cancanements d'oies, une effervescence toujours renouvelée au gré des saisons.

La fabrication du cidre à l'automne était un moment de festivité quand les hommes installaient le pressoir au milieu de la cour. Sur un lit de paille ils versaient les barriques de pommes en plusieurs couches puis un homme pieds nus grimpé sur le plateau faisait tourner la vis sans fin à l'aide d'un grand volant. Les fruits éclataient quand la presse s'enfonçait dans la motte, faisant perler le jus de partout. Il se répandait alors une forte odeur de pomme acidulée qui embaumait et excitait les papilles. Léa n'était pas la dernière à tourner avec les autres enfants autour du pressoir cherchant à grappiller du bout des doigts quelques morceaux de fruits écrasés.

Ces moments de bonheur étaient toujours écourtés car la mère trouvait généralement qu'il y avait mieux à faire que de musarder. Il n'y avait jamais de temps à perdre surtout pour les enfants à qui on reprochait toujours paresse et gourmandise. Un plaisir pourtant rarement satisfait si j'en crois ce que Léa raconte à propos des oranges de Noël.

Ces agrumes que l'on réservait pour les périodes de fêtes auraient pu faire les délices des enfants. Ils étaient donnés au compte-goutte par crainte de les consommer trop vite. Alors, comme une lanterne allumée, l'orange restait à bonne hauteur sur le bord de la cheminée. On la regardait on ne la réclamait pas et c'était une fois flétrie, ou presque blette que la mère proposait de la manger, quand le fruit avait perdu de son arôme et qu'il était trop tard pour en savourer le goût exotique. C'était ainsi pour tout. On mangeait les mange-tout les plus gros, les laitues les plus fanées, les fruits les plus gâtés, les pains les plus rassis. La mère pourtant était gourmande et ne se privait pas, mais en douce en dehors des enfants qui pourtant l'avaient surprise quelques fois sans oser rien dire.

La soupe au lait dans laquelle baignaient les morceaux de mie de pain constituait un fréquent repas auquel était soumis les enfants sans vraiment tenir compte du rejet viscéral et allergique éprouvé par certains d'entre eux. Léa ne supportait pas le lait qui la faisait vomir. Quel qu'en soit le motif, la mère ne supportait pas qu'on lui résiste. Les coups tombaient à la moindre incartade. Contrairement à ses sœurs, qui invariablement écopaient de magistrales corrections, Léa avait compris qu'il ne servait à rien de tenir tête à sa mère, campée sur ses principes que rien ne pouvait remettre en cause. Aussi, faisait elle en sorte de ne pas provoquer de conflit, de se montrer plutôt conciliante et docile afin d'apaiser des colères qui pouvaient facilement prendre une tournure hystérique. Cette attitude lui permettait de résister dans les cas les plus sordides et d'être entendue quand les injonctions étaient totalement dénuées de raison.

La perte de Blanchette faillit bien tourner au drame. La vache, après l'hiver restait dans le pré, un clos herbeux où la mère se déplaçait chaque jour pour effectuer la traite. Il arrivait bien que l'ainée des filles, Léa s'en chargeât mais ce n'était pas coutumier. Elle avait du mal à supporter l'odeur du lait encore chaud et n'appréciait guère le contact du pis. Une fois la traite effectuée, il fallait donner un nouvel espace d'herbe à la vache en déplaçant le piquet qui la retenait à la chaîne. La longue tige de fer devait être enfoncée profondément à grands coups de maillet et pour la gamine l'épreuve pouvait parfois s'avérer assez rude. Le terrain n'était pas facile, très empierré par endroits, pourtant Léa avait à cœur de s'acquitter consciencieusement de cette tâche rébarbative quand il le fallait.

Au cœur de l'après-midi, le voisin vint avertir que la vache était dans son champ de luzerne les quatre pattes en l'air. On courut, affolé jusqu'à l'entrée du clos. L'animal crevé, avait arraché son piquet et s'était gavé de cette fabacée au point de se faire éclater la panse. L'odeur était pestilentielle. Il fallut bien sûr chercher le responsable. On eut beau expliquer que la tempête qui avait sévi toute la nuit, avec ses coups d'orage et de tonnerre en était certainement la cause. L'affaire était déjà entendue : le piquet, s'il avait été correctement enfoncé, la Blanchette à cette heure serait toujours en vie. Léa échappa par miracle à la raclée habituelle, sans doute parce qu'elle avait la réputation d'être sérieuse. Tout le monde, aurait pris fait et cause pour elle, s'il lui était arrivé quelque chose.

D'ordinaire, les trois enfants couchaient ensemble dans un même lit. La place de Léa était au milieu et ce n'était pas la plus confortable. Qu'elle se tourne d'un côté ou de l'autre, elle avait toujours le souffle d'une de ses sœurs pour la gêner. Pourtant elle se gardait bien d'en parler, sachant d'avance la réponse de sa mère.

Ne supportant plus de dormir dans ces conditions, elle avait conçu le projet de s'installer un coin, bien à elle, dans une partie du grenier qui servait principalement à entreposer les grains. Pour avoir réponse à tout, car elle s'attendait à voir se dresser mille obstacles contre cette idée, elle avait imaginé elle-même comment construire sa petite demeure privée, qui mettrait ses secrets à l'abri des indiscrétions. Contre le froid, elle avait calculé le nombre de ballots de paille nécessaires à la confection des murs de son enceinte et s'était mise en quête de savoir où elle pourrait récupérer des cartons. La garagiste et l'épicier avaient promis d'en mettre de côté, et sa tante qui était dans la confidence, les entreposait chez elle en attendant le moment propice pour entreprendre la construction de la chambrée.

Le fermier chez qui elle allait régulièrement chercher le lait le matin depuis la perte de Blanchette, lui avait promis aussi de l'aider dans son projet. Il disait d'elle que c'était une bonne gamine et gentille et travailleuse. Léa sut à l'occasion d'un compliment en profiter pour placer sa requête et demander les matériaux pour construire son refuge. Le fermier qui connaissait bien la famille et la rapacité de la mère eut pitié de la petite et lui offrit de lui fournir en plus de la paille, un grand grillage en guise de toit pour supporter les cartons d'emballage et les gerbes de blé qu'il mettrait également de côté pour elle après les moissons. Léa savait par expérience, qu'il convenait de patienter et d'attendre le moment opportun pour obtenir l'agrément espéré auprès de son Père.

Un mois avant la rentrée des classes, l'occasion propice se présenta quand Gus et le fermier bavardant « au cul de la tonne », buvaient une bolée de cidre. Au deuxième verre, Léa osa formuler sa

« quémande ». Les deux hommes charmés par la gamine, se laissèrent amadouer. Ils se mirent aussitôt à la tâche et la mère resta coi devant la détermination et l'empressement des charpentiers qui en deux temps, trois mouvements, eurent tôt fait d'installer Léa dans ses meubles qui n'étaient autres que de la paille.

Loïse me promit de rechercher dans ses archives, si elle possédait des lettres ou des objets en rapport avec Léa et qu'elle repasserait me voir. Sur ces mots la conversation prit fin. Loïse me fit en partant un petit signe de la main pour sceller cette nouvelle amitié.

8 - LA PRISE DU YACHT

Bénimus et Nèves trouvèrent refuge sous la coque d'un vieux rafiot pour s'exiler une nouvelle fois, fuyant ces lieux que l'on avait cru inaccessibles et maintenant investis par les pêcheurs. Ils parvinrent ainsi jusqu'à un petit port malodorant et sale. Des détritus à demi noyés, en partie décomposés erraient sous la ligne de flottaison des bateaux et en surface de larges nappes irisées de gasoil troublaient l'azur naturel des eaux. Il fallait repartir vers la pleine mer au plus vite. Ils hélèrent au passage un poisson vagabond hirsute et bouffi qui cherchait sa pâture. Connaissant les lieux comme ses poches (qu'il avait sous les yeux), il les informa avec beaucoup de bienveillance sur les bons plans à suivre.

- Vous ne trouverez pas grand-chose ici, mis à part la navette qui passe tous les mois pour rejoindre la ville de Nassau près de Delaport Bay[13]. De là, vous avez une ligne directe qui peut vous conduire vers la

---

[13] Bahamas

côte Est de l'Amérique du Nord. Je ne vois rien d'autre. Si vous voulez un conseil, à votre place j'éviterais de prendre la navette. Ce bateau empoisonne tout ce qu'il croise par ses effluents qu'il rejette de toutes parts. Si vous n'êtes pas fixés sur la destination, vous pouvez toujours profiter des bateaux de passage comme ce yacht qui s'est détourné de sa route pour rejoindre le port ce matin. Il venait du sud. S'il reprend sa route en s'orientant Nord-Ouest, il peut rejoindre les Etats-Unis. A vous de voir.

- Merci, pour ces renseignements précieux. Ils nous seront bien utiles.

En effet, un yacht de grand luxe faisait escale. Dans un endroit pareil, ce ne pouvait être que pour une nécessité impérieuse et l'arrêt risquait bien d'être de courte durée. Dans l'urgence nos deux amis cherchèrent une aide complaisante, un peu forcée tout de même, pour effectuer leur nouvel embarquement. Jugez vous-même ; une pieuvre de belle taille en quête d'un bon repas s'était approchée malicieusement et s'apprêtait à saisir ce pauvre Bénimus qui n'avait pas vu venir ce mauvais coup du sort. Nèves toujours vigilante, foudroya d'un éclair le regard de la pieuvre qui comprit qu'il ne fallait pas insister et qu'une raison supérieure lui intimait l'ordre de se mettre au service de ces inconnus.

– Comment te nommes-tu ? demanda Nèves sur ses gardes et prête à stopper tout élan de ce poulpe affamé.

– Latextique. Excusez-moi mais j'ai l'estomac

dans les tentacules, j'aimerais bien manger un petit morceau.

—   Nous avons besoin de toi pour effectuer notre mission, tu mangeras en route.

L'autorité de Nèves ne souffrait pas d'atermoiement et le céphalopode dodelinant de la tête et des tentacules essaya d'arracher une onde de mansuétude à cette nouvelle maîtresse pleine d'assurance et de certitude, à l'aura envoûtante.

Nèves se réjouissait de cette rencontre fortuite, car la présence d'un poulpe à ses côtés simplifiait bien des problèmes de logistique et si Bénimus était éminemment perspicace, par contre, il n'était pas en mesure de réagir physiquement aux situations d'urgence qui ne manqueraient pas de se présenter au cours de cette mission. Ce handicap la concernait également. Nèves disposait de capacités d'influences très puissantes mais matériellement, son déplacement par elle-même, restait très limité. Un concours extérieur s'avérait indispensable dans la plupart des situations.

Bénimus s'accola sur un morceau de planche qui flottait entre deux eaux, serra Nèves contre sa coquille et chargea le poulpe de les conduire jusqu'à la coque de ce superbe yacht qui déjà larguait les amarres pour se mettre en route.

Leur installation provisoire sous la ligne de flottaison était malgré tout précaire et la vitesse très incommodante. Heureusement que les tentacules de Latextique permettaient de s'accrocher efficacement à la quille du bateau. Cette position inconfortable ne pouvait cependant se prolonger trop longtemps. Ils avaient bien essayé à plusieurs reprises de grimper ensemble pour passer le bastingage mais le risque était grand de lâcher prise et de se retrouver en pleine mer. Heureusement que la providence sait parfois répondre aux attentes les plus urgentes.

Nèves n'avait pas été sans remarquer que les marins qui nettoyaient régulièrement le pont du bateau, se servaient d'un seau pour récupérer de l'eau de mer. C'était là que se trouvait de toute évidence la solution. Ils échafaudèrent un plan audacieux : Latextique resterait sur la quille en réserve avec instruction d'attendre la nuit pour venir explorer les cabines et prêter « tentacule forte » en cas de besoin. Pour Bénimus et Nèves il fallait attendre un passage du seau. Se placer au bon endroit, se tenir prêts, et surtout ne pas rater son coup au moment de l'envol. Il n'y aurait pas de deuxième chance. On s'encouragea mutuellement. La détermination de Nèves galvanisait les intrépides casse-cou. Ils avaient mentalement répété les mouvements de l'opération afin qu'il n'y ait pas de mésentente et avaient convenu qu'à la reprise du seau rempli d'eau de mer, il faudrait sauter. Le coup était risqué, mais avaient-ils le choix ?

Il ne fallut pas attendre bien longtemps pour que se présentât une occasion favorable. Bénimus et Nèves s'étaient accolés sur la paroi du navire, un peu au-dessus de la ligne de flottaison, prêts à lâcher prise au bon moment. Quant à Latextique, il s'était placé à la même hauteur, mais en pleine eau, pratiquement juste au-dessous. Au passage du seau, au moment où il se remplissait d'eau de mer, Latextique devait l'agripper quelques secondes, le temps nécessaire pour que ses deux coéquipiers puissent prendre place dans la nacelle improvisée.

« Cramponne-toi Nèves car on va voltiger !»

L'opération fut un succès. Le poulpe avait réussi à maintenir le seau sans que le matelot ne se rende compte de rien, mais une fois à la hauteur du pont, l'avertissement de Bénimus s'avéra bien utile. Le contenu du seau fut vidé d'un grand jet et nos deux amis roulèrent à toute vitesse en aquaplane pour éviter le bruit et passer inaperçus. Ils trouvèrent refuge sous les cordages entassés dans un recoin de la proue du navire. Le marin semblait bien avoir vu quelque chose partir avec l'eau du récipient mais comme sur les entrefaites il avait été interpellé par la patronne du yacht, il préféra garder le silence, ce qui permit à nos deux compères de mieux se cacher.

Il fallait avant toute chose, savoir sur quoi on avait atterri et savoir à qui on avait à faire. A première vue c'était un yacht plutôt chic et Nèves qui avait sa petite idée s'en réjouissait. Combien de fois ne lui avait-on pas vanté sa beauté extraordinaire et rapporté des témoignages qui auraient fait rougir les moins modestes sur les jeunes et belles dames arborant dans la haute société de jolies perles sur leur gorge nue. Celle qui porterait Nèves serait irrésistible. S'adressant à Bénimus qui avait quelque fois ironisé sur ses attitudes qu'il avait jugées un peu précieuses, lui dit :

–   Tu me connais assez bien pour savoir que je ne cherche pas le prestige en voulant parader sur le cou d'une femme. Ce n'est ni par ambition ni par vanité que je m'offre ainsi mais c'est le seul moyen pour nous, de nous rapprocher des humains.

-         Sois rassurée, mais note toutefois que les coquillages aussi se portent en colliers et sont aussi des bijoux appréciés par les belles dames. Je te fais toute confiance pour mener à bien cette mission difficile mais je pense de plus en plus que je ne te serai d'aucun secours pour la suite de cette aventure. Il faudra bien à un moment ou à un autre choisir des chemins différents.

–   J'ose à peine y penser mais n'anticipons pas. Ta place est encore près de moi et j'ai besoin de ton courage pour réussir.

          La nuit venue, Latextique s'était hissé jusqu'au pont pour effectuer le repérage des lieux. Calme absolu, aucun bruit suspect, l'investigation pouvait s'opérer sans problème. Il suffisait surtout de ne pas éveiller l'attention de l'officier de quart. Latextique comprit rapidement comment on pouvait s'introduire dans les cabines et le carré des officiers. Il écarta de ses investigations ces endroits plutôt risqués, pour se concentrer sur l'exploration du salon de réception qui méritait qu'on s'y s'attarde davantage. Une intuition de céphalopode ! Avec toute la furtivité qui sied à un poulpe, expert en camouflage, il souleva la poignée puis se glissa par la porte entrebâillée qu'il referma prestement. Il prit soin d'éviter les moquettes pour emprunter l'espace parqueté d'érable blanc et marcher sur la pointe des tentacules pour laisser le moins de trace possible. Dans le coin de la pièce, il aperçut un immense aquarium. Latextique se fit plus discret encore pour ne pas semer la panique mais la tentation était grande de se servir un petit déjeuner gratis. L'ordre de mission était formel : « aucun écart qui pourrait compromettre le succès de l'entreprise ne sera toléré » avait martelé Nèves avant le début des opérations. Un petit jet d'encre pourtant, et s'en était fait de la langouste. On se diaboliserait pensa-il pour cette perle et il se consola en se disant qu'elle était fabuleuse, que c'était merveilleux de risquer sa vie pour elle et pour la communauté du monde marin.

Pendant ce temps, Nèves soucieuse, contenait son impatience difficilement, quand elle vit revenir son « monte-en-l'air » aquatique.

– Rassure-toi, J'ai pris toutes les précautions nécessaires. Dans le salon de réception se trouve un grand aquarium, un vrai « garde-manger ». Je crois que le moment serait propice pour s'y installer.

– Non pas toi lui dit Nèves, tu ferais un ravage à l'intérieur du bocal. Tu nous déposes et tu retournes à ton poste sur la quille. Demain, au cœur de la nuit tu viendras nous rejoindre pour faire le point. Allons conduis-nous. Nèves se logea contre la coquille de Bénimus et Latextique, qui ne manquait pas de tentacules, put leur prêter assistance pour le transbordement jusqu'à l'aquarium. Au cœur de la nuit, à part l'homme de quart, tout le monde dormait à poings fermés.

Ils prirent place dans l'aquarium où ils avaient été chaleureusement accueillis par des occupants bien heureux de cette nouvelle compagnie qui apportait un peu de fantaisie à leur existence somme toute paisible mais aussi très ennuyeuse. Au petit jour, il était temps de mettre un terme aux conversations et d'aménager un coin bien en vue, pour que Nèves puisse attirer l'attention et se montrer au moment opportun. En attendant ils s'étaient enfouis dans le sable pour rester le plus discret possible. La présence des clandestins ne fut donc pas soupçonnée et, tapis dans leur cache, ils restaient attentifs aux allées et venues sans rien perdre des conversations qui s'échangeaient entre le personnel. Ils avaient noté entre autres que le couple propriétaire s'appelait Lorenzo : Mylène et Pedum Lorenzo. Ils se dirigeaient vers New York ou un port avoisinant de la côte Est des Etats-Unis. La croisière se présentait donc sous les meilleurs auspices.

Latextique, qui avait passé une partie de la nuit suivante à fouiner un peu partout sur le bateau avait fait son rapport et remarqué une revue, peut-être le « Times » ou le « Washington Post » déposée sur une table basse du salon. Il avait été intrigué par la photo de la première page ; un collier de perles que portait une jeune femme élégante. Curieux comme peut l'être un poulpe en mission spéciale, il entrouvrit le magazine pour en savoir davantage. Une soprano qui chantait plutôt moyennement, écrivait le journaliste.

La scène avait été observée de loin par un perroquet qui siégeait discrètement sur un perchoir dans le coin opposé du salon.

-       Vous vous intéressez aux cantatrices ? Ne put s'empêcher de demander le gabonais dont la langue bien pendue trouvait là, l'occasion de se dégourdir.

Le poulpe interloqué et surpris, ne sut quoi répondre sur l'instant.

- Mis à part le chant des baleines que j'apprécie à juste titre, je ne m'intéresse guère aux cantatrices, mais celle-ci porte un collier de perles …
- Vous n'avez pas tort ! J'ai pu l'entendre à plusieurs reprises à la radio et je peux vous assurer qu'elle ne m'a pas laissé le meilleur souvenir.

Ce vieux jacot à l'écoute de tout et qui prétendait connaître plusieurs langues était doté d'une mémoire de cachalot. Extrêmement bavard, il était capable de disserter sur tous les sujets. Latextique le trouva de prime abord un peu prétentieux mais pour les besoins du service il préféra s'en tenir à une attitude réservée et ne rien dire de ses arrières pensées. Pour la mission, Jacot pouvait se révéler d'une grande utilité. Ce n'était pas le moment de le froisser. Au contraire, en le caressant dans le sens des plumes, façon de parler, Latextique comptait bien obtenir de lui des renseignements précieux. Moyennant quelques friandises qui n'étaient pas à la portée immédiate du gabonais, il put négocier avec lui ; donnant donnant.

C'est ainsi qu'il apprit que Mylène, la propriétaire du bateau, avait des affinités avec une certaine Perle (Bizarre) Mesta Reid, une richissime veuve, musicienne, frottée d'art et surtout de politique. Il ne fallut pas longtemps à Latextique pour comprendre qu'il avait mis le doigt, disons le tentacule, sur l'information la plus inespérée qui soit. Il aurait bien aimé en savoir davantage sur cette Reid Mesta dite Perle. Mais là, Jacot fut plus évasif. Peut-être voulait-il quelques cacahouètes supplémentaires, mais la réserve était vide.

Aux dires de Jacot, cette dernière, une femme

forte, plutôt « bien charpentée » dirons-nous, serait une mondaine très introduite dans les milieux les plus cotés de Washington, qui adore s'entourer d'artistes et d'hommes érudits. Selon Jacot encore, cette femme de la haute société newyorkaise, organiserait des soirées luxueuses où tout le gratin de la classe politique aime se retrouver pour deviser autour d'une coupe de champagne accompagnée de petits fours à la française. « A vérifier » pensa Latextique content tout de même de pouvoir apporter des renseignements de premier tentacule à Nèves. Le principal, et il n'allait pas le dévoiler tout de suite, car il voulait garder « le sensationnel » pour un moment opportun, était que la jeune femme représentée sur la première page du journal ; la soprano, s'appelait Margaret, la fille chérie du Président des États-Unis. Comme sa mère, nommée Bess, elles aimaient toutes les deux se parer en toutes occasions de colliers de perles, très en vogue à cette époque.

Bénimus et ses amis, y compris Jacot, qui avait vite sympathisé avec l'équipe, se réunirent en briefing afin de fixer la suite des objectifs de la mission. La situation géostratégique se présentait de la meilleure façon qui soit.

– On aurait pu être aussi sur le yacht de Franck Sinatra en compagnie de Marilyn Monroe. Mais c'est aussi bien. Nèves lui aurait fait de l'ombre. Même les perles de Mikimoto[14] qu'elle porte au cou ne peuvent

---

[14] Joaillier depuis 1893 – Mikimoto est l'inventeur de la perle de culture.

rivaliser avec toi, dit Bénimus sur un ton plutôt moqueur.

– J'aurais su me faire discrète. Sachez que j'ai aussi, entre autres, le don de mimétisme ; ce qui m'aurait permis de passer inaperçue même placée au beau milieu du collier que lui a offert Joe Di Maggio, [15] répondit Nèves qui voulait faire remarquer qu'elle pouvait être aussi modeste que belle.

En tout cas, nous sommes à pied d'œuvre pour progresser dans notre projet. Mais le plus difficile reste à faire ajouta-t-elle.

– De Mylène à Truman, une montagne, que dis-je un océan les sépare, ironisa Jacot qui considérait que l'entreprise n'allait pas de soi.

Au milieu de la matinée Mylène fit son apparition. Nèves remarqua tout de suite qu'elle ne portait aucun bijou et trouva que c'était plutôt de mauvais augure. Bénimus la rassura en lui disant qu'il ne fallait pas préjuger avant d'en savoir plus. D'ailleurs elle se dirigea vers un meuble du salon qui dissimulait un coffret duquel elle sortit divers bijoux dont un collier de pierres précieuses.

– Tu as vu ? Comment rivaliser avec des diamants de si belle taille ? S'esclaffa Nèves qui semblait perdre sa belle assurance.

– De toute façon ce n'est pas la taille qui importe mais l'éclat et de ce point de vue ça pourrait bien être

---

[15] Une vedette du baseball en Amérique, marié en 1951 avec Marilyn Monroe

de la verroterie de pacotille. Vraiment tu n'as pas à craindre la comparaison. rétorqua Bénimus.

Nèves était sceptique. Comment se fier au jugement de Bénimus qui la percevait avec les « yeux de l'amour », trompeur on ne peut plus !

–   Le moment est peut-être opportun de montrer un peu le bout de ton nez, la patronne du bateau s'approche de l'aquarium.

–   Je brille de tous mes éclats, dès qu'elle arrive ! dit Nèves.

–   Un vrai clin d'œil, que dis-je, une turbulence magnétique du soleil dans sa période cyclique maximum ! plaisanta Latextique.

–   Surtout ne mets pas toute la gomme sinon gare aux dégâts. Intervient Bénimus.

En fait Mylène qui avait amorcé un pas en direction de nos amis s'était tout à coup ravisée pour retourner à son coffret. Elle l'ouvrit, fouilla et se parlant à elle-même :

–   Il faut absolument que je trouve un moment pour passer chez Tiffany. C'est là et pas ailleurs que je trouverai le collier de perles pour cette réception chez Mesta Reid.

Son mari qui venait d'arriver sur les entrefaites lui rappela que son amie avait repris son nom patronymique depuis la mort de son époux et se faisait nommer « Perle » maintenant. « J'aimerais autant que tu ne fasses pas d'impair » ! ajouta-t-il, et nos clandestins furent tout ouïe pour ne rien perdre de la conversation.

– Mardi nous serons à New York, Je dois passer chez O Brian dans la Vème Avenue, je te déposerai si tu veux ; la boutique est située à l'angle de la 57e rue. On pourrait se retrouver à Central-Parc, c'est à côté, OK ?

– D'accord. Puis s'adressant à une personne du service : « Vous pouvez nettoyer l'aquarium Marcel, nous vous laissons la place », et le couple sortit du salon.

– Aïe ! Ce n'était pas prévu, s'exclama Nèves prise au dépourvu.

Marcel armé d'une épuisette sortit poissons et coquillages qu'il versa dans un second aquarium rempli au préalable. Nèves enfouie dans le sable n'avait pas réussi à se glisser dans l'épuisette. Elle se trouva ainsi déversée avec tous les détritus du bocal dans un seau qui risquait bien d'être vidé en pleine mer à la première occasion. Il fallait réagir sans attendre. Heureusement Jacot qui avait tout compris de la situation scabreuse dans laquelle se trouvait la perle eut la bonne idée de détourner l'attention de Marcel en lui demandant des graines de tournesol. Et en plus pour se moquer de lui, il lui dit « Marcel c'est une perle, Marcel c'est une Perle ». Évidemment l'employé qui se tordait de rire, se dépêcha d'aller chercher pour Jacot les arachides ou les oléagineux qu'il n'avait pas sous la main.

Entre-temps Bénimus eut le temps de négocier avec l'hôte du bassin, un crabe-araignée, une sortie pour récupérer Nèves. Bénimus se colla sur la vitre de l'aquarium et le crabe lui grimpa sur le dos pour aller récupérer au fond du seau une Nèves un peu vexée quand même.

—   Pour une fille d'Hélios tu aurais pu trouver
mieux comme reposoir ! lui dit Bénimus en la taquinant.

—   N'en rajoute pas s'il te plaît Bénimus ; On se
doit d'éviter ce genre de mésaventure si on veut aboutir dans nos projets.

—   Que proposes-tu ? demanda Bénimus à Jacot.
Marcel était reparti avec son seau après avoir
gratifié Jacot en lui versant une poignée de graines de
tournesol dans sa mangeoire. Jacot faillit bien s'étouffer en voulant répondre le premier à la question.

—   C'est très simple : Tu me libères de mon perchoir et je t'assure qu'en un coup d'aile je t'amène directement chez Mikimoto à minuit.

—   Mylène a parlé de Tiffany, tu te trompes Jacot
intervint Latextique un peu agacé.

—   Peu importe c'est à côté. Je te dépose dans la
boîte à lettres et après, à toi de jouer.

—   et si Nèves est mélangée avec la pub, elle se
retrouve illico à la poubelle et cette fois personne ne
sera avec elle pour la récupérer.

—   Bon, on se retrouve au point de départ et on n'a
pas avancé d'un iota ! s'exclama Bénimus.

Jacot s'ébroua un moment, secoua ses plumes
le temps de réfléchir et proposa à Nèves de la cacher
jusqu'à l'arrivée de Mylène, Ensuite il se faisait fort
de la présenter à sa maîtresse qui l'emporterait chez
Tiffany.

–   Au fait, pourquoi tiens-tu tant à aller dans cette bijouterie de luxe ?

–   Ou bien Mylène me fait mettre en sautoir ou plus vraisemblablement je m'arrangerai pour me faire acheter par le patron de la boutique.

–   Ouais, ça peut se faire ! Mais il va falloir que tu sois persuasive, estima Jacot dans un hochement de tête à plumes hérissées.

Le lendemain quand Mylène vint faire des caresses à son amour de perroquet, Jacot roucoula plus qu'à son habitude. Montrant avec son bec, Nèves dans sa mangeoire, il la présenta à sa Maîtresse plutôt estomaquée.

–   Où as-tu déniché cette jolie perle mon doudou ? Dans tes cacahouètes ?

Avec toute la délicatesse qui sied à un perroquet, Jacot prit le doigt de Mylène et avec son bec fit le geste de lui remettre la perle. Mylène comprit ce que voulait faire son gabonais. Elle le remercia en pratiquant sur les plumes de son jabot une caresse affectueuse. Un plaisir que Jacot ne chercha pas à dissimuler.

–   Au moins tu sais y faire avec les dames, ce n'est pas comme mon fichu de ….

–   Et bien Mylène tu accélères un peu on va être en retard comme d'habitude ! proféra Pedum, son mari très excité à l'idée de mettre pied à terre pour faire quelques nouvelles folies.

9 - LES BIENS DE FAMILLE

En principe contre le mensonge, il suffit d'apporter la preuve de la vérité. L'évidence devrait suffire à confondre le menteur. Avec la mère de Léa cette logique était sans effet. Comme elle n'acceptait pas d'avoir tort, elle ajoutait un mensonge à un autre pour avoir le dernier mot, sans aucune considération pour le vraisemblable et en dehors de tout raisonnement censé. De même, pour conforter ses dires, elle avait le front de prétendre qu'on avait exprimé auparavant le contraire de ce qu'on disait. Le raisonnement et les arguments de ses interlocuteurs n'étaient pas entendus et l'avis de ses enfants en particulier était totalement négligeable. Ses mensonges accumulés la conduisaient dans la certitude d'avoir raison.

C'était aussi une femme qui ne cessait de se plaindre. Elle estimait que sa vie était un enfer et n'hésitait pas à rendre ses filles responsables de tous ses maux. Le recours au chantage du suicide était son crédo. Combien de fois n'a-t-elle pas dit qu'elle irait se jeter à la « baille » et qu'elle serait bien mieux au pont-Ideu comme elle disait ; le cimetière du village.

Le pire était ses crises hystériques qui se produisaient systématiquement à la fin de tous les repas de famille. Comme chacun parlait de ses soucis, ce qui ne manque pas avec les enfants, elle accaparait la parole pour dire qu'elle était la plus à plaindre. Elle n'avait jamais d'argent, plaidait toujours la misère alors qu'elle amassait en profitant de toutes les aides possibles, en plus de la retraite de son défunt mari. Si une dépense exceptionnelle venait alourdir son budget, elle sollicitait ses filles qui étaient en charge de famille. Elle se faisait payer restaurant, sorties, et cinéma, estimant qu'on lui devait bien cela. Pourtant, quand il était question de garder les gamins, elle rechignait, n'acceptant pas d'accorder aux jeunes parents un rare moment de liberté qu'elle estimait ne pas avoir eu dans son temps. Ce qui sans doute était vrai, mais la jalousie l'emportait sur le plaisir qu'elle aurait dû éprouver de savoir ses enfants plus heureux. Sa mesquinerie était sans limite.

Sa fin est un peu à l'image d'elle-même. Un jour de grande marée, elle partit pour une pêche aux coques ou aux palourdes avec un grand panier, trop grand certainement, même pour calmer sa gourmandise. Sa convoitise insatiable, l'incita à s'aventurer trop loin dans la baie et lui fit oublier l'heure de la remontée des eaux. A-t-elle attendu trop tard ? Est-elle allée trop loin ? Ou n'a-t-elle pas voulu lâcher son panier trop lourd ? Son riche butin l'aura retenue au fond de la mer, là où elle avait si souvent juré d'aller quand elle voulait mettre ses filles en accusation, responsables de tous ses malheurs.

L'entrée au Lycée permit à Léa de s'échapper d'une vie familiale trop oppressante surtout après la mort de son père qu'elle a perdu trop tôt et dans des circonstances curieuses. Rien n'est moins sûr, mais si on en croît tout ce qui se dit... en tout cas sa tante, la sœur de son père, laissait planer un doute sur la mort de Gustave, le père de Léa qu'on appelait le plus souvent par son diminutif, Gus. Il faut dire que peu de temps avant son décès, il avait subi une agression alors qu'il se rendait à une heure tardive en visite chez un cousin dans un bourg proche de chez lui. On pouvait donc, à partir de l'heure du rendez-vous fixé, déterminer celle approximative de son passage devant la croix de St P., là, où devait se réaliser l'attentat. Hormis Germaine, sa femme, il est peu probable que d'autres fussent au courant de la démarche qu'il avait à faire. Cela ne s'est sans doute pas déroulé comme prévu, peut-être que son agresseur, à la dernière minute n'a pas osé l'occire comme il en avait eu l'intention.

En tout cas le père de Léa s'est retrouvé dans le fossé avec de sérieuses contusions mais la vie sauve. Bien sûr, il s'est interrogé pour savoir qui pouvait lui en vouloir à ce point. Peu de temps auparavant, il avait eu des démêlés avec un voisin à court d'argent qui voulait vendre une vache dont le vêlage d'un veau mort-né n'avait pas arrangé les affaires. Gus avait eu la maladresse d'en parler. Des propos échangés au café du bourg certainement et qui vinrent aux oreilles de l'acquéreur présumé. La vente remise en question n'eut pas lieu, vraisemblablement à cause de Gus qui n'a pas su tenir sa langue. De là à fomenter une agression qui aurait pu être mortelle, Gus n'y croyait pas. Faute d'enquête plus approfondie, on n'a jamais su qui était l'auteur de l'attaque. La tante de Léa, par contre, n'était pas dupe. Elle savait que la mère avait un amant, Jules, un ami de Gus, terre-neuvas également et qui devait trouver le mari bien embarrassant depuis qu'il avait pris sa retraite de marin. Ils n'avaient jamais navigué ensemble. Sans doute l'avait-il aussi connu au café, lieu de toutes les rencontres. C'était un malin le Jules. Alors que Gus n'était pas encore tiré d'affaire, lui était déjà à la retraite, peut-être même en raison de ses naufrages, des vrais et des faux.

Loïse, qui m'avait aperçu dans un coin du café caché derrière mes cahiers et mes journaux, était venue me rejoindre en me faisant signe de continuer mon travail sans se préoccuper d'elle. Elle s'était assise à mes côtés prenant mille précautions pour ne pas troubler ma concentration. J'essayais de décrypter l'écriture de Léa et de deviner ce qu'elle ne disait pas clairement. Par-dessus mon épaule, en écarquillant des yeux effarés, Loïse lisait ma prose et celle de ma muse que je m'efforçais de comprendre. Je ne voulais pas m'en soucier davantage, tant j'étais attentif, replié sur ma réflexion dont je cherchais l'aboutissement. Dans le doute, j'avais malgré tout, besoin d'écrire ce que je ressentais, même si je n'étais pas très sûr de moi, quitte à revenir par la suite sur mes écrits. Quand je fus au terme de mes efforts, reprenant mon souffle, je me retournai vers Loïse qui s'était retenue de parler. Pour la remercier de son silence, je lui adressai un sourire qui l'encouragea à s'exprimer :

-       Comment des faux, qu'est-ce que Léa veut dire ?

-       C'est facile à comprendre, imagine un vieux rafiot bon pour la casse ou presque, suivi d'une mauvaise campagne de pêche ; tout le monde avait intérêt à faire couler le bateau. Aussi bien l'armateur pour les assurances que les hommes pour les indemnités qui étaient certainement majorées en cas de naufrage. Je me demande même si l'arnaque n'était pas programmée dès le départ. Il est possible qu'il ait réussi son coup au moins deux fois.

Toujours est-il qu'il a pu prendre sa retraite plus tôt que les autres et profiter des bonnes femmes mal en ménage, qui avaient envie d'extra. La mère ne fut pas sa seule conquête. Quand il faisait sa tournée, s'il n'était pas reçu par l'une, qu'à cela ne tienne, il en trouvait une autre un peu plus loin. Elles n'étaient pas sans le savoir mais comme il avait la réputation d'être impuissant, je veux dire mauvais géniteur, alors c'était quand même une belle occasion de se distraire.

Loïse reprit la parole :
-       Des racontars pour certains mais fort possibles pour d'autres plus suspicieux, toujours prêts à dire qu'il n'y a pas de fumée sans feu. Sais-tu que Jules vivait au village dans une vieille bâtisse en terre battue qui n'avait pas changé d'aspect depuis sa construction sous Napoléon III, alors que son copain Gus, plus entreprenant avait depuis bien longtemps cimenté sa maison, une vraie, en bord de mer, avec des terres, des bêtes, des vaches et des cochons. Pour Jules, Gus était un nanti, héritier de ses riches parents tisserands au

siècle dernier. Un naïf, auquel il n'avait pas eu de mal à raconter des boniments pour se faire bien voir, surtout de sa femme, la Germaine, une pauvresse elle aussi. Si elle s'était décidée à prendre un mari de quinze ans son ainé, c'est bien parce qu'il avait des sous et des terres agricoles, des bonnes. C'est sans doute le calcul qu'elle avait fait pour marier un gars qui ne s'en remettait pas d'avoir perdu son jumeau en mer. Quant à la femme de Jules, plutôt chétive et mal fichue, toujours à déambuler du côté de l'église pour brûler des cierges, elle était restée sans enfant, sans doute à cause des tares de son mari. Evidemment, l'existence de Jules, dans sa cambuse avec une femme toujours en prière, n'avait rien d'enviable comparée à celle de son copain Gus qui possédait tout ce qu'un honnête homme peut avoir envie. Ainsi, pour Jules, l'idée de tout récupérer pour son propre compte fit son chemin. S'accaparer les biens, chiper la femme et faire la peau du mari puisqu'il le fallait ; tel était son projet. Mais tuer n'est pas sans risque, il faut aussi avoir du cran pour le faire. Jules n'était pas sûr d'en avoir assez, surtout que Gus était encore, malgré son âge, un solide gaillard.

- C'est sordide ce que tu me racontes ! Comment tu as su toute cette histoire ? Demandais-je avec indignation.

- Ce que Léa m'a dit et surtout la tante, répondit Loïse.

En réfléchissant, Jules pensa qu'il avait tout intérêt à laisser Germaine faire les basses besognes. Pour donner le change, il fit bien une tentative de manière à laisser croire qu'il en avait la volonté mais il n'était pas question de prendre vraiment des risques. Et puis il savait que Germaine avait encore bien plus de sujets de motivation que lui pour occire son mari. Il la laissa faire.

Comme il était prévisible, le jour où le père pris sa retraite, des frictions, puis des conflits de plus en plus fréquents se sont produits. Le ménage n'était pas habitué à vivre ensemble. Au lieu de s'adapter à cette nouvelle vie de couple, tout se conjuguait au contraire, pour la détruire. Les disputes étaient courantes, à propos de tout et de rien. Par moments il buvait, se montrait même violent parfois, sans jamais pour autant avoir le dessus car sa femme aussi était une costaude redoutable. En tout cas, elle n'avait plus la maîtrise de la maison, ce qui lui était insupportable et son amant ne pouvait plus venir aussi librement que du temps où son mari était en mer. Comme Jules n'avait pas été capable de mener à bien l'affaire que j'ai dite, elle s'en chargea elle-même.

Elle profita d'un jour de fête. La famille proche fut invitée. Comme à l'époque il n'y avait pas de voiture, les gens restaient dormir sur place et ne repartaient que le lendemain. Ce soir-là, la mère fit les choses en grand, sans lésiner sur la dépense contrairement à ses habitudes. Je t'assure que son mari n'a pas eu à faire de remontrance pour être servi en vin et en roupettes à queue, l'alcool du pays. Bien au contraire plus il en buvait meilleur c'était. Là encore, elle se montra moins ombrageuse, évitant pour une fois d'envenimer les conversations.

A la fin du repas, ils allèrent tous se coucher dans la pièce d'à côté, eux dormant dans la cuisine. Il y avait toujours un lit dans la cuisine à l'époque dans ces maisons de campagne. Elle coucha son mari repu et enivré, le borda jusqu'au ras du cou et quand tout le monde se mit gentiment à ronfler, elle lui monta dessus à califourchon, les genoux sur les bras du père cadenassés par les couvertures. Elle appuya de tout son poids un gros oreiller sur la tête et son époux n'eut guère le temps de suffoquer bien longtemps. Elle était forte femme, et, ainsi coincé il n'était pas en capacité de se débattre ; d'ailleurs dans l'état où il était, c'était plutôt facile. Pour elle cet assassinat était tout bénéfice. Plus de mari à supporter, pas d'autres gosses supplémentaires à élever et puis les biens propres de la famille du père lui revenaient, car les enfants trop jeunes encore n'avaient pas leur mot à dire. Ajoutons à cela en prime, un amant qu'elle pourrait voir comme bon lui semble car elle n'était pas femme à se laisser mener.

Après une mise en scène macabre ; les bras du mort portés bien haut au-dessus de la tête afin de laisser croire à une crise cardiaque, l'hypothèse d'un étouffement provoqué n'était pas probante. Il aurait fallu des doutes évidents pour éveiller les soupçons du médecin et plus encore pour envisager une autopsie. On s'en tint à la version de la mère qui sut jouer la comédie de la femme éplorée. C'était la mort d'un vieux marin soit disant usé par le travail de la mer et qui n'aura profité de sa retraite qu'une demi-année à peine.

Mireille était venue les rejoindre au cours de la conversation. Elle avait écouté sans rien dire attendant la fin du récit, puis elle intervint :

- Je connais cette histoire crapuleuse et je ne suis pas la seule mais, à savoir si cela concerne vraiment les parents de Léa ? Je n'en suis pas certaine, tu dois te tromper Loïse car il me semble bien que le père de Léa soit mort des suites d'un cancer. Faut faire attention à ce qu'on raconte parce qu'on risque de colporter des idées fausses. En tout cas même si cette histoire est vraie, de là à en connaître les protagonistes véritables c'est une autre affaire.

Loïse fit une moue de scepticisme et reprit son récit.

- Pour Léa le deuil fut interminable. Mireille me raconta que la gamine fut contrainte de porter des vêtements sombres pendant près d'une année comme cela se pratiquait jadis au début du siècle, au point que le grand père lui-même, encore de ce monde en était consterné. Le poste de radio acheté trois mois plus tôt sur les instances des enfants qui l'avaient réclamé au père, fut irrémédiablement mis en berne. Sans doute fallait-il donner le change et simuler un chagrin pour que tout le monde finisse par se convaincre.

Les biens de la famille constitués d'une maison et de plusieurs champs et clos, étaient en fait des biens propres du mari qui revenaient naturellement aux enfants selon les lois de succession de l'époque. Comme ces derniers étaient tous encore mineurs au moment de la mort du père, la tante, côté père fut désignée comme subrogée tutrice. La mère qui estimait ne pas avoir de compte à rendre, fit abstraction de toutes ces contraintes judiciaires, estimant être propriétaire en titre et se conduisit comme telle.

Il en fut ainsi jusqu'au jour où une forte tempête vint araser tous les arbres du verger, dans lequel les enfants et les petits enfants venaient régulièrement camper pendant le temps de leurs vacances. Les pommiers déjà mal en point, vieux et mal entretenus, n'ont pas résisté à la violence des intempéries et l'idée d'en replanter d'autres aurait dû être évidente pour tout le monde. Cependant, des arbres dans le verger ne faisaient pas l'affaire de la mère. En dehors des périodes courtes des vacances, elle louait les terres aux fermiers du hameau pour quelques sous qu'elle n'aurait pas voulu laisser s'échapper sous aucun prétexte. Le verger servant de pâture, il ne fallait pas créer le risque que les vaches puissent avaler des pommes dont elles sont particulièrement friandes. De là, s'engagea le conflit entre la mère soutenue par une de ses filles qui comptait bien un jour ou l'autre en tirer avantage et la plus jeune qui estimait être en droit d'occuper le verger, avec ses ombrages nécessaires à la vie en plein air. Léa n'était déjà plus de ce monde, mais sa plus jeune sœur se fâcha avec sa mère définitivement, au point de ne plus jamais la revoir.

La mère prétexta que ses enfants avaient voulu la jeter à la rue alors qu'aucune menace ne fut proférée et n'admit surtout pas que ses filles puissent revendiquer le moindre droit d'usage, alors qu'elles étaient les propriétaires en titre. Avec l'âge, la mère devint plus vulnérable et la tentation fut grande pour l'une de ses filles, la cadette qui l'avait soutenue, de tirer profit de la situation. Elle soutira de l'argent par tous les moyens, ourdit diverses manigances, prévoyant même de faire payer les futurs frais de la maison de retraite à sa jeune sœur, alors que la mère avait accumulé un magot lui permettant de vivre à l'aise, sans aucune assistance. La cadette, encore, avait préparé à son avantage une donation-partage qui ne put se conclure, car la mort de la mère vint mettre un terme à toutes ces tractations malhonnêtes. Enfin pour l'exclure des droits successoraux elle eut même le front de soutenir que sa plus jeune sœur n'était rien de moins que la fille de Jules, l'amant de Germaine.

L'intransigeance de la mère envers ses filles se transforma donc en un conflit de succession qui s'éternisa pendant des années. Evidemment, comme souvent, l'argent s'évapora en frais de procédure.

- C'est fou cette histoire d'héritage ! On devrait toujours préparer son départ pour éviter que les enfants se déchirent dans le partage des biens de succession, fit observer Pierrot.
- Telle mère, telle fille ; elle réussit, comme fit sa mère dans son temps, de façon douteuse, à acheter la maison mitoyenne en lui empruntant l'argent nécessaire qu'elle n'a jamais remboursé. Profitant de la situation d'indivision qui n'avait pu se régler à l'amiable entre les deux sœurs, elle chercha à s'accaparer, après le décès de sa mère, l'ensemble de la propriété. La cadette supprima tout bonnement les haies de séparation entre les deux maisons et installa sur le

terrain contigu au sien, des jeux pour ses petits-enfants. Elle marquait ainsi son territoire face à sa plus jeune sœur qu'elle jalousait. Cette dernière, en effet avait hérité quelques années auparavant d'une maison de village, celle de l'amant de sa mère puisqu'il n'avait jamais eu d'enfant légitime. On comprend mieux la haine qui opposait les deux sœurs. La plus jeune répondait coup pour coup à la cupidité de son ainée. C'était épique, quand l'une prenait les radiateurs de la maison indivise, l'autre chipait les portes de placard. Elles ont ainsi pillé jusqu'à la margelle de granit qui servait de banc à l'extérieur dans le jardin. Tout a été vandalisé. Léa aurait eu vraiment honte de sa famille devant une mise à sac aussi odieuse.

Ecœuré, Pierrot avait plutôt envie de changer de conversation.

- Mais toi Loïse, qui connaissait bien Léa, tu devais connaître Gaëlle ? Léa a dû te parler d'elle ?
- Pas vraiment, Léa, c'était une copine de lycée. En dehors de la pension, on ne se voyait guère. Je viens plus souvent par ici maintenant car je n'habite plus à Saint Malo mais à Pléneuf et j'ai lié amitié avec Mireille. Non, là vraiment je ne peux pas te venir en aide. Mireille m'a rarement parlé de sa sœur. Elles s'entendent bien, sans plus, mais n'ont pas vraiment les mêmes centres d'intérêt.

Plutôt déçu, je restais dans l'expectative avec toutes mes interrogations sur la personne de Gaëlle. Tout ce que j'avais connu d'elle s'effaçait avec le temps. Le passé ne me serait d'aucun secours. J'en avais maintenant la conviction et je devais me préparer et m'attendre à retrouver quelqu'un d'autre, une femme peut-être distante cette fois. Aussi, pour l'aborder sans commettre d'impair désobligeant, je me disais qu'il me faudrait faire preuve de beaucoup de circonspection sans pour autant avoir l'air trop coincé. Une partie difficile à jouer.

Nous nous séparâmes Loïse et moi, en nous promettant de nous revoir car nous avions encore beaucoup à échanger au sujet de Léa. A nouveau seul, je repris la lecture de ses cahiers qui racontaient comment Nèves sa perle fantastique réussit son entrée dans le monde des hommes.

10 - CHEZ TIFFANY

Les marins avaient accosté et amarré le yacht depuis un moment déjà et le taxi attendait sur le quai l'arrivée du couple mexicain, M. et Mme Lorenzo. Une fois assise, Mylène perplexe soupesa, la main dans sa poche le précieux cadeau reçu de son perroquet sans trop faire attention aux propos insipides de son époux.

« Cette perle n'est pas banale » se dit-t-elle « il faut que je la montre à M. Lorrys le gemmologue de chez Tiffany ». Nèves également songeuse se disait que la poche de Mylène ce n'était pas encore la poche du Président et qu'il restait encore pas mal de chemin à parcourir pour parvenir à ses fins.

Nèves pour la circonstance s'était montrée la plus discrète possible mais suffisamment attrayante pour intéresser Mylène. Une fois dans le magasin elle allait devoir jouer serré afin d'être prise en considération, sans trop en montrer, sous peine d'être reléguée dans des laboratoires pour des analyses à n'en plus finir. Il ne fallait rien dévoiler de ses pouvoirs secrets et pourtant user d'assez de charme pour réaliser ses ambitions, c'est à dire devenir le porte-bonheur du Président Truman, sa perle fétiche en quelle que sorte.

Mylène qui avait pris soin d'avertir de sa venue fut reçue comme il se doit par M. Lorrys avec toutes les marques de convenance dues à une cliente qui était une relation de Perle c'est à dire Mme Mesta Reid.

-       J'étais venue pour choisir un bijou mais j'ai à vous entretenir d'abord d'une autre affaire qui m'intrigue. Je possède une perle qui me semble de prime abord de bonne qualité. J'aimerais connaître votre sentiment à ce sujet.

-       Montrez-moi Madame votre petite merveille.

Fouillant dans la poche de son manteau, Mylène à l'aide de deux doigts remit la perle dans son écrin avant de la présenter à M. Lorrys.

Faisant deux pas vers la fenêtre l'expert prit délicatement la perle dans la main, la fit tourner sur elle-même entre ses doigts, la souleva à la hauteur de ses yeux, la soupesa, la regarda une nouvelle fois de plus près et puis après un silence qui en disait long, annonça sentencieusement que cette perle était en effet de qualité et méritait une étude approfondie. Enfin pour conclure son expertise, Il la fit rouler sur la table, accompagnant son geste d'un claquement de langue approbateur.

-       90 ou 100 grains à n'en pas douter, propre, lustre excellent, parfaite régularité à priori et l'éclat est tout à fait remarquable. Il faudrait vérifier la tension interne ...

Nèves qui écoutait avec satisfaction se retenait du plus qu'elle pouvait pour ne pas être plus charmeuse que nécessaire. Ne pas en faire de trop surtout mais suffisamment quand même. Mylène bercée par ces paroles était aux anges ! Quant à M. Lorrys, il semblait hésiter encore. Était-ce une supercherie ? Que manigançait-il dans sa tête à l'instant où il tourna le dos à Mylène ? S'apprêtait-il à rendre la perle à sa propriétaire, avec les compliments d'usage, ou faisait-il semblant de s'en désintéresser ? Nèves qui avait senti l'indécision du maître, envoya un bref éclat de lumière auréolé de rose, suffisamment perceptible pour emporter la conviction de M. Lorrys qui, faisant un grand pas vers la fenêtre, voulut contrôler ce qu'il venait d'apercevoir. Bien sûr il n'en eut pas la confirmation, mais son jugement fut suffisamment ébranlé et Mylène allait le presser de répondre.

Il garderait la perle. En fin psychologue, il arma son discours de mots très savants comme : réfractomètre, polariscope, balance à immersion ... pour démontrer le sérieux des analyses indispensables auxquelles on se devait d'opérer pour obtenir une évaluation sincère et mesurée. On ne pouvait au premier coup d'œil donner une appréciation suffisante. Mylène, admirative et flattée qu'on lui tienne un tel langage ne put que consentir aux propositions de M. Lorrys qui conserverait la perle le temps des analyses.

C'est alors qu'une idée subite vint à l'esprit de Mylène ; idée que Nèves avait eu le temps de cogiter pour elle dans le taxi. Mylène savait combien Perle Mesta avait d'attirance pour les perles, et c'était l'occasion de lui rappeler une amitié peut-être partagée.

Elle sortit un petit bristol de son sac à main et écrivit quelques lignes. Puis s'adressant au gemmologue qui avait expertisé succinctement Nèves, elle lui dit :

-       Je ne désire pas savoir la valeur de cette pièce qui m'est revenue tout à fait fortuitement. Je sais que Mme Mesta adore les perles. Vous me dites que celle-là est exceptionnelle et bien tant mieux. Je désire que vous la lui remettiez accompagnée de ce billet. C'est une femme tellement généreuse, c'est bien à son tour de recevoir des cadeaux.

-       Je pourrais l'apprêter en façonnant un pendentif en platine ? Qu'en pensez-vous ?

-       Non, je ne crois pas que ce serait de bon goût. Je préfère qu'elle la reçoive ainsi sans apprêt. Elle choisira elle-même ce qu'il convient de faire. Vous la conseillerez. Je vous fais confiance. Puis Mylène repartit après avoir complété ses achats et remercia M. Lorrys de sa diligence.

La perle avait repris une texture normale, une apparence suffisamment ordinaire pour ne pas exciter de convoitise, mais cependant de qualité significative pour mériter d'être remise à une personne telle que Mme Perle Mesta.

Sans réaliser les analyses envisagées puisque la pièce de toute façon ne devait pas rester en magasin, M. Lorrys en bon serviteur de sa cliente s'était promis de s'acquitter de cette tâche avec complaisance dès qu'il serait disponible. Il avait remisé la perle dans son écrin, laissé sur le bord de la table car dans l'immédiat il était préoccupé par un problème qui lui semblait autrement plus important, puisqu'il devait réceptionner une livraison de grand prix, qui réclamait de sa part la plus grande vigilance.

En effet dans la minute qui suivit le départ de Mylène, un portier vint annoncer l'arrivée de l'orfèvre KS. qui apportait les diamants et les bijoux attendus. Le dispositif habituel de sécurité s'était automatiquement enclenché et le personnel chacun à son poste était particulièrement attentif à tous les mouvements qui s'effectuaient dans la bijouterie.

La petite boîte remise par Mylène et qui avait servi d'écrin pour la perle ne fut pas placée au bon endroit. Il faut dire que la démarche était plutôt atypique, la situation de l'objet ne correspondait ni à une mise en réparation, ni à un retour de commande, donc à aucun cas habituel. De ce fait, la petite boîte mise à l'écart un peu précipitamment fut tout bonnement considérée par un commissionnaire comme un simple emballage à jeter à la poubelle. Nèves qui avait vu le coup venir était furieuse. Elle avait autre chose à faire que de passer son temps dans les corbeilles à papier, et c'était quand même la deuxième fois en peu de temps. Il fallait revoir la logistique ! Comment se sortir de là ?

Nèves bien sûr était fâchée de se trouver en si mauvaise posture bien qu'elle se sache protégée par une sérieuse équipe dévouée, qui rapidement allait se mettre en opération pour reprendre contact avec elle. Il suffisait de patienter.

En effet des pigeons escorteurs avaient suivi la Buick depuis le port de Newark et se tenaient en faction à proximité du magasin dans l'attente de nouvelles instructions. De loin ils avaient vu Mylène sortir de la boutique. Le Doberman de M. Lorrys, bon chien de garde, avait profité de ce moment pour faire comprendre à son maître qu'il avait besoin lui aussi de sortir. Deux ou trois tours devant la porte étaient le signe convenu pour dire que tout allait bien. Les pigeons étaient donc repartis rendre compte que la situation était bien en main et que l'équipe sur place faisait normalement son boulot. Bénimus n'avait qu'à attendre la suite des événements. Attendre !

La nuit venue, le service de sécurité avait pris la relève et commencé sa ronde. Le processus immuable commençait toujours par la corbeille à papiers parce que M. Lorrys y jetait souvent quelque chose.

Les clientes prenaient soin de toujours téléphoner avant de passer au magasin afin d'être sûres de se faire servir sans attendre. Assez fréquemment elles arrivaient en retard sur l'heure du midi. M. Lorrys embarrassé avec son sandwich ou son " en cas " jetait en catastrophe les restes dans la corbeille, en s'efforçant de déglutir à toute vitesse ce qu'il avait encore dans la bouche. Combien de fois n'avait-il pas failli s'étrangler en avalant de travers ! Rien ne pouvait cependant le décontenancer. Il gardait en toute circonstance un flegme olympien. A croire que ses clientes avaient sur lui un droit de vie et de mort tant il acceptait de se conformer à tous leurs caprices ou desiderata, supportant les mouvements d'humeur les plus lunatiques des unes et les envies extravagantes des autres.

Ces mésaventures faisaient l'affaire des deux souris en casquettes galonnées du magasin qui savaient de longue date qu'il y avait là de quoi se restaurer. Ces gardiennes du trésor, qui assuraient consciencieusement leur service de nuit, eurent ce soir-là, la surprise de trouver un écrin de velours rouge écarlate qui ne pouvait pas les laisser indifférentes. La curiosité l'emportant, elles se dépêchèrent de soulever le couvercle de l'étui avec précaution. Ce qu'elles virent les enchanta ; une perle endormie si belle qu'elles en furent tout ébaubies, comme si elles avaient découvert la princesse Shéhérazade des contes des mille et une nuits. Une vision de rêves.

Nèves fut satisfaite de ce secours inopiné mais suspicieuse cependant ! Deux précautions valent mieux qu'une, car s'il est vrai qu'entre les animaux dits sauvages les règles de vie sont sans équivoque, par contre il ne peut en être de même avec les domestiqués qui ont à prouver leur neutralité. Les hommes parfois pratiquent sur ces bêtes une telle pression morale qu'ils peuvent les rendre capables de traîtrise à l'encontre de la gente animale. Même si, dans certaines circonstances, leur concours s'avérait nécessaire, Il fallait cependant se méfier d'une cinquième colonne[16] toujours possible.

Étaient-ce des souris endémiques de l'établissement ayant pignon sur rue ?

Connaissaient-elles M Lorrys de longue date ? Etc. ...

Autant de questions nécessaires pour s'assurer de la légitimité de leur présence dans la bijouterie.

---

[16] Agents ennemis infiltrés

En bon responsable de la sécurité, Grolo le doberman, débonnaire en apparence, vint flairer du côté de la corbeille et rassura Nèves d'un signe de queue entendu, pour lui signifier qu'il connaissait les demoiselles depuis longtemps, qu'il n'y avait rien à craindre de leur part et qu'on pouvait leur faire confiance.

Grolo devait son nom à la chance de M. Lorrys qui avait gagné son chien dans un jeu de loterie. Quand on lui remit le jeune animal apeuré, il était tout tremblant et claquait des dents en faisant un bruit de grelot.

- « Tu grolottes » ma chérie, lui aurait dit la femme de M. Lorrys. Et son mari l'aurait reprise, n'étant pas certain qu'elle ait voulu faire un jeu de mots ; grelotte voyons ! Et puis c'est un mâle et non une chienne. Il trouva cependant, l'équivoque amusante et c'est ainsi qu'il décida d'appeler son chien gagné à la foire « Grolo » mais c'est une petite santé ajouta-t-il.

Nèves remercia chaleureusement ce chien mais se promit de faire réviser les procédures de sécurité afin d'éviter des déconvenues comme celle qu'elle venait de subir. Le lendemain M. Lorrys retrouva son écrin à la place où il l'avait laissé. Il pouvait dormir, comme son chien sur les deux oreilles, la maison était bien gardée.

11 - LE RAPT

Quand Perle (M. R) reçut le paquet, elle fut évidemment surprise, mais la petite lettre qui accompagnait l'objet, expliquait bien le sens inopiné du cadeau et le désir de faire plaisir. Perle, qui était une amie intime du couple présidentiel, pensa immédiatement à offrir la perle à leur fille Margaret, une jeune femme de 26 ans, qui elle aussi était une fervente de cette sorte de bijou très à la mode. Mesta Reid était dans sa 61ème année. Elle s'était mariée, avait perdu son mari assez jeune et n'avait jamais eu d'enfant. On peut alors comprendre la relation affective qu'elle entretenait à l'égard de Margaret, qu'elle avait vu grandir depuis sa plus tendre enfance. Son attachement bien compréhensible, trouvait là, une occasion imprévue de s'exprimer. Perle qui se considérait comme une tante ou plutôt une marraine, était heureuse à l'idée de pouvoir faire plaisir à Margaret.

Nèves pour l'occasion s'était faite joliment mais sans excès, toujours savamment dosée en fonction du moment, de la personne et des sentiments intimes qui animaient donatrice et donataire. Pour l'heure, elle s'employait à exciter la générosité de Perle (M R) qui cependant ne pouvait faire ce présent qu'on venait de lui offrir sans en parler à Mylène. Évidemment, Perle très diplomate, c'était son job, puisqu'elle était ambassadrice au Luxembourg, sut arranger cette proposition de manière à ne pas froisser son amie. Cette dernière, bien au contraire, se trouva très honorée à l'idée que cette perle splendide puisse être portée par Margaret, fille du Président des États Unis. Sans le dire ouvertement, l'idée d'élargir ses relations jusqu'au cercle des intimes du Président flattait Mylène et rehaussait son prestige.

Forte de ce consentement, Perle reprit contact avec M. Lorrys qui se fit un plaisir de réaliser un pendentif de toute beauté, digne de l'enseigne qu'il représentait.

Quand le bijou fut terminé, M. Lorrys le trouva absolument magnifique. Il était vraiment fier du résultat et pour cause, Nèves aussi avait largement aidé à sa confection. Il fut alors décidé que le bijou serait mis en vitrine pour être exposé à la place centrale de la devanture du magasin.

Objet animé, Nèves n'en possédait pas moins des caractères de féminité évidents et devant tant d'honneur elle montra un peu trop son épanouissement. Les gens s'arrêtaient plus fréquemment devant la vitrine de la bijouterie et s'extasiaient à la vue du pendentif. L'achalandage de la boutique s'en trouvait accru, enrichi au-delà de toute espérance. Enfin une réclame miracle qui produisait des effets immédiats et qui ne coûtait rien. Cette exhibition très favorable pour le commerce de la bijouterie n'était pas sans attirer des convoitises, pas toutes très honorables. Il fallait donc redoubler de vigilance. Grolo, inquiet, sur ses gardes, regardait son maître en le questionnant. M. Lorrys, tout à l'euphorie que l'attrait de ce bijou exerçait sur sa clientèle, se rendait-il compte des risques extrêmes qu'il prenait par cette exposition hors du commun ?

Ce qu'on pouvait craindre, finit par se produire quand une richissime cliente s'approcha de la devanture et ne put détacher ses yeux de la ravissante parure. Incessamment, elle la voulut pour elle, au point que son désir soudain et impérieux lui en faisait oublier le prix, non affiché, puisqu'il n'était pas à vendre. A peine eut-elle franchi la porte, que s'adressant à M. Lorrys, elle lui dit :

- Vous êtes un maître joaillier hors pair M. Lorrys pour créer des bijoux d'une telle magnificence. Je n'ai rien vu à ce jour d'aussi délicat, d'aussi précieux. Quelle beauté que cette perle !
- Vous m'en voyez flatté. Je comprends votre engouement. C'est un bijou superbe, magnifique. Cette perle, vous avez raison de le dire, est de toute beauté !
- Cette monture de parure semble avoir été faite tout exprès pour elle, certainement, mais aussi pour moi.
- Que voulez-vous dire Mme Hayworth ? lui répondit M. Lorrys éberlué !
- Vous ne pouvez pas me contrarier. Donnez-moi ce bijou, je vous en prie, je ne chicanerai pas sur le prix.
- Mais ce bijou n'est pas à vendre !
- Comment ? Expliquez-moi cette bizarrerie ! S'étonnait la star bien décidée à aller jusqu'au bout de ses envies.

\- Je dois le remettre sans délai à Mme Mesta Reid, répondit M. Lorrys visiblement impressionné par cette femme resplendissante qui jetait sur lui tous les feux de son charme.

\- Vous lui en confectionnerez un autre. Pour vous ce n'est pas un problème. Allons M. Lorrys, vous n'allez quand même pas vous faire prier pour vendre un bijou ! Ce serait le comble !

\- Ce bijou était réservé …

\- Oui, il l'était effectivement, mais maintenant il ne l'est plus. Rendez-vous compte que la première star d'Hollywood va porter vos bijoux dans les endroits les plus fabuleux du monde !

Rita Hayworth fascinante usait de toutes ses armes féminines envoûtantes. Son sourire se faisait plus séduisant, sa poitrine un brin plus provocante et ses paroles flatteuses, maintenant presque amicales, barbouillaient l'esprit de M. Lorrys qui ne savait plus où il en était.

Si dans un premier temps, celui-ci avait affirmé que le bijou était réservé, qu'il ne pouvait le vendre, à présent il doutait, ne sachant plus quelle attitude prendre, cherchant désespérément comment se sortir de cette situation des plus déconcertantes.

L'insistance de cette cliente hors du commun, enjôleuse, exigeante, conquise et conquérante contraignit M. Lorrys à capituler. Il est vrai que Nèves portait au plus haut degré de sublimité, l'attrait que la star éprouvait pour ce bijou exceptionnel. Elle aussi, était, fortement attirée par cette femme pour laquelle elle pressentait découvrir une intime affinité. Malgré tout, Nèves trouvait que M. Lorrys n'avait pas résisté bien longtemps, qu'il avait un peu vite « baissé pavillon » si j'ose m'exprimer ainsi. Peut-être se disait-il par devers lui que Mme Mesta n'avait pas vu la pièce terminée ! Qu'il avait en magasin des perles d'aussi belle qualité pour refaire un bijou de la même facture ! Mais peut-être se disait-il aussi, qu'il allait réaliser une très juteuse affaire en faisant d'une perle deux coups !

Nèves nota sur ce dernier point que la cupidité des hommes était sans limite et en fut très contrite une fois de plus. Toujours est-il que la parure fut vendue à prix d'or.

La cliente avait à peine tourné les talons en sortant de la boutique, que le chien complètement déjanté, vint remuer la queue à tout va devant la porte. Il voulait signifier en langage codé aux pigeons en faction, qu'il y avait panique à bord, que les choses ne se passaient pas comme prévu et qu'il fallait prendre en chasse le taxi jaune ; Nèves kidnappée était à l'intérieur. Grolo trépignait d'excitation nerveuse et paraissait si mal que M. Lorrys était à deux doigts d'appeler le service des urgences vétérinaires. Le doberman n'avait jamais tiré une langue pareille. A ras du sol une langue de doberman signifie en langage de chien ; « Zut ! On s'est fait manipuler comme des débutants ». Le chien KO, dégoûté, se laissa tomber comme une masse devant la porte. Jamais il ne s'était senti aussi déprimé. « Bon pour le psy », pensèrent les souris en maraude qui n'avaient rien perdu des marchandages et tractations des uns et des autres. Elles aussi étaient estomaquées par l'esbroufe de la cliente.

-     Elle ne manque pas d'air ! disait l'une
-     Quand le désir l'emporte, rien ne vous arrête !
disait l'autre.

    Mais qu'aurait pu faire Grolo ?

    Et maintenant qu'il n'avait plus les cartes en mains autant qu'il dorme, ce qu'il fit de mauvaise grâce.

    Pendant ce temps-là, les pigeons chargés de la surveillance filaient le train au taxi. Heureusement que les feux rouges leur laissaient le temps de respirer un peu. De temps à autre, ils piquaient en rases mottes, se prenant pour des pèlerins [17] pour essayer d'avoir quelques informations sur la destination. Mais rien, aucune conversation à bord susceptible de les renseigner. Les passagers étaient muets comme des carpes. Pas moyen de bidouiller un raccourci, il fallait suivre. En cours de route, ils réussirent pourtant à s'affilier quelques auxiliaires ailés de toute espèce afin de ne pas se faire repérer, ce qui permit à un des pigeons de filer au bateau pour rendre compte de la situation désespérée auprès de Bénimus.

    L'inquiétude fut à son comble quand un deuxième message vint annoncer que le taxi se dirigeait vers l'aéroport. Toutes les éventualités étaient envisageables.

    Qui était la cliente ?

    Vers quelle destination allait-elle ?

---

[17] Allusion au faucon

Un auxiliaire, originaire d'Italie qui avait eu le temps de la distinguer pendant un moment, disait qu'elle avait un faux air napolitain, mais un autre soutenait qu'elle avait plutôt la "french touch". Bref, on ne savait rien sur la ravissante cliente qui avait « ravi » Nèves à double titre. Il fallait attendre et anticiper toutes les situations. Comme il était impossible de s'approcher de trop près de la femme prise en filature, et qu'il fallait pourtant lire son passeport et les indications du voyage sur son billet, le staff décida de mobiliser un couple d'éperviers capables de décrypter sans lunettes à plus de vingt mètres les précieuses informations. Dans l'aéroport ils se placèrent en observation pas loin des guichets sous les arcades dans un angle mort pour passer inaperçus. De là, ils pouvaient capter le nom de la cliente et la destination du vol.

Au moment où elle se présenta à l'enregistrement et tendit son billet, un freluquet moineau intrépide vint virevolter comme un colibri sous le nez du préposé pour faire diversion. L'employé éberlué qui tenait en main le billet se trouva momentanément distrait par l'incident. Un instant précieux qui permit à nos rapaces de noter les renseignements recherchés. On connaissait l'identité de la ravisseuse et les coordonnées de l'avion en partance dans l'heure suivante.

Ce renseignement s'avérait cependant inutile immédiatement dans la mesure où on n'était pas en mesure de réceptionner les clients à l'arrivée à Paris-Orly. Même avec une heure d'avance aucun oiseau de mer ne pouvait rivaliser sur une distance aussi longue avec un Lockheed L-749 Constellation. De toute façon, à Paris rien n'était prévu par le service d'accueil. Bénimus hyper concentré, cherchait une issue au problème. Il s'était installé sur le haut de l'aquarium à moitié hors de l'eau à côté de Latextique pour mieux communiquer par des échanges tactiles et des « glouglou-à-bulles » que le vieux Jacot comprenait parfaitement et qu'il traduisait à sa manière. Lui qui avait côtoyé tant de personnalités richissimes avait sa petite idée sur la question.

-       J'en ai vu passer des friqués ici sur le yacht. Si tu veux mon avis Bénimus, ces gens-là ne descendent pas dans n'importe quel hôtel. Ils ont leurs habitudes. Il faut chercher dans le haut de gamme et à Paris autour des champs Elysées de préférence.
-       Grolo, le chien de Tiffany devrait être au courant de pas mal de choses, lui qui fréquente régulièrement les gens de la haute société. Il faut le faire parler et ce sera aussi une bonne façon de le sortir de sa dépression.
        Les deux souris, enthousiasmées de jouer les infirmières patentées, furent chargées de chouchouter le gros doberman qui n'arrêtait pas de se lamenter. Il était un peu à l'image de son maître et ne s'en remettait pas d'être tombé dans le panneau. Pourtant les souris tout en lui caressant le dos de l'oreille, ce qui d'ordinaire il détestait, ne cessaient de lui dire :

-       Mais tu n'y es pour rien mon gros doudou ! Et d'abord qu'est-ce que t'aurais pu faire ? C'était une cliente, ce n'était pas un voleur !

Grolo qui avait perdu tous ses moyens, se laissait bichonner par les deux souris qui profitaient malicieusement de la situation. Une des deux souris, s'était carrément allongée sans retenue sur la poitrine offerte du doberman complètement abattu.

-       Dis-nous ce que tu as entendu mon gros lolo.

Dans un grommellement plaintif, à peine audible, Grolo se décida enfin à gémir sur un timbre qui exprimait sa profonde désolation :

-       Cette femme, est une bombe. J'ai entendu plein de gens le dire. On a même écrit son nom d'actrice sur la bombe atomique ; « Gilda » je crois, et quand elle l'a su, elle a fait une véritable crise de colère, furieuse qu'on ait pu l'associer à un tel engin de massacres. Elle vient parfois au magasin et mon maître, il en est complètement déboussolé de cette star. Avec tous ces événements j'ai bien du mal à me souvenir, mais elle a dit aussi que le bijou serait du plus bel effet au festival. Ça, je m'en souviens, car les français aussi font de belles choses a-t-elle dit et je serais regardée. Croyez-moi M Lorrys ! D'ailleurs c'est à la suite de ces paroles que mon maître a accepté de vendre le pendentif, mais vraiment à contre cœur. Il faut au moins lui reconnaître cela.

Nos deux souris, secouristes assermentées, dorlotèrent si bien le gros chien de garde qu'il finit par se sentir mieux, beaucoup mieux. En reprenant du poil de la bête le chatouillis derrière l'oreille commença même à l'agacer sérieusement. Les souris pas « homme » ont vite compris qu'il était temps de s'éclipser dans un « salut les copains» hâtif car Gros lolo avait aussi de grosses pattes.

Tous les oiseaux du coin mobilisés apportaient leurs dépêches oralement à Jacot véritable disque dur qui triait, classait, archivait et synthétisait toutes les communications pour faire ensuite un rapport circonstancié au chef du staff, Bénimus à qui la décision appartenait en dernier ressort. Une information de dernière minute affirmait que les deux rapaces avaient réussi l'exploit de se glisser dans la soute à bagages et filaient gratis sur Paris. Une autre confirmait que Grolo était mieux, ce qu'on savait déjà, mais qui confirmait qu'il était préférable de prendre ses précautions avec lui à partir de maintenant. Puis enfin une troisième dépêche précisait l'identité de l'acheteuse du pendentif. Il s'agissait bien d'une actrice de cinéma renommée, très belle. Elle avait réussi à convaincre M. Lorrys en affirmant que le bijou serait du meilleur effet au festival !
Les rapaces avant de partir avaient transmis le nom de la cliente et les pigeons des environs n'ont pas mis longtemps à faire le rapprochement avec de vieilles affiches qui faisaient de la pub pour la Columbia, un film d'Orson Welles « la dame de Shanghai ».

Il s'agissait bien de Rita Hayworth, la bombe sexuelle, appelée aussi « la déesse de l'amour ». Cette grande actrice mariée au prince Ali kan l'année passée se rendait avec lui en Europe au Festival et sur les champs de courses de Deauville ou d'Auteuil.

- Festival ? Festival ! (Personne ne savait tra-duire) … Fes .t. Val (ise) Rita ? chantait Jacot sur un air de boléro ! Très satisfait de sa trouvaille.
- Jacot arrête de dérailler et de dire des hum-âneries ! S'énervait le chef du staff.
- On devrait changer de disque dur, que penses-tu d'un vinyle Bénimus ? disait Latextique ombra-geux.
- Qu'est-ce-que vous dites ? demanda Jacot.
- Que t'es dur de l'oreille, lui lança Latextique en ricanant.
- Holà, vous deux ce n'est pas le moment de chamailler, c'est quoi festival ?
- Une bombe au Festival ? C'est craignos ! Fai-sait remarquer encore Latextique qui cherchait malgré tout à dissimuler son inquiétude.
- Le mieux est d'envoyer une escouade faire le tour des kiosques à journaux, ce serait bien étonnant qu'on ne réussisse pas à trouver quelque chose qui nous mette sur la piste décida Bénimus.

Jacot, l'intellectuel, un peu vexé, faisait tous les efforts possibles pour trouver une réponse avant les autres.

Festival ?
- Je me souviens en 1944 lorsque j'étais mas-cotte de régiment pendant la campagne de France. Les G.I. ne cessaient de me dire « tu vas voir Jacot, ça va être le Festival » et bien je peux vous dire que si c'est ça, je plains la pauvre Rita. Mais c'était peut-être aussi une plaisanterie, car les G.I n'arrêtaient pas de racon-ter des conneries. Dans ces moments-là ça aide quand même un peu. C'est avec eux que j'ai appris à parler.

Heureusement que les nazis ne m'ont pas ramassé car j'aurais passé un sale quart d'heure. Je répétais à tire-larigot « mort aux boches, mort aux boches » et en plus Gabonais africain, j'étais bon pour la casserole.

Le poulpe interloqué, changeait de couleur aussi vite qu'un caméléon. Une façon à lui d'exprimer son scepticisme.

-       Je ne sais pas ce que tu veux dire par là, mais je peux t'assurer que t'es immangeable. Même en boëtte[18], tu ferais fuir les poissons.

-       Vous n'avez pas fini tous les deux, s'énervait Bénimus.

Jacot hérissa ses plumes du cou en signe de mépris, préféra ne pas répondre. Epreuve difficile pour ce perroquet incapable de garder le silence bien long-temps. Latextique chicaneur et sceptique ne semblait pas convaincu. Il relança la controverse.

-       En dehors des chats qui sur les bateaux font la chasse aux souris et aux rats clandestins, on n'a pas connaissance qu'il y ait eu des perroquets comme mascottes pendant la guerre ! Si ! Des ours chez les polonais, ou encore je veux bien te l'accorder, des mascottes perroquets chez les flibustiers ou chez les pirates des caraïbes, mais c'était au XVIIIe siècle mon Jacot !

-       Quand les alliés ont bombardé Avranches et qu'on s'est fait canarder sous leurs bombes, je t'assure qu'on y a laissé des plumes. C'est un soldat, un ser-

---

[18] Appât pour poisson

gent, qui m'a récupéré dans les décombres et m'a nourri aux corn flakes en attendant les nouvelles moissons.

- Bon, admettons ! T'es quand même une exception. Mais on vérifiera dit Latextique à peine convaincu.

Bénimus n'intervenait pas dans ces joutes oratoires qui opposaient ses deux compagnons sachant qu'elles n'étaient empreintes que d'une animosité apparente. Un échange verbal fait de fausses escarmouches et d'esquives ; un jeu de paroles sans importance, surtout à ne pas confondre avec les diatribes violentes qui peuvent opposer parfois les hommes entre eux.

On avait aussi appris de la part d'un vieux moineau, pilier de bibliothèque dont il sortait rarement, que le prénom « Rita » diminutif du mot « Margarité » signifiait en grec « perle ». Cette coïncidence pour le moins troublante était pour certains un gage de confiance propre à se rassurer alors que d'autres, déjà enclins à l'anxiété, trouvaient dans ce rapprochement matière à toutes les inquiétudes. Allez comprendre ?

Bénimus, une fois de plus calma le jeu en affirmant que toute supputation qui ne reposait que sur des hypothèses pour le moins fallacieuses ne pouvait qu'accentuer les divergences et nuire à l'action du groupe de soutien.

Il ajouta :

« Compte tenu de ce que nous savons déjà sur la personne de Rita Hayworth, nous pouvons estimer que Nèves est entre de bonnes mains et qu'il n'y a plus d'inquiétude à avoir à partir de maintenant ». Personne n'osa piper mot.

12 - LE PERE DE LEA

Léa consacre un cahier tout entier pour ce père qu'elle a perdu au début de son adolescence. Une présence qui lui a manqué d'autant plus que les relations avec sa mère étaient difficiles ainsi qu'on l'a déjà expliqué. A l'origine une vieille famille de Tisserand aisée dont la situation a sans doute périclité en subissant la concurrence des métiers à tisser mécaniques qui apparaissent au milieu du XIXe siècle. Tisserand mais aussi agriculteur, la famille se tourna plus tard vers la mer pour trouver sa subsistance et les fils choisirent le métier de terre-neuvas au cours du siècle suivant.

Dans les affaires de Léa, j'ai retrouvé un portrait de Gustave, son père, une photo écornée et jaunie. Une mâchoire carrée, un cou puissant, des cheveux ras et blonds, un regard bleu clair incisif avec l'allure rustique des paysans d'autrefois. Gustave avait un frère jumeau. Des jumeaux monozygotes très liés qui ne se séparaient jamais au point de choisir tous deux le métier de marin de haute mer. A la mort de leur père ils ont à peine plus de quinze ans et leur certificat d'étude en poche. Le temps est venu pour eux de gagner leur vie en s'embarquant comme moussaillon pour une première campagne de pêche sur le grand banc de Terre Neuve. Une carrière qu'ils commencent ensemble en 1917 et qui se terminera quelques années après la fin de la deuxième guerre mondiale.

Des hommes durs à la tâche, bien trempés, capable d'affronter une mer exigeante comme peuvent l'être aussi les armateurs toujours en quête de profit. Quand la pêche donne, les marins ne comptent pas les heures de labeur. C'est aussi vrai quand la mer est mauvaise et que le bateau souffre d'avaries. De vieux gréements, souvent à bout de souffle, à qui on demande autant qu'aux hommes c'est à dire toujours plus. Gus a tâté de tous les postes : piqueur, trancheur, saleur et patron de doris[19]. Il connaît tous les dangers qu'il faut affronter même quand les risques sont extrêmes. Dans ces mers froides, on n'est jamais sûr que le temps au beau fixe se maintienne longtemps. On part bouëtter[20] sur une mer calme, avec un ciel clément, mais tout peut changer si vite et bien avant le retour sur le bateau usine. La tempête peut surprendre avant même qu'on ait pu relever les lignes ou qu'une brume impénétrable vous enferme. Gus a dû vivre en mer ces moments d'angoisse quand s'abat sur vous, un amas de brume cotonneuse, pareille à une ouate grise, étouffante qui enserre et assourdit. L'isolement est alors total. Le son, la voix, les yeux perdent de leur acuité. Hormis le toucher, vos sens sont inutiles.

---

[19] Embarcation utilisée par les pêcheurs de morues
[20] Placer un appât sur l'hameçon

Le vent est tombé et fait place au silence aussi pesant qu'une chape de plomb. La mer trop plate et lisse repose. L'atmosphère humide est lourde d'une bruine pénétrante. Tout s'estompe et disparaît dans un mur de grisaille, cette purée de pois, où il n'y a rien à voir, mais tout à imaginer. Un enfermement où l'espace se réduit à sa propre personne, à son bateau, au clapotis de la rame dont le bruit ne rassure pas, mais amplifie l'absence de tout. Surtout ne pas penser qu'on est seul à des miles de toute vie humaine, dans un environnement hostile qui exige la plus grande vigilance. Ce qu'on croyait certain, l'instant d'avant la brume, c'est à dire le chemin du retour, semble perdu au milieu de nulle part. Le lien avec l'extérieur reste la boussole : grosse pièce de cuivre ronde que le marin serre entre ses pieds quand il hale sur ses avirons. Dans son doris à plusieurs miles parfois du bateau, le marin, sans état d'âme, doit continuer sa pêche, au mépris des éléments. Avare d'un temps précieux, il sait que dans l'instant qui suit tout peut changer avec une brutalité inouïe, mais il n'a pas le choix et feint d'oublier. Il travaille vite et bien mais reste sur ses gardes, car les surprises aussi ne manquent pas quand au lieu d'une morue il voit apparaître au bord de sa barque, une tête de morse attirée par le plein de poissons qui charge son embarcation. Pour le coup, il faut être vif et avant que les défenses du mastodonte éperonnent le doris et le fasse chavirer, lui jeter à la gueule un cabillaud de belle taille parfois deux et tenir à deux mains l'aviron, prêt à repousser cet assaillant avide, capable de toutes les témérités.

Comment est mort Jean, son frère ? A-t-il trop chargé son doris comme cela s'est produit souvent, quand la mer étale invite à trop de confiance, ou bien, s'est-il perdu en mer ?

La nuit est tombée sur la mer agitée. Les lumières impuissantes se perdent dans la brume comme le son mat du pierrier qui tonne en vain. L'appel de la corne que Gus actionna la nuit durant pour ramener son frère, résonne encore dans le cœur des marins, quand les premières lueurs du jour s'annoncent. Le jour se lève avec son vide et l'absence, lourd de silence et de peine. La gorge serrée, la rage au ventre, il faut reprendre à bras le corps une besogne qui répugne maintenant, avec cette mer traîtresse et cruelle qui prend son tribut d'hommes à ceux qui la rapinent.

Le père parlait peu de son travail, mais il arrivait qu'entre marins ils se mettent à causer et Léa savait tendre l'oreille et ne rien perdre des conversations. C'est ainsi qu'elle décrivit dans son énième cahier la vie de pêcheur de son père. Elle a trouvé sans doute une aide opportune dans les livres de la bibliothèque de la pension religieuse. Des ouvrages écrits par les aumôniers qui faisaient leurs offices sur les bancs de Terre Neuve.

En tout cas les mains de Gustave parlaient pour lui. Ses ongles épais et jaunes et son doigt coupé témoignaient de la rudesse du métier. Une arête pendant le travail de la découpe des morues s'était figée dans son index gauche. Une blessure de cette nature difficilement évitable dans la pratique d'un tel métier peut rapidement se transformer en panaris si les soins nécessaires ne sont pas pratiqués à temps. Trop souvent hélas, c'est le doigt qu'il fallait couper. Gus, malheureusement n'était pas une exception. Bien des marins avaient des mains blessées.

Quand Gus rentrait de campagne, Léa pouvait, à la vue de son barda encrassé se faire une idée de la dureté du labeur de son père. Son ciré, ses vareuses, témoignaient par leur état repoussant de saleté, de la nature des tâches répugnantes qu'il avait dû assumer pendant des mois. Elle s'en offusquait, et lui de répondre, qu'en mer il était tout aussi sale car il manquait d'eau pour se laver et son temps était compté. A part la grande toilette pour le retour, les ablutions se limitaient au coup de mitaine sur la figure et à l'eau de mer pour aller plus vite.

La vie des garçons quand ils n'étaient pas en campagne sur Terre Neuve, c'était encore la pêche ; la pêche côtière sur le doris qu'ils partageaient jusqu'au jour où une mauvaise dispute les amena à couper leur bateau en deux dans le sens de la longueur pour se faire chacun dans son jardin, un cabinet d'aisance. Cette vie de garçon, Gus n'imaginait pas de la poursuivre sans son frère. C'est ainsi que l'idée du mariage fit son chemin.

A son grand regret, il n'eut que des filles. A dire vrai, il s'y intéressa moyennement. Avec des garçons c'eut été différent, il aurait su s'y prendre, mais des filles, c'est un tout autre monde. Cependant avec Léa, qui devait être le garçon attendu, il la sentait à l'écoute, attentive. Son père comptait pour elle, même si elle déplorait ses incartades et ses débordements. C'était le cas quand il buvait plus que de raison même s'il n'avait pas le vin mauvais, parfois il faisait honte. Léa s'en souvient quand elle note qu'un jour de cinéma organisé par le curé de la paroisse, dans la chapelle du hameau, il s'introduisit au beau milieu de la séance pour jouer aussi le Charlot qui avait bu un coup de trop. Il était saoul, et la gamine, obligée de laisser ses copines, dut raccompagner son père à la maison. Il n'empêche, c'était son père et c'est bien qu'il ne l'ait pas battue.

Malgré sa rudesse, le père avait compris la richesse que portait en elle sa gamine. Une enfant conciliante, avec du caractère, sérieuse et attentive, sachant déjà s'oublier pour accorder et offrir. Il en était fier, même s'il ne le disait pas clairement. D'une manière tout à fait incongrue, car bien au-delà des habitudes et des coutumes, une fois, il lui promit un cadeau d'anniversaire. Un cadeau ! Un mot que Léa n'aurait pas dû comprendre si à l'école, elle n'en avait pas déjà entendu parler. Léa fine mouche, et déjà sans trop d'illusion sur ce que peut apporter la vie, pour ce qui concerne le meilleur surtout, se contenta de cette bonne intention et remisa au fond d'elle-même cette promesse à laquelle elle n'osait pas vraiment croire.

Elle raconte aussi que pour la fête du 15 août, son père déguisé en meunier, avait voulu qu'elle s'habille en garçon pour monter sur le char qu'il avait confectionné ; un moulin entièrement décoré pour le défilé de la kermesse. Elle avait ressenti cette demande comme un outrage mais avait finalement accepté pour ne pas contrarier son père, qui avait argué d'un nombre insuffisant de garçons.

Ce récit me rappela qu'à son âge, ou à peu près, la même mésaventure s'était produite pour moi. C'était pendant la guerre. Ma très jeune sœur avait une amie gardée par sa grand-mère qui cultivait des fraises dans son jardin, mais à mon grand désarroi cette vieille femme n'aimait pas les garçons. Une discrimination offensante qui m'empêchait de profiter d'une aubaine à portée de la main et qui justifiait que j'usasse d'un stratagème qui porta ses fruits si j'ose dire. Ma mère, heureuse complice, prit un malin plaisir à me transformer en adorable petite fille pour l'occasion. Je pense sincèrement aujourd'hui avoir su surmonter mon aversion de ce déguisement non pas pour la gourmandise, mais par amour. J'avais six ans, ma mère m'aimait, elle était heureuse de jouer à la poupée avec moi. Je ressentais son plaisir et c'était une source de motivation suffisante pour accepter les côtés amers de cette connivence. Avec les encouragements et le sauf-conduit tacite délivré par ma mère, je pus en toute quiétude d'esprit me gaver à souhait des fraises et des groseilles outrageusement interdites.

Evidemment je me suis interrogé sur l'intérêt que Léa portait à la bombe atomique. J'ai trouvé dans sa boîte de Pandore en plus de l'espérance, un article de journal découpé dans lequel il est question de l'Appel de Stockholm, cette pétition signée par des dizaines de millions de gens contre l'utilisation de l'armement nucléaire. Un mouvement mondial lancé par les partisans de la paix en mars de l'année 1950 justement. J'ai questionné Mireille qui n'a pu me renseigner mais Loïse a éclairé ma lanterne. En fait le père, dans

un cadre syndical ou politique, devait militer active-
ment dans cette campagne contre la bombe atomique.

A l'approche du mois de mars, Léa sentait le
moment où son père allait préparer ses affaires pour
une nouvelle campagne de pêche. Il retirait, s'il en
restait encore, les dernières morues salées du grand
panier d'osier qu'il rapportait plein à ras bord au retour
de chaque campagne. C'était l'inévitable nourriture qui
permettait de passer l'hiver. Il récurait son sac avec
soin en plaçant à l'intérieur un linge de grosse toile de
lin. Pour se rendre à St Malo, le voyage n'était jamais
pareil. Il arrivait souvent qu'on vienne le chercher en
car jusqu'à l'entrée du bourg mais d'autres fois, plus
rarement, il s'y rendait avec la carriole du grand père
qui attelait la mule pour le conduire.

L'accompagner jusqu'au port, l'idée trottait
bien dans la tête des enfants mais ils préféraient s'abstenir de poser la question. Le voyage d'une bonne
trentaine de kilomètres comportait quand même
quelques côtes, dont celle de St Jacut, qui n'était pas
la moins sévère. Les bagages faisaient déjà du poids,
alors des enfants en plus, ce n'était guère possible. Il
fallait aussi mettre pied à terre dans les côtes les plus
dures pour ménager la mule. Pourtant une fois, mais
Léa était déjà plus grande, elle réussit à accompagner
son père pour monter jusqu'à St Malo.

Une vieille tante, du côté de la mère, d'assez
bonne situation, qui savait économiser et se montrer
généreuse à l'occasion, devait les recevoir avant le
grand départ. Entrer dans une maison bourgeoise était
pour Léa la découverte d'un monde inconnu dont les

copines demi-pensionnaires parlaient avec emphase sans doute pour mieux marquer leur différence. Léa ne se laissait pas impressionner sachant déjà par intuition que les vraies valeurs se cherchaient ailleurs. Elle ouvrait quand même bien grand ses yeux pour tout voir de ce qu'elle ne connaissait pas : ces vases bleus qu'on disait de Sèvres, ces chandeliers de cristal, ou ces meubles en merisier de fabrication artisanale ... s'apparentaient au luxe dont parlait les livres lus à la bibliothèque. Le monde est bien riche pensait-elle.

Léa était aussi visiblement impressionnée d'entrer dans cette ville de St Malo bâtie comme une forteresse imprenable, avec ses rues étroites qui vous font presser le pas, le soir, à la nuit tombante et ces murailles hautes et puissantes intimant crainte et respect. Léa était fière de la ville où demeurait sa tante. C'était aussi le port de son père ; enfin celui où était accosté le bateau en partance pour le grand banc.

L'effervescence sur le quai, l'empressement des uns, les émotions des autres, toute l' agitation du départ diffusait une anxiété qui se lisait sur le visage des gens, certains s'efforçant de sourire à ceux qui allaient partir, et d'autres incapables de se contenir tentaient de cacher leurs larmes. Les hommes confiants, faisaient de leur mieux pour rassurer les leurs mais le vécu des années passées était présent à l'esprit de tous. Chacun dans son entourage, que ce soit de la famille ou des connaissances, avait ressenti la douleur de la perte d'un marin qui n'avait pas pris le chemin du retour après une rude campagne de pêche. Les prières et les pardons n'épargnaient personne même si leur pratique permettait d'assumer le deuil et l'absence d'un époux d'un père ou d'un ami.

Les marins les plus jeunes épris d'aventures, trépignaient d'impatience. L'appel du large les émoustillait. Ils regardaient avec envie les cordages, haubans de misaine ou d'artimon, prêts à grimper dans les mâtures, à se laisser fouetter le visage par l'air vif de la mer. A braver les éléments, ils gagnaient leurs droits d'être des hommes.

Et puis le moment de larguer les amarres se fait de plus en plus pressant. L'effervescence s'accélère, les ordres fusent. L'instant de la séparation ne peut plus attendre. Les bouffées d'angoisse et les déchirements sont à leur paroxysme. C'est à chaque fois comme un appel à la mobilisation, un départ de fin de permission, quand on n'est plus certain de revoir ceux qui vont partir. Un train part vite, mais un bateau, c'est long à disparaître dans un horizon parfois peu avenant. Sous la pluie ou le crachin breton, les yeux s'accrochent sur ces voiles ou ces panaches de fumées qui s'éloignent si lentement, comme si la mer rancunière voulait encore faire durer une peine qu'elle voudrait dissuasive.

13 - VOYAGE EN EUROPE

Rita Hayworth, la star, avait été suivie jusqu'à l'hôtel Plazza Athénée avenue Montaigne à Paris où les époux étaient descendus pour leur séjour parisien. Les éperviers gardes-du-corps, sur le qui-vive, prêts à fondre sur le premier quidam qui s'approcherait du cabriolet avec de mauvaises intentions, avaient eu vent de l'affaire des bijoux de la Bégum, belle-mère de Rita. (Les éperviers, c'est comme les pies, tout ce qui brille est bon à prendre, en tout cas éveille leur curiosité).

Je rappelle pour mémoire que la bande corse de Lecat, n'avait pas hésité un an auparavant, sur la riviera méditerranéenne, à stopper la limousine de l'Aga Kan, le beau-père de Rita. En un tour de main, ils firent main basse sur les bijoux dont sa femme se couvrait abondamment dans les belles occasions. Comme elle partait à Deauville, elle en avait tout un sac, dont la « Marquise » un fameux diamant de 22 carats. Un vrai polochon ce sac bien rouge, des fois que la bande à Lecat ait les yeux dans leurs chaussettes.

« Ah ciel mes bijoux !» s'écria la bégum en voyant les voleurs, mais malheureusement pour elle, Nèves n'était pas là pour parer le coup (sic).

On comprend que Rita Hayworth ne voulait pas rééditer les fâcheux événements qu'avait subis sa belle maman. Elle préférait donc éviter d'exposer tous ses diamants en public. Cette histoire ne faisait pas l'affaire de Nèves qui au fond du sac à main commençait à se morfondre. De ce fait, elle se trouvait confinée dans la suite réservée de l'hôtel, ou dans les grands salons du palace, mais pas question pour elle de profiter des champs de course d'Auteuil ou de Deauville qu'affectionnaient tout particulièrement la star et son mari. Il n'empêche que Rita qui aimait le faste grandiose des hôtels chics parisiens, voulait paraître dans ses plus beaux atours lorsqu'elle descendait dans les salons du palace. Aux rivières de diamants, elle préférait étrangement cette perle acquise à grands frais à M. Lorrys dont elle avait su malicieusement tourner la tête.

Dans le grand miroir de sa chambre, elle admirait la perle qui ornait si joliment son cou. Une perception sensorielle qui lui donnait une impression de bien-être. Dans l'image que lui renvoyait le miroir, elle cherchait un défaut, une imperfection qu'elle aurait pu corriger : un détail, une mèche à remonter, un cil trop long par exemple, mais rien, elle se sentait parfaite et Nèves veillait à ce qu'il en soit ainsi.

Pour Rita, Nèves avait une affection particulière. Cela tenait certainement au fait que la star qui avait joué le rôle de Gilda, s'était révoltée de colère contre les « artificiers » de la bombe atomique. Ils s'étaient permis, un peu à l'instar des pilotes de l'U.S. Air Force pendant la deuxième guerre mondiale, qui maquillaient leur avion de toutes sortes de symboles maléfiques, de coller la photo de Rita et d'inscrire sur la bombe, son nom de rôle « Gilda ». Ils faisaient allusion bien sûr à l'expression de bombe sexuelle dont on l'avait affublée. Pour Nèves, Rita était une alliée dans la lutte qu'elle menait contre la violence et en particulier pour la suppression des armes atomiques.

En conséquence, elle avait plaisir à offrir à la star une complicité heureuse. Si Rita au contraire s'était gaussée des facéties de mauvais goût des militaires, Nèves n'aurait pas manqué de se montrer déplaisante, mais ce n'était pas le cas.

Mme Hayworth se sentait bien dans ce palace où la qualité du service n'avait rien à envier au personnel des grands paquebots comme le Normandie qui faisaient la ligne Le Havre-New York avant la guerre. Il lui arrivait même d'échanger quelques propos avec le chef de restaurant ou même le chef d'étage René qui n'avait pas son pareil pour préparer les crêpes Suzette dont raffolait Rita. René avait travaillé à la compagnie Transatlantique avant la guerre et avait apporté avec lui son savoir-faire et l'excellence française qui donnait tout son chic à cet hôtel parisien.

Cette parenthèse dans le programme de Nèves pouvait s'avérer sans importance si son escapade en Europe ne durait pas trop longtemps. Rita avait parlé d'un voyage à Rome, peut-être même à Venise après le festival de Cannes annulé faute de sous[21]. Le rendez-vous qu'elle avait pressenti avec le Président Truman deviendrait problématique, si le voyage se prolongeait davantage. Il fallait absolument que Perle Mesta reçoive des mains de M. Lorrys la vraie perle et non pas un succédané de pacotille.

Ce que Nèves ne savait pas encore, c'est que la Bégum et Rita allaient s'affronter sur les champs de course de Deauville à la fin du mois d'Août. Le cheval « Alizier » appartenant à la Bégum et « Double rose » pour Rita, étaient tous deux des chevaux favoris capables d'emporter le grand prix sur un parcours fait à leur mesure. Le retour sur New York n'était donc pas envisagé dans l'immédiat.

Malgré tout, Nèves ne s'inquiétait pas exagérément sachant combien l'appui de tous ses amis, se renforçait de jour en jour pour la soutenir dans sa mission. Et puis un Week-end à Rome c'était quand même tentant. Elle en fit part à Rita par le moyen d'un suave câlin très communicatif. Nous autres hommes on pourrait jalouser cette complicité des femmes et de leurs bijoux, mais il y a des domaines où le sexe fort n'y entend rien. Des subtilités qui le dépassent ou qui l'indiffèrent sans doute à tort.

Va ! pour le voyage rapide à Rome pensa Rita en caressant la perle qui affleurait son cou.

Le voyage à Rome fut de courte durée mais intense et raffiné. Rita voulait tout voir et tout entendre.

---

[21] Eh bien oui ! Impossible de boucler le budget cette année-là comme en 1948.

La richesse des sites à visiter, leur magnificence, exaltaient sa curiosité et son imagination. Repasser sur ces lieux prégnants, chargés d'histoire, suscite une émotion forte. Nèves ressentait le trouble de Rita quand elle traversait le forum où débattaient consuls et citoyens, quand elle gravissait les marches de la place du capitole pour aller contempler les statues de Castor et Pollux ou encore lorsqu'elle admirait la Piéta de Michel-Ange dans la basilique St Pierre.

Nèves aimait cette humanité vibrante qui animait le cœur de Rita. Toutes deux s'enthousiasmaient à côtoyer ces foules nombreuses et nonchalantes qui déambulaient en palabrant dans la douceur du soir, envahissant les places et les rues, imposant aux voitures le rythme de leurs pas. L'union entre elles deux était fusionnelle, inénarrable pour un homme qui n'a pas les clés accessibles à l'intimité d'une relation si secrète.

« Objet inanimé avez-vous donc une âme qui s'attache à notre âme et la force d'aimer ? » Nèves sans doute aurait pu répondre à cette interrogation de Lamartine. L'homme peut être asservi à l'objet qu'il a créé. Mais l'objet d'art, façonné de sa main vaut davantage par le message qu'il contient, par l'émotion qu'il suscite. C'est plus qu'une forme ou une matière. L'outil manuel qui a servi toute une vie de travail porte en lui une mémoire. Il est une référence qui le personnifie, tel cet instrument unique ou cette pièce archéologique qui témoigne d'un temps passé et d'une civilisation disparue. Ces objets ne sont pas que matière inerte. Ils s'animent au contact de l'homme, qui trouve en eux une preuve de son existence. La craie, le tableau et le maître, forment un tout interactif extrêmement vivant, où chaque élément est indispensable à la formulation d'une idée. Par sa couleur, sa résistance, par le son même qu'elle peut émettre, la matière diffuse un message perceptible pour l'homme de l'art mais aussi pour celui qui, par sa sensibilité est à l'écoute de la création.

Nèves offrait à Rita les capacités de voir au-delà de l'œuvre elle-même. Cachée sous la robe, à la base du cou, Nèves côtoyait à tout instant ces richesses, ces objets d'art qui ravissaient l'esprit et le cœur de cette femme. Ensemble, elles communiquaient avec ces entités, unissant formes, couleurs, et matières, vivant l'essence même de l'idée ou du sentiment qui les avait fait naître. Elles avaient accès à la maturation de la pensée qui avait germé et grandi dans l'esprit de l'artiste. L'œuvre s'enrichissait du questionnement de son créateur. Elles revivaient ses doutes, ses atermoiements mais aussi ses révélations et osaient parfois apporter à l'œuvre le supplément d'âme que le maître avait recherché en vain ou sans toujours y parvenir pleinement. Nèves libérait la pensée des contraintes du réel.

Sur l'œuvre elle-même, Rita percevait avec acuité tous les détails, dont seul profite d'ordinaire l'observateur aguerri : Le drapé devenait plus léger, la couleur plus intense, l'expression plus forte et bien sûr l'émotion s'amplifiait envahissant le cœur de Rita. Nos deux complices se pénétraient par osmose et le charisme de Nèves sublimait la relation qui s'établissait entre l'œuvre et la star, laquelle vivait une pleine et totale extase.

Presque inconsciemment le mari de Rita Hayworth, l'Ali Khan avait ressenti cette transcendance qui par moment habitait son épouse. Il en prit légèrement ombrage, devinant instinctivement que l'origine de cet engouement où il ne trouvait pas sa place était ce bijou particulier qui mettait sa femme dans un état d'exaltation qu'il jugeait parfois un peu trop excessif. Il en vint à émettre de très mauvaise foi, quelque doute sur la beauté de ce pendentif et demanda à Rita de porter d'autres bijoux, tels des colliers de pierres par exemple. Consciente que son mari pouvait être irrité par cette connivence trop féminine, que les hommes semblent incapables de comprendre, Rita se promit d'être plus vigilante. Nèves aussi, était soucieuse de ne pas perturber la relation du couple et se jura également d'être plus discrète en propageant des ondes d'apaisement et de bien-être.

14 - LES ANGOISSES DE M. LORRYS

Les névroses de Grolo n'avaient pas d'autres causes que les troubles ressentis par M. Lorrys. Ce dernier, supportait mal la vente du bijou qu'il avait fait confectionner spécialement pour Perle (M.R), l'amie du Président. Il se reprochait amèrement de s'être laissé séduire par Rita Hayworth. Plus d'un lui aurait donné les circonstances atténuantes car Rita n'avait pas sa pareille pour user d'un charme fou. Pourtant il savait par expérience que certaines clientes avaient pour les bijoux un tel engouement qu'elles pouvaient se rendre extrêmement persuasives, mais il avait failli en vendant un article unique promis à une autre cliente. Il était accablé de s'être mis dans une telle situation, fourvoyé de pareille manière et ne parvenait pas à se pardonner sa bévue. Lui, d'habitude si exemplaire, méticuleux à l'extrême dans son travail, comment avait-il pu se laisser manœuvrer de la sorte ? Berné ! Disons le mot, même s'il fait mal.

Bizarrement le bijou de remplacement, presque à l'identique, aurait dû tout à fait convenir, mais quelque chose le chagrinait. Il avait le souvenir d'une perle dont les reflets par moments étaient d'une subtilité sans égal. Le regard qu'il avait jeté sur elle en s'approchant de la fenêtre pour mieux l'examiner s'était inscrit dans sa mémoire et ne le quittait pas.

Il pensait à Mme Lorenzo Mylène. C'est vrai qu'elle ne connaissait pas directement la fille du Président. Mais si cette dernière venait à apprendre par Perle Mesta que la perle provenait de Mme Lorenzo, le désir de la remercier ferait que les deux femmes pourraient se rencontrer. Cette impression toute particulière qu'il avait ressentie au contact de cette perle, elle pouvait tout aussi bien avoir été perçue par d'autres de la même manière ; la supercherie pourrait alors être découverte. M. Lorrys d'un naturel plutôt anxieux, se perdait en conjectures. Pourrait-il, sans se trahir regarder Perle Mesta dans les yeux au moment de lui remettre le bijou ? Soyons clairs : le faux bijou.

Physiquement et moralement, la forte personnalité de cette femme en imposait énormément et la simple idée de lui mentir, lui faisait froid dans le dos, carrément. Lui, qui s'était efforcé depuis toujours d'être totalement intègre, loyal, il se trouvait tout à coup confronté à une situation détestable. Il allait devoir mentir. Il avait beau se dire que pour tout quidam le mensonge est inhérent à la vie en général, qu'il est bien difficile de pouvoir y échapper, qu'un jour ou l'autre, ... Non, pour lui ça ne marchait pas. Il devenait cramoisi avant même d'avoir prononcé la moindre parole. D'ailleurs, dans les rares cas où il avait tenté de mentir, les choses avaient très mal tourné pour lui. Les souvenirs de son divorce avec les mensonges de sa femme revenaient perturber son esprit.

Elle, par contre ...se disait-il, quelle mauvaise foi ! « J'ai ma conscience pour moi !» se plaisait–elle à clamer à tout bout de champ, sans doute pour se convaincre elle-même de ses vérités mensongères.

Malgré sa vigilance pour éviter les mésaventures, M. Lorrys ne put éviter qu'un jour, une collègue qu'il affectionnait, sans plus, lui demanda de l'accompagner pour visiter une exposition. Il accepta sans rien dire à sa femme. Allez savoir pourquoi ? Et bien comme un fait exprès, c'est justement ce jour-là qu'il oublia ses papiers d'identité chez lui. Ce qui ne se produisait jamais. Sa femme, qui croyait bien faire, téléphona à son travail pour l'en avertir et fut surprise, puis furieuse que son mari ait pris une demi-journée de congé pour sortir avec sa collègue sans l'avoir prévenue. Certains diront que c'est une prémonition. Et bien justement, elles ne se produisent pas par le simple fait du hasard.

Nous communiquons à notre insu par diffusions d'ondes ou de phéromones ou autres molécules qui véhiculent appréhensions, envie ou sentiments ! Des émissions sensorielles que certaines personnes ont des aptitudes particulières à intercepter, tels ces contrôleurs d'autobus qui ont le chic de sortir du lot le tricheur, en allant droit au but sur le passager qui n'a pas de billet. C'est arrivé à M. Lorrys un jour qu'il était démuni de ticket de transport. Il voulut malgré tout, par nécessité, prendre le bus. Au moment où il allait poser le pied sur le marchepied pour monter, il vit surgir inopinément deux contrôleurs qui avaient flairé l'arnaque. Et bien il eut le temps de faire marche arrière, car justement il s'attendait à cette intervention.

Dans ces situations équivoques, M. Lorrys comme doué d'un sixième sens captait les évènements avec un temps d'avance, de même qu'il semblait lire le sens des pensées de celui à qui il parlait avant que ce dernier s'exprime. Ainsi, il percevait chez son interlocuteur que le mensonge qu'il était tenté de proférer était déjà dévoilé avant même qu'il ne le prononce. Du coup il ne disait rien. Par l'expression de son visage, on pouvait deviner en le regardant qu'il allait mentir ou tenter de le faire et on préférait lui dire de se taire avant qu'il ne parle. Le mensonge fascinait M. Lorrys d'autant plus qu'il savait que ce travers lui était interdit. Il ne pouvait pas. De même, l'envie de chaparder l'indisposait, sachant qu'elle serait probablement connue avant même qu'il ne prenne quelque chose. On peut comprendre que le choix de son métier ne fut pas un hasard, mais la résultante de ses aptitudes. Sa probité était tout bonnement inébranlable.

Il faut bien reconnaître qu'il y a des gens particulièrement doués pour mentir avec la certitude de toujours passer entre les gouttes et d'autres qui se trahissent dès qu'ils ouvrent la bouche. M. Lorrys à son grand dam était de ceux-là et qui plus est, il n'avait même pas besoin de l'ouvrir.

A d'autres moments au contraire M. Lorrys essayait de se rassurer en se disant qu'il se faisait des idées, qu'il était capable de concevoir un bijou encore plus beau que celui remis à Rita Hayworth, que la perle n'était pas aussi exceptionnelle qu'il avait cru, mais ces moments de répit ne duraient pas et le remords s'imposait à nouveau à son esprit avec sa charge énorme de culpabilité.

Grolo vivait à cent à l'heure le stress de son Maître qui regardait son chien s'agiter en tous sens. Il passait d'un coin à l'autre de la pièce sans tenir en place, se couchant, puis se relevant à tout moment. M. Lorrys vint lui faire une caresse sur le cou, mêlant leurs regards qui en disaient long sur cette amitié vieille de plusieurs années déjà. Il voulut se montrer rassurant et entreprit de faire des confidences à son chien.

- On est comme on est, on ne se refait pas. Rappelle-toi ce que je t'ai déjà raconté. Pendant la guerre, j'écrivais à une jeune fille que j'aimais et qui ne s'intéressait que moyennement à moi. Pour croire qu'elle pouvait m'accorder quelques minutes d'attention, je lui écrivais des romans fleuves d'une vingtaine de pages à chaque fois. Il arrivait qu'elle me réponde pour m'entretenir de ses études ou de ses sorties. Elle me parlait déjà de Rita Hayworth qui jouait à l'époque dans une comédie musicale. « Cover Girl » je crois, avec Gène Kelly et Fred Astaire. A force de penser à elle, son image s'est imprimée en moi. Tu comprends, à chaque fois que Mme Hayworth passe au magasin, c'est comme si je revoyais cette jeune fille à laquelle je rêvais en vain quand j'étais à l'armée. Elle me tétanise. Rita Hayworth est vraiment trop sublime.

Mon Grolo, il faut qu'on se calme. On trouvera bien une solution. Il faut y croire.   M.   Lorrys   eut bien du mal à s'endormir cette nuit-là, mais sur le matin une petite lumière se fit dans sa tête. Il respira à plein poumons en pensant qu'il avait peut-être une chance de récupérer la parure.

Au début du mois de mars 1950, la Bégum fut avertie par la police que ses bijoux avaient été récupérés. Elle n'imaginait pas repasser à son cou des colliers qui avaient été tripotés par « je-ne-sais-qui ». Évidemment, cette répulsion était compréhensible. Le ressenti est du même effet que celui que vous éprouvez quand vous rentrez chez vous et que vous constatez que votre appartement a été visité pendant votre absence. C'est un viol aussi insupportable.

Très informé sur les événements de cette nature, M. Lorrys savait par expérience que sa cliente, sans doute heureuse d'avoir recouvré ses biens, serait quand même très contrariée par cette violence qu'elle avait subie. Il se proposait d'anticiper sa réaction et de prendre contact avec elle pour lui proposer un nettoyage de tous les joyaux qui avaient été souillés par ce brigandage. Les aseptiser serait une mesure prophylactique et une réparation psychologique indispensable pour se réapproprier les bijoux. Il pouvait aussi lui proposer des échanges. Sa démarche était emprunte d'empathie certainement, mais il pensait aussi que c'était là un bon moyen de négocier la reprise de la perle que Rita lui avait soutirée, même si elle avait payé le prix fort.

M. Lorrys considérait ses clientes avec respect et sincérité. Il avait acquis leur confiance et sa compétence faisait de lui une référence. Homme de goût, il était de bon conseil et savait même à l'occasion rater une affaire, s'il sentait qu'au bout du compte sa cliente emballée sur le moment serait peut-être déçue un peu plus tard. Il trouvait toujours les accommodements pour arranger les choses, pour solutionner les embarras de la cliente qui ne savait pas choisir ou qui voulait tout avoir. Ainsi, au fil du temps, il avait su s'attacher une clientèle fidèle qui revenait avec plaisir et sans appréhension à sa boutique, sachant qu'elle trouverait un personnel attentif, disponible, agissant dans le meilleur intérêt du client.

Cette fois, c'est lui qui serait demandeur et il espérait bien que son charisme habituel lui apporterait en retour la compréhension attendue. Mais il savait peu de chose sur la Bégum qui restait très réservée quand elle venait au magasin. Il l'avait vue à plusieurs reprises, car les bijoux c'était quand même sa petite folie. L'Aga Khan, son époux, était l'imam, c'est-à-dire le chef spirituel des musulmans chiites ismailis. Il recevait à ce titre, chaque année de ses fidèles, son poids en diamants, en or ou en argent, soit plus de cent kilos. Cette famille possédait une richesse incommensurable. La Bégum, au nom de jeune fille : Yvette Labrousse, était française et ancienne miss France de surcroît. On peut comprendre dans ces conditions que le gemmologue de la Maison Tiffany pouvait être impressionné.

Dans la famille de M Lorrys la grand-mère aussi avait été française et la langue ne lui était donc pas totalement inconnue. Par elle, il avait appris quelques subtilités dont il était fier et dont il avait su tirer profit à des moments opportuns. Il faudrait donc la jouer à la française se disait-il, c'est à dire à doses homéopathiques en mêlant élégance, charme, (un soupçon) et délicatesse, autrement dit avec grande mesure et respect en évitant toute obséquiosité déplacée. Il avait bien essayé de trouver quelques revues « people » pour s'éclairer un peu sur les relations qui liaient la belle-mère et sa bru Rita, mais le résultat fut plutôt maigre. Dans un magazine, il avait noté cependant que le père de sa cliente était né à Cressé en Charente-Maritime ; une bourgade pas si éloignée de celle où avait vécu sa grand-mère en France. Une coïncidence fortuite qui à la rigueur pourrait lui servir à l'occasion.

Par ailleurs, les quelques articles de journaux qu'il avait pu lire, rapportaient que Rita avait la réputation d'être plutôt timide. Lui n'avait pas vraiment trouvé. Mais en réfléchissant bien, il avait réalisé que Rita était aussi une sacrée bonne comédienne et peut-être pas seulement au cinéma. Quand on est dans un jeu de rôle, on oublie qu'on est timide. Il ne pouvait quand même pas lui en vouloir. Des coups de passion pour des bijoux, il en avait vu bien d'autres. Toujours est-il, qu'il fallait se rendre à l'évidence, il avait été berné tout autant que son chien. Non, vraiment, il ne pouvait pas compter sur Grolo, décidément trop naïf.

Pensant encore à la Bégum, Il se dit qu'il avait quand même quelques atouts dans sa manche pour obtenir son agrément. Par exemple, sur la campagne de France à laquelle M. Lorrys avait participé comme sergent, ils avaient eu l'occasion d'échanger quelques propos. Il se souvient de lui avoir raconté comment il avait sympathisé avec un jeune garçon de six ans qui vagabondait dans le camp militaire de Saint James et qui cherchait à échanger ses œufs contre des friandises. Un petit Parigot exilé en Normandie pour cause de bombardements, avec une frimousse d'ange, à qui il avait donné une de ses gamelles pour prendre avec lui la file d'attente de la cantine. On lui avait mis sur la tête un calot de sous-officier et les gars de la section venaient le saluer en passant, comme s'il s'était agi d'un colonel. Un môme de Paris, qui avait appris le pas de l'oie des Allemands au Havre, qui avait fréquenté le poste de police de Montmartre dès quatre ans pour s'être perdu à courir derrière son cerceau, qui avait failli mourir sous les bombes destinées aux usines Renault à Boulogne-Billancourt et qui après tout cela, venait partager le casse-croûte avec les biffins d'Amérique. Un sacré gosse dont il se souviendrait longtemps, comme de ce perroquet trouvé dans les décombres d'un hôtel après la rude bataille sur Mortain et qu'on avait dû rééduquer car il n'arrêtait pas de dire « vive Pétain » comme un sale collabo.

La Bégum s'était bien amusée de toutes ces anecdotes. Aussi, M Lorrys se disait qu'elle aurait pour lui peut-être une certaine considération. Cette pensée l'encouragea. Mais saurait-il trouver le moment venu, les à-propos convenables pour répondre aux réticences qui ne manqueraient pas de s'opposer à sa requête ?

En tout cas, elle avait répondu favorablement à sa demande de rendez-vous concernant le nettoyage des joyaux, c'était déjà un premier pas.

161

Chez la Bégum :

- M. Lorrys, bien heureuse de vous accueillir. J'ai déposé sur ce guéridon le paquet que m'a rendu la police, avec l'inventaire qu'on en a établi. Je n'ai pas voulu regarder l'état dans lequel sont les bijoux. M. Karl ici présent a été délégué par mon assureur et comme vous pouvez le constater, les scellés sont encore intacts, je n'ai touché à rien. Si vous voulez bien procéder à l'ouverture du paquet pour vous rendre compte des dommages éventuels, je vous en prie.

Les bijoux en vrac furent étalés sur une petite table et recensés afin d'établir la correspondance avec la feuille d'inventaire. Ensuite un examen de chaque pièce permit de vérifier que les pierres étaient bien authentiques et que les bijoux n'avaient pas subi de dégradations apparentes. Un nettoyage évidemment s'imposait. Alors que l'assureur prenait congé, M. Lorrys demanda à la Bégum l'autorisation de rester pour un entretien particulier.

- Je vous accorde quelques minutes seulement, je ne peux pas faire plus dit-elle à M. Lorrys qui n'avait pas prévu la présence de ce monsieur Karl et n'avait pas pu de ce fait, intervenir comme il l'aurait souhaité. Il se retrouvait tout à coup, de but en blanc devant la question qu'il ne voulait pas aborder de front.

- Laissez-moi vous dire madame, que j'ai beaucoup de chance puisque j'ai pu rencontrer en si peu de temps, vous-même et votre belle fille Rita Hayworth avant qu'elle ne parte pour Paris.

- Avait-elle besoin d'un nettoyage ? S'esclaffe la Bégum un tantinet perfide.
- Non, mais vous, qui appréciez les beaux bijoux, vous pouvez comprendre. Sa visite était plutôt fortuite. Elle a vu en vitrine un pendentif qu'elle a voulu absolument se procurer pour se rendre au Festival de Cannes. Présenter nos bijoux dans des occasions pareilles, c'est pour nous, orfèvres, des opportunités qu'on ne doit pas rater.
- Elle s'est décidée comme ça sur un coup tête ?
- C'était un coup de cœur madame, et vous savez combien ils sont parfois irrésistibles !
- Admettons une fois encore ce caprice ! Alors qu'attendez-vous de moi M. Lorrys ?

Au cours des quelques secondes qui s'écoulèrent pendant ce bref dialogue, M Lorrys tendu à l'extrême essayait de percevoir comment la Bégum allait recevoir sa requête. Il n'était sûr de rien mais instinctivement il pencha pour une demande franche même s'il risquait la réprimande.

- J'avoue que l'engouement de Mme Hayworth pour ce bijou était si fort que tous les arguments pour m'opposer à la vente furent totalement inopérants.
- Je ne comprends pas M. Lorrys, expliquez-moi, vous placez en vitrine un bijou que vous ne voulez pas vendre ? C'est insensé !
- C'est-à-dire que, avec Jean Schlumberger[22] qui a conçu et dessiné le pendentif, nous étions si contents

---

[22] Gemmologue chez le bijoutier Tiffany dans les années 50

du résultat que nous avons voulu l'exposer. J'avais même pris soin d'indiquer que le bijou n'était pas à vendre mais votre belle-fille n'a pas voulu comprendre. Elle a estimé qu'en tant que représentante de notre pays en France, elle se devait d'être la plus magnifique et que ce joyau pour être vu devait se placer sur la plus belle gorge américaine, c'est à dire la sienne. Ce sont ses propres paroles. Que pouvais-je répondre ?

- Rien, en effet, d'autant plus que c'est vrai. Mais en quoi cela me concerne-t-il ? Et permettez-moi d'ajouter sans être chauvine qu'elle aurait pu trouver certainement aussi bien chez Chaumet et Mauboussin à Paris.

- Je n'en doute pas, et voyez-vous, cela m'aurait bien arrangé car je suis aujourd'hui dans un grand embarras. Ce bijou, m'a été commandé par Mme Mesta que vous connaissez bien et qui m'avait remis elle-même la perle de ce pendentif. On a bien essayé d'en faire un autre mais je ne parviens pas à retrouver la même teinte. Cette perle avait un reflet bien particulier et l'idée de mentir à ma cliente me rend malade. Je fais appel à vous pour me sortir de ce mauvais pas.

- De ce pétrin vous voulez dire ! En effet, on ne raconte pas n'importe quoi à Perle, c'est son nouveau prénom, vous savez ? Ah non ! Je ne vous le conseille pas ! D'abord, en y réfléchissant, il me semble bien que le Festival de Cannes n'a pas lieu cette année ! J'en ignore les raisons, … mais sans vouloir être méchante, je crois bien que Rita vous a raconté des bobards mon ami !

Et voilà la Bégum prise d'un éclat de rire à en pleurer. Elle prenait son mouchoir pour se tamponner le nez et les yeux et à chaque fois qu'elle voulait reprendre la parole, cela reprenait de plus belle « Vous en faites de belle ! Ah ! C'est bien la meilleure de l'année ! Pour une perle, c'est plutôt une bourde » .... Bref, je préfère m'abstenir de tout relater... car M. Lorrys était pétrifié sur place, cramoisi de honte, n'appréciant pas vraiment que la Bégum trouve la situation aussi drôle. Comme il n'avait pas d'autre choix que d'encaisser les coups, il se tenait coi, sans rien dire, supputant que le moindre mot qu'il aurait eu l'audace de proférer aurait immanquablement relancé de plus bel, le fou rire de la Bégum.

Il en avait quand même gros sur le cœur car il constatait que même en voulant parler avec franchise il était malgré tout obligé de se taire ! Elle en ferait à coup sûr des gorges chaudes. Il allait être la risée de toute la gente du beau monde de New York et de Navarre et catastrophe des plus vraisemblables, Perle Mesta, Mylène et la fille du Président allaient être au courant de son infortune.

Comment obtenir de cette femme qu'elle se taise ? Ce n'est déjà pas une qualité féminine en général à ce qu'on dit, mais là assurément, M. Lorrys pouvait difficilement espérer une indulgence.

- Bon ! Excusez-moi M. Lorrys, mais c'est vraiment trop drôle. Si je comprends bien vous voulez récupérer votre pendentif. (La Bégum a toutes les peines du monde à garder son sérieux). Je vais faire mon possible mais je ne peux rien vous promettre car

Rita n'en fait qu'à sa tête comme vous avez pu le constater, mais j'essaierai. En tout cas vous pouvez me faire confiance, toute cette affaire ... comment dirais-je ... rocambolesque ... restera entre nous. .... (Jusqu'à ce qu'elle trouve au moins son épilogue).

Fort de cette promesse arrachée de haute lutte par le silence qu'il s'était imposé, M. Lorrys revint au magasin où il raconta à son chien, ses déboires et ses espérances. Évidemment Grolo s'empressa dès qu'il le put, de communiquer ces nouvelles importantes à l'équipe de liaison qui transmit la dépêche au quartier général situé sur le bateau de Mylène.

Il fallut peu de temps pour que toute la gente animale soit au courant. Ca jasait dans tous les coins de rue, ça piaillait sur tous les toits, même dans les quartiers de New Jersey, ça caquetait plutôt fort. Premier informé, avec un temps d'avance, le monde animal allait se régaler de plaisanteries sur les démêlés qui ne manqueraient pas de se produire à brève échéance. Pour une fois que les hommes faisaient rire ! Eux qui disent que le rire[23] est le propre de l'homme et pour cause ! Ce n'est pas si souvent qu'ils donnent l'occasion aux animaux[24] d'en faire autant.

---

[23] Les animaux se cachent pour sourire : Hubert Lucot
[24] Je me sers d'animaux pour instruire les hommes : Jean de la Fontaine

15 - EN ROUTE POUR BLAIR HOUSE

Rita avait revêtu une robe blanche, simple, qui cachait sa gorge et sa perle Nèves portée à même la peau. Elle s'apprêtait à se rendre à la place St Pierre de Rome lorsqu'elle reçut un coup de téléphone de la part de sa belle-mère, la Bégum. Nèves avait pressenti l'objet de cette communication et s'employait déjà à préparer Rita à l'annonce de cette réclamation. La conversation disons anodine, semblait toucher à sa fin, quand la Bégum fit semblant de se souvenir qu'elle devait transmettre un message de la part du bijoutier de Tiffany qui souhaitait que le pendentif que portait Rita, lui soit rendu.

- Ma chère Rita, je ne t'apprendrai rien je pense en te disant que j'ai enfin récupéré les bijoux qui m'avaient été volés l'an dernier quand je suis partie de Yakimour pour Deauville ? Comme je voulais les faire examiner par un gemmologue compétent, j'ai fait appel à M. Lorrys que tu connais bien à ce qu'il me semble ! Il en a profité pour venir pleurer dans mon giron afin de récupérer un bijou qu'il t'aurait vendu malgré lui ! J'ai trouvé cela peu banal et pour t'avouer franchement, j'avais du mal à suivre ses explications. Dis-moi un peu ce qui s'est passé ?

- My Dearest, I love cette perle. Lorsque je l'ai vue en vitrine, j'ai eu le coup de foudre. Je n'ai pas cru un seul instant les jérémiades de M. Lorrys qui d'ordinaire se mettrait plutôt dans un trou de souris à ma vue.

- Cette perle remise par Perle Mesta pour la fabrication d'un pendentif est destinée à Margaret la fille du Président Truman. M. Lorrys ne peut vendre un bijou qui ne lui appartient pas. Il faut lui rendre Rita.

- Je ne peux pas t'expliquer mais j'ai vécu ces jours-ci des moments délicieux. Je ne peux rien affirmer, mais la présence de ce bijou m'a été si bénéfique, comme une sorte de talisman. Je vais la quitter avec beaucoup de regrets, mais s'il le faut ...

Contre toute attente, la Bégum fut surprise que sa belle-fille, d'ordinaire d'esprit indépendant, n'oppose aucune résistance sérieuse à cette demande imprévue. Elles s'accordèrent pour fixer le retour de la perle par la voie de la valise diplomatique aussitôt que possible, c'est à dire après sa visite de la Place St Pierre de Rome.

Nèves aurait bien voulu poursuivre son escapade avec Rita qui envisageait de continuer son voyage jusqu'à Venise. Le palais des Doges, le pont des Soupirs, d'autres merveilles comme ces peintures de Tintoret ou de Michel-Ange, toutes ces beautés, elle n'aurait pas le loisir de les ressentir à travers l'émotion que ces œuvres susciteraient dans le cœur de Rita. Consacrer sa vie, si éphémère, entièrement aux autres c'est bien sûr s'ennoblir, mais on aimerait penser aussi un peu à soi. Nèves avait des regrets, elle était si bien avec cette femme, mais le temps manquait pour tous ces plaisirs et ne laissait pas de place pour des affections intimes. Soucieuse du temps qui passait et qui la rapprochait de la date cruciale du rendez-vous avec le Président Truman, Nèves eut l'idée d'insuffler dans la pensée de Rita le désir d'envoyer directement à Perle Mesta, le Bijou qui lui était normalement destiné.

Mme Hayworth envoya deux lettres :

Une première à M. Lorrys pour le féliciter encore de la qualité des articles qu'il réalisait, pour le remercier de lui avoir confié le bijou et aussi pour s'excuser du tourment qu'elle avait pu lui occasionner.

La deuxième lettre envoyée à Perle Mesta, relatait le coup de passion qu'elle avait eu pour cette parure, présentait des excuses et souhaitait à sa prochaine propriétaire tout le bonheur qu'elle-même avait ressenti au contact de ce bijou.

Par vol international en Constellation Nèves rejoint les États-Unis fin avril 1950. Il était juste temps car au tout début du mois de mai, Le Président et Mme Truman offraient un dîner pour honorer Mme Mesta, une amie de longue date qui s'était montrée particulièrement active au cours de la campagne qui avait précédé l'élection du Président.

Riche héritière dès 1925 d'un magnat de l'industrie de l'acier, cette femme n'en fut pas moins dans sa jeunesse, une militante engagée du NWP (National Women Parti) qui permit aux femmes d'obtenir le droit de vote en 1920. Par la suite elle adhéra en 1940 au parti démocrate et participa à de nombreuses manifestations de soutien au futur Président Truman qui lui devait bien une reconnaissance très méritée.

Ainsi l'objectif de Nèves se rapprochait. Elle sentait par intuition la proximité des événements qui allaient se produire. Pour que ses charges d'influences soient opérantes et que le Président fasse preuve de la plus grande circonspection dans les décisions à prendre, en particulier concernant l'emploi de la bombe atomique, Nèves devait être présente à ses côtés. Les services de renseignements n'étaient pas sans savoir ce qui germait dans les états-majors des forces communistes, mais pour l'heure rien ne semblait imminent.

Le repas de fêtes se passa donc dans la meilleure humeur avec la présence de l'ambassadeur de France M. Bonnet et sa femme, de Sam Rayburn Président de la chambre des représentants et de quelques autres notoriétés. Mme Mesta Reid était à l'honneur, femme de l'année, ambassadrice du Luxembourg, elle méritait d'être choyée et ce jour était une consécration pour elle. Ce dîner était aussi l'occasion idéale pour Perle (M. R.) de remettre le bijou à Margaret Truman également présente à cette cérémonie.

En fin de repas elle prit Margaret en aparté pour lui remettre son présent.

-       Margaret, accorde-moi quelques instants, j'ai à te parler. Allons jusqu'au boudoir, nous serons plus tranquilles.

-       Tu as des secrets à me dire Perle ?

-       Non, ma vie est transparente comme de l'eau de roche. Je voudrais te faire un cadeau.

-       Ta générosité sans borne est légendaire. Moi je n'ai besoin de rien. D'abord, tu m'as déjà tout donné. Tu m'as adoré comme si j'avais été ton enfant. Même Maman aurait pu en être jalouse. Alors que peux-tu faire de plus ?

-       C'est vrai que tu as été gâtée. Bess, ta mère a toujours été attentive pour toi mais moi je suis ta marraine et mon bonheur est de te choyer. Laisse-moi le plaisir de t'offrir un bijou. Plus tard quand tu seras mariée, c'est un cadeau que je n'oserai plus faire. Aujourd'hui, c'est encore possible.

-       Je te comprends, j'en suis très émue. Comment pourrais-je te rendre une marque d'affection aussi intense ?

-       Oh ! Ne t'inquiète pas pour cela. Le jour où tu auras un enfant, je serai au summum de mon bonheur. C'est par toi que nous pourrons connaître maintenant les plus belles joies de notre vie, pour le temps que nous avons encore à vivre.

        Bon maintenant, ouvre cet écrin, ne me fais plus attendre, car on va s'inquiéter de notre absence.

-       Oh ! Quelle merveille ! Dans la lumière, les reflets chatoyants de cette perle sont si magnifiques. Je ne sais comment te remercier Perle pour ce présent.

\-   Pour tout te dire, c'est un cadeau que j'ai moi-même reçu d'une amie qui s'en est trouvé propriétaire d'une manière tout à fait inopinée. Quand je lui ai dit que mon souhait était que tu portes le pendentif, elle en a été tout à fait enchantée. « C'est vrai » m'a-elle-dit, « il n'y a que Margaret qui puisse arborer un tel bijou ». Peut-être pour ton concert de fin d'année ?

Nèves sut se montrer particulièrement séduisante pour Margaret qui fut émue de tant de générosité de la part de sa marraine. Pourtant aucune photo de l'époque ne représente Margaret avec ce pendentif. Il est possible que les négatifs n'aient pas supporté les radiations de Nèves qui sans doute tenait à rester dans l'anonymat.

Soprano, Margaret préparait un concert. Elle estima se trouver en progrès au cours des répétitions qui précédèrent la représentation qui eut lieu au début du mois de décembre au Constitution Hall. On peut supposer que Nèves, sensible au charme de Margaret, lui ait donné un petit coup de pouce qui lui a sans doute fait défaut le jour ultime du gala de fin d'année. Margaret n'était déjà plus en possession de la perle et le don d'ubiquité n'était pas dans les attributs innés de Nèves.

Si Home, le journaliste qui a consacré à Margaret un article dans le Times du 6 décembre 1950 après son concert, avait pris la peine d'aller aux répétitions de temps en temps pour écouter la fille du Président, il se serait montré certainement plus indulgent avec la cantatrice. Il aurait ainsi évité de se faire menacer d'une raclée par S Harry Truman lui-même qui lui écrivit une lettre qui restera dans les annales. Le Président qui n'avait pas mâché ses mots, n'avait pas du tout apprécié qu'on dénigre sa fille adorée.

Appuyé du concours de Latextique dont les conseils judicieux étaient toujours appréciés, Bénimus, du haut de son aquarium dirigeait les opérations de soutien et de communication avec Nèves. Il avait donné comme instruction à Jacot de se mettre en relation avec l'extérieur pour avoir des agents de liaison sur Blair House, le domicile de S Harry Truman pendant la période de rénovation de la Maison Blanche où le Président disposait malgré tout de son bureau ; le bureau ovale.

16 - UNE PERLE POUR LE PRESIDENT

Jacot avait su faire comprendre à Marcel qu'une fois au port, son perchoir devait être porté sur le pont comme cela se pratiquait habituellement à chaque fois qu'on était en escale. Une fois arrimé au ponton, la vie tranquille au port reprenait ses droits et Jacot trônait sur le gaillard d'avant où il pouvait converser avec tous les oiseaux du coin qui n'arrêtaient pas de lui chiper ses cacahuètes ou ses graines de tournesol. Cette fois il avait décidé que ce ne serait pas gratuit et qu'il avait aussi des services à demander. Les piafs, des vrais titis parisiens à la mode New-yorkaise, mais tout aussi délurés, étaient déjà à roder autour de son perchoir. Il s'adressa à eux :

- Cette fois mes p'tits j'ai besoin de vous. Il faut me trouver deux volontaires ... Il n'avait pas eu le temps de finir sa phrase que tous les piafs battaient des ailes en signe d'assentiment.

Attendez au moins que je vous explique ! Ce que j'ai à faire n'est pas dans le quartier. Il me faut les services d'un couple de tourterelles pour une mission importante et difficile... .Mais ça, vous ne le dites pas. OK ! Récompense aux premiers arrivés !

Il n'est pas sûr que la méthode de recrutement fut la meilleure qui soit car on vit arriver sur le bateau quantité de pigeons à moitié éclopés et dont l'éducation laissait pour le moins à désirer tant les déjections sur le pont furent abondantes. Pour le coup Marcel se mit dans une colère noire et chassa tout ce beau monde à coups de balai. La sanction ne se fit pas attendre et Jacot retourna au salon avec ses cacahuètes.

Bénimus furieux était à deux doigts de lui retirer ses galons de U.S. Air Force. « T'es un beau parleur mais avec une cacahuète dans le crâne » s'était emporté le chef d'escadron qui formula des consignes précises car l'opération devait rester ultra secrète. Oui ! Car des oiseaux apprivoisés pour effectuer des malveillances, ce n'est pas une chose impossible, et il faut s'en méfier.

Heureusement que deux jours plus tard, Marcel bon joueur, mais surtout attendri par la mine piteuse de son perroquet, remit le gabonais à sa place à l'extérieur. Deux jours d'arrêt de rigueur c'était suffisant pour Jacot. On reprit le recrutement mais cette fois avec plus de circonspection afin d'éviter les bévues de l'avant-veille et Jacot engagea un jeune couple de tourterelles fraîchement arrivées sur les lieux et prêtes à repartir pour la bonne cause.

Le choix de ces colombes, symbole de paix avait été quand même le sujet de débats houleux entre les tenants d'oiseaux purement autochtones à qui on retirait le « grain du bec » et ceux qui s'opposaient à ce que ce critère puisse être déterminant dans une sélection où la notion d'origine ou d'appartenance à un État puisse avoir quelque importance. Nous sommes tout bonnement des oiseaux de la terre avait dit un colombin démocrate, gage de notre indépendance. Ceux de Corée comme ceux des États Unis ont le même intérêt pour que ne se développent pas des conflits d'envergure mettant en œuvre des armes de destructions massives. Natifs de la terre, nous oiseaux avons le même devoir de servir la paix. Les allégations discriminatoires de certains n'eurent aucun écho sur l'assemblée et le débat fut clos sur un accord presque général.

Ces tourterelles en provenance de Chine (elles s'étaient échappées d'une boutique d'un oiseleur oriental importateur de produits asiatiques), exprimaient par leur simplicité la loyauté de l'entreprise. La mission consistait à établir une liaison avec la Maison Blanche et Blair House. Repérer sur place des contacts qui puissent appuyer la logistique de l'opération « very[25] Neshar » menée par Bénimus.

Après avoir fait le plein de cacahuètes le couple de tourterelles décolla par beau temps le 15 mai 1950 à six heures GMT[26] (UTC-5[27]) sous le nom de code Roméo et Juliette, avec l'objectif de rejoindre au plus vite Washington et chercher à établir un contact avec Nèves. Les instructions reçues par ces agents

---

[25] Super Aigle anagramme de Nèves et Harry ; référence à l'endroit ou Nèves doit opérer (miroir du bureau comportant un aigle dans le haut de l'encadrement)
[26] Greenwich mean time
[27] Coordinated universal time

de liaison insistaient sur la nécessité d'une totale discrétion dans les déplacements entre la Maison Blanche et Blair House.

De même, l'implantation de cafards-sapeurs au cœur même du pentagone ne devait s'opérer qu'à effectif réduit, avec la consigne de ne pas attirer l'attention des services d'hygiène. Leur mission était de préparer l'accès à des contingents de masses dans le cadre du plan « B ». Des escadrons de blattes, chargés d'expérimenter de nouvelles secrétions acidifiantes opéraient déjà sur le site, avec pour objectif la dégradation rapide des bétons les plus solides. Le combat avec les chimistes avaient été jusqu'alors à leur avantage, mais l'espoir pouvait changer de camp. Enfin des agents dormants indétectables se trouvaient à tous les endroits stratégiques de l'édifice, dans l'attente de nouvelles instructions.

Si l'action engagée par Nèves devait échouer, et si la bombe atomique était utilisée, ces « taupes » deviendraient immédiatement opérationnelles conformément aux instructions secrètes du plan « B », En aucun cas, leur présence ne devait être soupçonnée par les membres de la C.I.A.

Le premier rapport de mission établi par Roméo et Juliette après contact avec Blair House, fait état de la présence d'un chat aperçu dans le bureau du Président. Margaret sa fille, portait une perle en pendentif. Les conversations humaines interceptées laissent également entendre la présence d'un deuxième chat[28] non identifié.

Huit jours plus tard le 23 mai un deuxième rapport mentionne que les agents de liaison ont pu enfin joindre « Mistigri » (nom de code du chat du Président) et lui transmettre l'ordre de se mettre directement en contact avec Nèves pour recevoir des instructions de sa part.

Nèves n'était pas sans inquiétude devant les difficultés à établir un véritable réseau. Déjà dans l'isolement depuis près de trois semaines, elle sentait comme imminente l'attaque surprise des forces nord-coréennes. Les rares moments de présence entre le Président et Margaret, ne suffiraient pas le moment venu à orienter, d'une manière décisive, si le besoin s'en faisait sentir, le pacifisme du Président pour qu'il renonce aux armes atomiques. Il fallait agir.

Au début du mois de juin, Margaret vint s'entretenir avec son père au sujet du concert qu'elle comptait donner pour la fin de l'année. Elle portait Nèves en pendentif et alla s'asseoir dans le fauteuil satiné près de la cheminée. Le chat sut jouer de tout son charme pour amadouer Margaret qui le prit dans ses bras. Nèves et Mistigri purent ainsi échanger des consignes et mettre au point un plan sophistiqué qui aurait aussi l'avantage de placer Nèves en contact quasi permanent avec Harry S Truman.

---

[28] Peut-être le schah d'Iran, invité du Président.

Dans le bureau du Président où il aimait travailler, un miroir ovale, surmonté d'un aigle tenant un gland dans son bec, est accroché au-dessus d'une cheminée en marbre. Nèves avait conçu l'idée de se placer à cet endroit stratégique pour agir de son rayonnement pacificateur sur le Président. Le gros problème était de s'y installer. On comptait sur le chat qui avant de s'agripper au miroir devait en tout état de cause monter sur le rebord de la cheminée ; une tablette étroite sur laquelle était posé, un vase de Chine. Cette porcelaine de Jinghezhen de la dynastie Ming était une pièce unique de très grande valeur. L'opération, on ne peut plus délicate était donc très risquée.

La vélocité de Mistigri laissait aussi à désirer, habitué qu'il était à des siestes interminables dans une maison qui avait perdu ses souris depuis bien longtemps. Ce chat nourri aux hot dogs n'était pas non plus de la toute première jeunesse. Casser une porcelaine de Chine de cette qualité pouvait être considéré comme un acte intentionnel et servir de prétexte aux autorités chinoises pour aggraver encore davantage l'état de tension politico-militaire avec les pays de l'Est, prêts à en découdre à la première occasion. On sait maintenant que les agents du KGB, infiltrés dans les services de la voirie faisaient régulièrement les poubelles et pas seulement pour arrondir leur fin de mois. La découverte de bris de cette nature aurait pu suffire à mettre le feu aux poudres et le pédigrée « russe blanc » de mistigri n'aurait qu'envenimé la situation.

Il fallait pourtant bien trouver une solution. Peut-être remplacer pendant un temps Mistigri par un chat plus jeune et plus agile ? Mais comment trouver un chat ressemblant sans que Margaret s'en aperçoive ? Battre la ville de long en large à la recherche d'un sosie à s'y méprendre était une entreprise au résultat trop aléatoire. Non, le recrutement des tourterelles avait déjà suffisamment créé de difficultés ! Ou alors, profiter de l'ouverture des fenêtres au moment du ménage pour faire appel à Roméo et Juliette qui d'un coup d'aile auraient pu mettre en place Nèves sur son promontoire, en lieu et place du gland que tenait dans son bec, l'aigle du miroir ? On en était là à se prendre la tête entre les pattes ou entre les ailes selon que… sans trouver la solution alors que les nouvelles étaient alarmantes.

En attente d'un événement décisif Nèves s'était libérée du sertissage qui l'emprisonnait dans le pendentif de manière à se rendre disponible pour toute éventualité. Elle se produisit au moment où on s'y attendait le moins. Margaret qui portait un superbe collier de perles, comme de nombreuses femmes à cette époque, voulait s'entretenir avec son père au sujet de ses activités musicales et lyriques. Le chat Mistigri qui avait compris les intentions de sa maîtresse, l'avait suivie avec infiniment de discrétion. Il attendait le moment opportun pour agir et ne fit irruption qu'au dernier moment pour passer la porte en même temps que Margaret. Surprise, elle ne put empêcher le chat de pénétrer dans le cabinet de travail où le Président penché sur ses dossiers, ne remarqua pas l'intrusion silencieuse des arrivants.

-       Papa, je suis désolée de …

-       Non ! Ne t'inquiète pas, au contraire, je suis très content de te voir. Ce n'est pas si souvent que tu viens par ici. Que se passe-t-il ma chérie ? Tu n'as pas d'ennui j'espère !

-       D'abord, je voulais te dire que Perle (M.R.) ainsi que les collègues du conservatoire ont trouvé mes dernières prestations en net progrès. Ils étaient unanimes pour dire que la tonalité de ma voix avait des accents sublimes.

-       Eh bien voilà une bonne nouvelle ! S'exclame le Président.

-       Tu te souviens, je me plaignais de mes vibratos qui manquaient un peu de constance ?

-       Oui, je t'en avais fait moi-même la remarque. Avec beaucoup de précautions d'ailleurs.

-       C'est extraordinaire. Depuis quelques jours, je les réussis à merveille.

-       Bon ! Je t'écoute.

-       « Je ris de me voir si belle en ce miroir…. (Margaret chante la Castafiore).

            ….

-       Extra ! En effet, c'est vraiment très bon. Fais moi aussi une vocalise sur le « A »

-       AAA AA AAA AA aaaaa AAA

(Tous les moineaux du quartier étaient au spectacle. Serrés sur la barre d'appui, ils étaient à l'écoute de la soprano et les commentaires allaient bon train entre deux vocalises).

-       L'attaque est d'une clarté stupéfiante ! Qu'en penses-tu ?

\-   Je reconnais que l'ouverture est nette et franche. Bravo ! S'enthousiasme le Président éberlué par de tels progrès.

Avec l'Ave Maria de Gounod, ...essaie, je t'écoute.

(Nèves ne voulait pas intervenir mais elle aurait préféré un air de la Traviata).

\-   .....

\-   Bien, très bien ! Tu es pratiquement au point pour le concert de fin d'année, ma fille.

\-   Je suis heureuse, tellement heureuse, si tu savais ! J'étais tellement inquiète. Maintenant j'ai une totale confiance. Si je maintiens cette qualité de chant jusqu'à la fin de l'année, mon concert sera un véritable succès.

Dans un premier temps Margaret eut l'envie subite d'embrasser son chat pour partager sa joie. Mistigri, n'attendait que cette occasion. Puis le besoin également de remercier son père fut pour Margaret tout à fait irrésistible. C'était le moment où jamais d'intervenir et cela n'avait pas échappé ni à Mistigri, ni à Nèves. Quand elle voulut embrasser son père, peut-être plus chaleureusement qu'à l'ordinaire, pardessus son bureau, Margaret crut s'accrocher à quelque chose et le collier de perles qu'elle portait avec Nèves en figure de proue, se rompit. Sans doute que Mistigri avait préparé le coup en toute discrétion quelques instants auparavant. Toujours est-il que toutes les perles roulèrent sur le Bureau au grand désarroi de Margaret et de son père S Harry. Il pesta tout d'abord, mais s'empressa quand même d'en ramasser le plus possible. Il y en avait partout, sur le bureau, dans les dossiers, sur le fauteuil, mais une en particulier roula dans la poche du président, et je ne vous ferai pas l'injure de douter que vous ne savez pas quelle perle profita de l'occasion pour se cacher dans la poche d'S Harry !

Le Président occupé à mettre un peu d'ordre sur son bureau n'eut pas l'idée d'aller fouiller près des coutures des poches de son costume et Nèves heureuse d'arriver à ses fins se fit infiniment petite et discrète pour ne pas éveiller des soupçons qui auraient compromis sa mission. S Harry ne s'aperçut de rien sinon que, se rasseyant dans son fauteuil après ce remue-ménage intempestif, il se sentit étrangement bien et eut quelques mots attendris pour sa fille qui se désespérait d'avoir causé ce chambardement dans les affaires de son père.

Le Président qui prenait soin de sa santé programmait régulièrement dans sa journée une sieste et une promenade musclée aux premières heures du matin. En effet cet ancien militaire avait gardé le goût de l'exercice et ses longues marches se faisaient sur un rythme cadencé. De temps à autre, mais il se gardait bien d'en parler, il mettait sa main dans sa poche et roulait entre les doigts la perle que sa fille avait perdue. Il la découvrit à l'occasion d'une promenade un jour qu'il était profondément concentré sur un problème relatif aux équipements des armées. Sans doute, pour mieux approfondir une idée qui méritait toute son attention, Il s'arrêta de marcher et enfonça ses mains dans le fond de ses poches en reprenant pleinement sa respiration ; c'est alors qu'il sentit cette petite bille. Surpris et troublé de cette présence insolite, il la sortit et quand il vit la perle, il fut tout amusé en pensant à l'aventure qu'il avait partagée avec sa fille quelques jours auparavant. C'était un peu de sa fille qu'il avait avec lui. Il en fut tout attendri, et il décida de garder la perle comme un présent gagné fortuitement pour fruit des embarras subits. Un butin de guerre, en somme ! Cette réflexion le fit sourire et en bon Américain, il en conclut qu'il n'y avait pas de petits profits, que les affaires sont les affaires, même avec sa fille. Du coup, il se sentit plus décontracté, soudainement plus apaisé, pour réfléchir aux problèmes du moment.

17 - PERFIDIES ET DECONVENUES

Le petit footing le matin, ce n'est pas pour moi. Je ne suis pas de la même trempe que celle du Président Truman. Au petit jour, je m'accordais quand l'inspiration était au rendez-vous, une heure ou deux pour écrire, installé dans un coin du restaurant de l'auberge.

En m'apportant un café et un croissant, Mireille avait toujours un mot d'encouragement. Je lui parlais de Léa, ma muse, dont j'essayais à ma façon de transcrire les cahiers que j'avais lus la veille. Puis si Mireille n'était pas trop occupée, je tentais d'avoir des nouvelles de Gaëlle omniprésente et qui occupait souvent mon esprit. La jeune sœur de Mireille ne semblait pas trop pressée de venir en vacances dans ce coin de Bretagne qu'elle connaissait pourtant bien, mais elle avait toujours des choses plus urgentes à régler.

En me laissant aller aux confidences j'avouais à Mireille que pendant la période où j'étais à l'armée, j'avais régulièrement écrit à Gaëlle qui n'était pas encore mariée. Elle fit celle qui n'était pas au courant. Ce qui est possible, car la fratrie entre les deux sœurs n'allait pas jusqu'à l'intimité. Des lettres donc qui n'étaient pas forcément suivies de réponse car je savais que la vie pour Gaëlle était florissante au contraire de la mienne, et que je ne représentais pas pour elle, une préoccupation dominante. Lui écrire une vingtaine de pages me réconfortait un peu. Cinq ou dix minutes, c'est le temps de lecture qu'elle m'accorderait en s'obligeant à les lire. Cinq minutes, dix minutes ; un temps palpable que je tentais d'imaginer, rien que pour moi. Une réalité à laquelle je n'osais croire. Le simple fait d'y penser faisait naître en moi une charge d'émotion intense.

Je la voyais comme une jeune fille rayonnante, pleine d'assurance, certainement très courtisée, menant une vie d'étudiante aisée dans cet environnement parisien où foisonnaient tant d'activités culturelles et artistiques. Sa jeunesse, sa liberté, son intelligence, ses moyens, s'unissaient pour exalter son épanouissement. Dans les rares lettres qu'elle me concédait, elle parlait des spectacles en vogue, théâtres et opéras, de ces films de la nouvelle vague qui bouleversaient le cinéma d'hier. «L'année dernière à Marienbad[29] » pouvait s'apparenter un peu à ce que je vivais moi-même.

Je me sentais détaché dans un espace-temps qui m'éloignait d'elle comme un objet en apesanteur projeté vers un néant sans retour. Les liens déjà si fragiles s'effilochaient, plus rien ne pouvait la retenir. Je la sentais s'échapper me laissant dans un horizon obscurci qui ne pouvait que s'assombrir davantage avec le temps. Nous vivions dans deux mondes opposés. Elle

_____

[29] Film d'Alain Resnais 1961

dans la vie, construisant son avenir et moi dans le confinement d'un espace qui semblait se restreindre à la mesure de l'enfermement que je ressentais de plus en plus. Le temps marquait le pas et renforçait l'impression d'étroitesse des lieux où je survivais. L'impossibilité de m'en échapper en réduisait encore les dimensions jusqu'à l'étouffement. Je me recroquevillais pour cheminer vers un univers parallèle, qui s'ouvrait sur la liberté et la vie. Alors nous vivions, elle et moi ; moi et son image, dans un monde irréel et insolite. Nous revivions encore et encore les évènements passés et présents, au gré de mon imaginaire, de mes inquiétudes, de mes espoirs. Le vrai se confondait avec le « possible » ou le « désirable ». Je détruisais les frontières du temps et de l'espace. J'existais par le rêve.

Quand je pus accéder au réel, après ma libération de l'armée, rien ne ressemblait à ce que j'avais pu croire, à ce que j'avais construit hors du temps. L'évasion faisait place à l'existence qui apparaissait dans toute sa brutalité. Bien que les stigmates indolores et cachés puissent un jour se révéler d'une manière inattendue, ma jeunesse retrouvée m'invitait à balayer ces tourmentes, des fantasmes encombrants, pour emprunter des chemins nouveaux.

Lorsque je l'ai croisée un jour, bien plus tard, au moment le plus imprévu, mon corps s'est raidi violemment. Mes sens m'ont interdit de parler comme si mon âme subitement verrouillée, se refusait à revivre des souffrances passées qu'elle n'aurait pas supportées. Mon corps était devenu une cage hermétique dans laquelle je me débattais sans être entendu, alors qu'elle, Gaëlle, dans sa surprise heureuse, insouciante de ce que je vivais, projetait vers moi avec chaleur un sourire généreux chargé d'amitié, peut-être même d'affection, auquel j'étais dans l'incapacité de répondre. Quel regard, quel faciès, ai-je donné en échange ? Quel honte pour moi ! Peut-elle vraiment comprendre ?

C'est vrai que, lors de cette rencontre, je roulais en voiture, surpris en plein carrefour, couvert de sueur, après une longue course à pied que je venais de terminer dans le bois de Boulogne. Bref, tout était contre-indiqué pour que je la revoie à ce moment-là. Pendant un temps c'est ce que j'ai cru. Mais n'était-ce pas des prétextes invoqués pour justifier un refus, une peur d'affronter une réalité qui me semblait alors écrasante ? Mais pourquoi n'ai-je pas su faire parler mon cœur ? Je ne me comprends pas, car enfin, d'autres que moi n'auraient pas hésité à stopper leur voiture, quand bien même la circulation aurait été perturbée, sans souci même des embouteillages et des klaxons de protestation. D'aucuns auraient su gérer cette situation avec désinvolture, avec contenance, auraient dit quelques banalités pour donner le change, pour s'excuser et dissimuler cette émotion ardente qui étouffait et que j'étais incapable de dompter. N'auraient-ils pas su sauvegarder une amitié qui trouvait dans cette occasion inespérée la possibilité de se régénérer et obtenir par quelque pirouette, ou quelque plaisanterie bien venue, une nouvelle promesse de rencontre ?

Mireille m'écoutait en pinçant les lèvres, hochant de la tête pour marquer sa désapprobation.

- Quel âne bâté tu peux être par moment mon pauvre Pierrot, Il faut cesser de te martyriser et de sacraliser Gaëlle. Le fruit de ton imagination devient totalement irréaliste me disait Mireille qui voulait minimiser l'événement, et qui visiblement commençait à être agacée par mon raisonnement et mes déclarations. Tu t'excuseras le moment venu et n'en parlons plus. Tu es hyper sensible. Gaëlle comprendra ! En tout cas, c'est toujours mieux que d'être indifférent à toute chose mais il ne faut quand même pas s'en rendre malade.

Nous en étions là de nos conversations quand Loïse entra en tenue d'été très seyante, ce qui me fit oublier mes tourments et décrocha de notre part un « Waouh » d'admiration. Ce bleu pastel s'alliait à merveille avec sa blondeur et son regard bleu pacifique qui évoquait les mers du sud. Elle commanda un café et Mireille s'excusa, car elle avait fort à faire aux cuisines, mais elle ne put s'empêcher de dire sur un ton de reproche :

- Essaie de le dérider un peu Loïse car c'est un « cas », je t'assure.
- Ça n'a pas l'air d'aller fort, « Pierrot » me dit Loïse en fronçant les sourcils.
- J'étais en train d'expliquer à Mireille que j'avais eu autrefois un comportement bizarre et que je m'en voulais encore de n'avoir pas réagi correctement.
- Allons, des sottises, tout le monde en fait, il faut aussi savoir se pardonner, sinon la vie n'est plus possible !

Des propos anodins sans doute mais dits avec tant de gentillesse que l'inconvenance de mes soucis m'apparut grandement alors que j'avais en ma compagnie une charmante personne prête à se lier d'amitié avec moi.

Voulant en savoir plus sur ses intentions je lui dis tout bonnement :

- C'est sympa de venir nous rendre une petite visite impromptue.
- pas tout à fait, n'avions-nous pas encore plein de choses à nous dire au sujet de Léa ? Et puis comme toi je suis en vacances, libre pour une balade en bord de mer. Nous parlerons de Léa, puisque c'est l'unique objet de tes pensées ! Ah, pas tout à fait à ce que m'a dit Mireille. Mais tu t'entoures de fantômes ! Un cercle où je ne vais pas avoir ma place, car vois-tu, moi je suis bien vivante.

Sur ces derniers mots Loïse virevolta sur elle-même en faisant voler sa robe au-dessus de ses genoux, accompagnant son geste d'une vocalise joyeuse qui exprimait toute sa joie de vivre.

- Et bien voilà une proposition bien alléchante,... d'accord ! »

Je lui montrai à mon tour que je pouvais sur le champ sortir de l'apparente torpeur qui m'avait scotché sur ma chaise, en me redressant vivement pour ranger mes écritoires.

Nous reprîmes le chemin que Léa avait emprunté pendant des années et qui conduisait à la mer. Loïse m'invita à parler de mes « recherches » à son sujet. Je lui expliquai qu'à la lecture de ses cahiers je prenais plaisir à reconstruire l'histoire de sa perle et de son coquillage. Puis la conversation revint sur la vie de Léa :

-        Mais Léa s'est mariée ! Tu as dû connaître son mari ?

-        Oui, j'ai connu son mari, Mathieu, avant qu'il ne revienne blessé d'Algérie. C'était en 1956 je crois... Ils s'étaient mariés au cours de l'unique permission accordée à la troupe maintenue sous les drapeaux. Un garçon intelligent d'une belle famille rouennaise. On ne comprend pas vraiment pourquoi il s'était entiché d'une fille d'une condition aussi modeste que Léa, mais il a su reconnaître derrière une apparence ordinaire, une femme de caractère, d'une qualité exceptionnelle.

Un jour qu'on dînait ensemble avec des amis, on avait un peu bu, il s'est laissé aller aux confidences. Alors qu'on lui demandait pourquoi il s'était marié avec Léa qui n'avait pas un sou vaillant, il nous a répondu qu'il avait été ému à pleurer lorsque baisant les doigts de sa bien-aimée, il les avait retournés. Il avait vu ses jolies mains d'enfant striées et flétries comme des petites pommes oubliées. La gorge nouée, il les avait portées à son visage, pour cacher ses yeux embués d'une émotion sincère, les avait embrassées plus fort encore et s'était juré de les réparer pour qu'elles soient plus belles que toutes les autres, que celles qu'il avait pu connaître aussi fragiles sans doute, mais moins méritantes certainement. Voilà qui donnait sens à sa vie, voilà comment peut se révéler l'amour.

En 1956, la pacification était loin d'être achevée en Algérie. Mathieu, son mari maintenu sous les drapeaux avait fait tout son temps en Kabylie sur un piton rocheux complètement isolé. Il n'aimait pas trop parler de cette période pendant laquelle il avait été témoin des pires atrocités. Ce n'était pas le genre d'homme à tenir un fusil dans les mains et pourtant, il lui arrivait souvent d'avoir le fusil mitrailleur de la section à porter lors des patrouilles. Dans les embuscades, ce sont les premiers visés et ils ne l'ont pas raté. Il avait les poumons en bouillie. C'est même un miracle qu'il ne fût pas mort ce jour-là, mais c'était un grand mutilé. Ses blessures l'avaient beaucoup affaibli et il en gardait de lourdes séquelles. Comme il n'était pas d'une constitution à supporter de telles violences, il survécut peu de temps, laissant Léa à sa douleur. Elle qui l'avait tant aimé. La disparition de son époux laissa un vide qui ne se combla jamais et sa maladie s'est nourrie de cette absence qui lui fut fatale.

Quelques vers me vinrent à l'esprit :

La douleur qui me creuse
A jeté tous ses cris.
Comment vivre sans lui,
Moi qui fus si heureuse ?

Après un bref moment de silence, l'envie nous vint de nous regarder.

- Tu portes la mer dans les yeux Loïse, Pourrait-on trouver une île vierge pour un Vendredi solitaire ?

- les tiens sont plus sombres, comme un horizon encore un peu couvert mais je gage qu'ils vont virer au bleu.
- Tu as l'air d'en savoir plus sur moi que moi sur toi. Je suppose que Mireille est plus bavarde qu'il n'y paraît mais on sait que les femmes …
- … ont l'art de la communication. C'est un privilège que je veux bien partager avec toi. A mon tour de te raconter mes mésaventures.

Mes parents tenaient un commerce florissant à St Malo. Tu sais qu'en Bretagne les familles sont grandes et par conséquent les occasions de se réunir sont nombreuses. Philippe, un petit cousin par alliance était mon préféré même s'il avait quelques années de plus que moi. A chaque retrouvaille, par quelques subtils détours, on savait discrètement se montrer notre affection qui allait en augmentant avec le temps et avec l'âge. Nos parents respectifs avaient bien remarqué notre attachement et parfois ils allaient jusqu'à dire « on finira bien par les marier ces deux-là ».

Il avait vingt ans passés, quand il est parti à l'étranger pour effectuer des stages professionnels. A son retour, j'étais déjà une belle jeune fille séduisante et lui déjà, plus qu'un jeune homme. Il avait terminé son service militaire et repris des études inachevées qu'il avait dû suspendre à cause de l'armée. Ce qui couvait déjà depuis longtemps entre nous s'est révélé tel un coup de foudre. Ce fut l'échange des premiers baisers avec l'assentiment tacite de mes parents qui s'étaient mis en tête que nous pourrions après notre mariage nous installer auprès d'eux afin de reprendre plus tard leur commerce. J'étais jeune encore puisque j'avais tout juste dix-sept ans ; jeune, mais vraiment amoureuse.

Philippe a eu le tort d'être trop franc en déclarant ses intentions et les jalons qu'il avait déjà posés pour construire sa carrière professionnelle. Lorsque mes parents ont su que Philippe voulait s'installer à New York, pour exercer son métier d'avocat d'affaires, leur attitude changea du tout au tout. Ils lui trouvèrent tous les défauts possibles. Les États Unis étaient devenus le pays de toutes les turpitudes, de tous les traquenards. Ensuite ils évitèrent de parler de lui et cherchèrent toutes sortes d'occasion pour me mettre en relation avec d'autres jeunes gens. J'étais en toute confiance, je ne me méfiais pas et insidieusement ils réussirent à créer entre Philippe et moi une sorte d'écran pour m'étourdir et me faire oublier son existence. Je ne pouvais imaginer de leur part ni manigance, ni stratagème. Pourtant, leur idée était bien de me trouver un mari qu'ils puissent manipuler à leur guise, donc pas trop riche, corvéable à merci, pour gérer leurs affaires. Eux, se contentant, une fois le dispositif bien rôdé de superviser la bonne marche du commerce.

Ils ont fini pas réussir leur plan machiavélique et à vingt ans je me suis retrouvée mariée avec un type sans envergure, dont l'ambition était amplement satisfaite par sa position de sous-gérant du magasin. On travaillait ensemble, avec les parents qui déléguèrent de plus en plus. Les enfants, j'en ai eu deux, étaient si prenants que je ne me suis pas rendu compte tout de suite de la vie médiocre que mes parents m'avaient imposée même si je n'ai jamais vécu dans le besoin.

J'ai su plus tard que Philippe m'avait écrit juste après son départ et qu'il aurait suffi d'un signe de ma part, une lettre, pour qu'il bouscule les interdits. Il était loin de penser et moi aussi, que les parents pouvaient avoir la malhonnêteté de subtiliser le courrier qu'il m'envoyait.

Quand même, Je pense qu'il me trouvait encore bien jeune et que pour lui mes sentiments étaient sem-blables à des confettis qui s'envolent au premier vent. N'ayant pas de réponse à ses lettres, j'imagine qu'il n'a pas cru vraiment à l'attachement que je lui avais ex-primé avant son départ. Il aurait fallu des occasions plus fréquentes pour se voir et surtout plus longue-ment avant notre séparation. Le temps nous a manqué pour dire tout ce qui vibrait en nous. Un amour étouffé au moment où il aurait pu s'épanouir.

- Je suis triste pour cette jeune fille à qui l'on a brutalement interdit ce qu'on lui avait permis : devoir renoncer à l'amour par règle d'obéissance.

Divorcée, tu es donc comme moi, sans obliga-tions. C'est intéressant. Mais j'imagine que tu es à l'égal de moi avec l'omniprésence de Philippe qui re-vient frapper à ta porte aux heures profondes de ton sommeil !

- Je te mentirais Pierrot, si je n'avouais pas que l'idée m'est venue d'un retour possible à mes amours d'antan mais c'est totalement irréaliste. Je n'ai plus de nouvelles de lui depuis longtemps. Il est marié, certai-nement des enfants déjà âgés et j'imagine qu'il est à mille lieux de penser à moi. Non, je me sens vraiment libre et sans arrière-pensée. Par contre toi, totalement libre d'esprit, j'en doute !

\-   C'est vrai que je vis encore dans l'illusion d'un remake d'une histoire qui n'a pas eu lieu. Mais si j'en crois ton histoire Loïse, les choses ne sont peut-être pas aussi simples que tu le dis. Cette séparation avec Philippe, t'a été imposée par tes parents. Ta soumission n'était qu'apparente et inconsciemment tu as occulté le traumatisme. Si Philippe réapparaissait aujourd'hui, ce serait comme un raz de marée dans ton cœur. Mais comme tu penses que c'est impossible, alors c'est bien d'avoir oublié répondis-je à Loïse incrédule à mes propos.

\-   C'est bien difficile d'imaginer. Bien des choses nous échappent. Comment savoir ce qui germe en nous ; des silences explosifs, des bombes à retardement.

Pour toi, Pierrot, cette liberté retrouvée t'offre pourtant bien des droits. Tu as les capacités et les moyens de fréquenter bien des milieux dont tu pourrais avoir envie. Il faut aller à la rencontre de l'aventure, multiplier les contacts. Faire l'effort enfin de comprendre et d'apprécier ceux qui t'entourent et ceux dont tu feras la connaissance. Sans chercher vraiment, la relation attendue se fera d'elle-même, c'est évident. Pour le moment, tu es dans l'anxiété de revoir Gaëlle et si j'ai bien compris ce que pense Mireille, sa sœur a vraiment d'autres soucis que de renouer des relations quand même compliquées. Crois-moi n'attends rien de ce côté-là au moins dans l'immédiat, sans compter les déconvenues qui ne manqueront pas. Le temps a fait son œuvre.

-       Tu as sans doute raison Loïse, merci de me ramener sur terre. Allons, si tu le veux bien, sur cet îlot de St Michel puisque la mer sera bientôt à marée basse et qu'elle découvre davantage aujourd'hui en raison d'un fort coefficient.

Tenant leurs chaussures d'un côté, et se prenant la main de l'autre, ils marchèrent pieds nus sur le sable. Chacun portait en lui sa souffrance irréductible. Un mal qui semblait échapper à toute emprise et qui générait ses tempêtes et ses apaisements comme pour mieux jouir de ses proies. Ils allaient chercher la voie et le réconfort en marchant vers cette chapelle érigée sur le promontoire rocheux qui domine la mer.

18 – LE PIEGE

A la mi-juin de l'année 1950, Harry S Truman devait se rendre en croisière sur l'USS Williamsburg, un super yacht qu'il affectionnait particulièrement. Ensuite il ferait une visite à la base marine à Quantico en Virginie où il rencontrerait les gars de l'armée ce qui était pour lui d'un grand réconfort car il y trouvait une vraie amitié.

Pour Nèves c'était aussi l'occasion de retrouver ses compagnons et de fêter avec enthousiasme un premier succès puisque les efforts de tous avaient fini par être payants. Nèves avait conquis le cœur du Président et pouvait maintenant apporter sa contribution décisive pour un pacte de paix entre les hommes.

Il s'apprêtait à partir avec Nèves dans sa poche quand sa femme le rattrapa in extrémis pour lui faire changer de complet vêtement.

-      Chéri, tu ne vas quand même pas partir ainsi, avec ce costume. Il est bon pour le pressing et ce sera la dernière fois car il commence à dater. Fais-moi plaisir ! Prends le « prince de Galles », il te va comme un gant.

Une chose que les femmes ne comprennent pas, c'est que les hommes quand ils sont bien dans leurs baskets, ça les enquiquine d'en changer. La place à peine faite, il faut déjà penser à déménager. S Harry soupira en se disant qu'il allait devoir entreprendre encore une escarmouche difficile et sans préparation d'artillerie cette fois. Son costard, il s'y sentait aussi bien que dans ses pantoufles, et il s'en fichait qu'il soit un tantinet défraichi et plus tout à fait au goût de sa femme. Il était sur le départ, et ne voyait pas la nécessité de changer de vêtements pour une rencontre d'amitié avec des soldats totalement indifférents à ce genre de préoccupations.

Il préféra ne pas répondre espérant voir arriver sa fille quand il entendit frapper. Elle au moins, n'aurait pas manqué de le soutenir, pensait-il un peu naïvement. Ce fut une amie intime de Bess son épouse qui mit le nez à la porte, que dis-je, une ennemie en l'occurrence, un peu à l'instar de Napoléon qui vit Blücher arriver à la bataille de Waterloo alors qu'il espérait Grouchy. S Harry se mit en carré comme la vieille garde prêt à s'opposer à Wellington et ses alliés. L'affrontement tourna court heureusement car Nèves sortie soudain de sa torpeur put remettre les choses en ordre. Ouf il était temps.

-       Bon je n'insiste pas, dit Bess, son épouse, je vois que ça te contrarie mais la prochaine fois, fait quand même un effort ! Embrasse-moi avant de partir.

On comprend que Nèves et ses amis aient voulu profiter de cette visite du Président, pour organiser eux-mêmes une réunion plénière de tous les membres actifs de l'opération « Véry Neshar ». L'assemblée fut tenue sur un récif appelé : le « Récif de la Réconciliation », à peine visible, à fleur d'eau, à quelques miles du bateau.

Le déplacement de Nèves posait toujours des problèmes de logistique car on n'était jamais sûr de trouver sur place les partenaires adéquats. Par exemple sur ce bateau, le Williamsburg sans chat ni chien complaisant, on ne pouvait compter que sur une faune très réduite : quelques lézards, des araignées, des fourmis et bien sûr des oiseaux dont le concours se réduisait à des actions de surveillance essentiellement.

Une fois de plus, on fit appel à des souris, recrutées sur le quai du port pour assurer le déplacement de la perle. Il fallait récupérer le précieux chargement dans la poche d'Harry, sans laisser la moindre trace de son passage. On était prié de se laver les pattes. Une fois cette délicate opération effectuée avec le plus grand soin, Latextique prenait les choses en tentacule. Ce n'était plus un problème. Quant à Bénimus, il s'était extirpé de son aquarium par reptation. L'aide d'un céphalopode lui permit ensuite de rejoindre une tortue sur laquelle il se fixa pour se rendre à l'assemblée. Jacot évidemment n'était pas de la partie et assurait la permanence au bateau.

On était à mi-chemin des objectifs de la mission et tous avaient besoin de se retrouver. D'abord pour partager la joie de ce premier succès mais aussi pour galvaniser les énergies et se mobiliser pour accomplir les prochaines actions qui s'annonçaient déjà.

Il importait de tisser un réseau de soutien très étroit autour de Nèves afin qu'elle puisse exercer dans les meilleures conditions son influence sur le Président. On s'était félicité également d'avoir déniché une position stratégique aussi sécurisée que la poche du costume qu'il affectionnait le plus. La liaison permanente avec Nèves pouvait être assurée aisément par une équipe d'araignées, souples et discrètes ayant pour consigne de n'agir qu'à la nuit tombante.

Les influences de Nèves devaient s'opposer à celles de Mac Arthur futur généralissime des armées de résistance à l'invasion chinoise. Pour s'assurer d'un renoncement à l'arme atomique, la dissuasion par l'équilibre des forces opposées, devait être permanente. Aussi une action parallèle à celle de Nèves pouvant s'exercer sur les maîtres du Kremlin et plus directement sur le chef de la Corée du Nord Kim Il-sung[30] s'avérait indispensable car depuis 1949, les communistes disposaient également de la bombe atomique. C'est Hwanung[31] lui-même qui avait la charge de tempérer la virulence des forces de l'Est. Ses représentants, présents à la réunion, confirmèrent avoir maîtrisé les velléités belliqueuses de l'URSS. Elle ne prendrait pas l'initiative de se servir d'arme atomique dans cette guerre qui devait selon eux rester circonscrite à cette région du Sud Est de l'Asie. Cette attitude apparemment modérée n'était pas sans arrière-pensée.

---

[30] Fondateur : 1948/1994 –Kim Jong-il 1994/2011 – Kim Jong-un 2011
[31] fils du soleil dans la mythologie coréenne

L'emploi de la bombe atomique par les américains serait à double tranchant. Cet événement, s'il devait avoir lieu, pouvait être largement exploité dans une bataille de l'information où l'enjeu serait l'Europe dont les forces sympathisantes étaient à même de modifier le paysage politique en faveur de l'URSS. L'Europe valait bien le massacre de quelques centaines de milliers de Chinois et de Coréens. Il fallait s'attendre à ce que les Soviets poussent les Américains à la faute.[32]

Le rôle de Nèves devenait crucial.

Bénimus et Nèves n'eurent que de brefs échanges personnels. Le temps était compté, mais ils étaient là, côte à côte, heureux et fiers de mener ce combat essentiel. Elle prit le temps cependant de lui rappeler le chemin à suivre au cas où les évènements les sépareraient.

Le 26 juin 1950, le 38ème parallèle est franchi par les troupes Nord-Coréennes et dès le 30 du même mois, le général Mac Arthur prend le commandement des forces de l'O N U pour résister à l'invasion de la Corée du Sud. La situation est alors suffisamment grave pour que l'idée de l'usage de l'arme atomique commence à germer dans les esprits même si elle n'est pas encore évoquée clairement. Au cours des mois suivants, les pertes en hommes deviennent importantes et les forces des Etats Unis sont repoussées jusque

---

[32] Thèse qui n'est pas dénuée de fondement mais l'auteur n'a pas eu accès aux archives du KGB.

dans la poche de Buzan au sud Est de la péninsule coréenne.[33]

L'opération Chromite qui se prépare pendant l'été 1950, vise à prendre à revers les forces communistes par un débarquement sur la côte ouest à la hauteur de Séoul. Le temps a manqué aux forces communistes pour consolider leurs positions. Ils sont contraints de battre en retraite sous le déluge de feu déployé par L'US Navy. Le débarquement est un succès et c'est aussi un temps de répit pour le Président Truman qui peut reporter l'alternative de l'emploi de l'arme nucléaire. Cependant à la fin du mois de novembre une nouvelle attaque chinoise préparée en trompe-l'œil prend au dépourvu les forces de l'ONU toujours commandées par le Général Mac Arthur qui a mal apprécié le dispositif de la contre-offensive chinoise. La ville de Séoul est à nouveau reprise. Les réserves en hommes de la Chine sont sans limite et semblent inépuisables. Comment faire face à une telle masse conquérante ?

La tentation d'employer l'arme atomique se fait alors plus pressante. Contrairement à ses dénégations le Général Mac Arthur en explore l'hypothèse et teste dans la sphère politico-militaire la recevabilité d'une telle option, en particulier auprès de son Chef d'Etat-Major Lawton Collins à qui il réclame une liste de cibles potentielles, en U.R.S.S. notamment. Le lancement de plusieurs bombes atomiques est clairement

---

[33] Carte p. 301

évoqué. Laisser à Mac Arthur la main mise sur la force nucléaire n'est pas sans risques. Aux dires de certains spécialistes, il n'avait pas non plus la pleine maîtrise technique de cette arme redoutable.

Le Dimanche 3 décembre de l'année 1950, Harry est assis à son bureau de Blair House. Il a sorti de sa poche la perle de sa fille qu'il fait rouler du bout du doigt sur la table en réfléchissant à cette conférence de presse qu'il vient de donner il y a 48 heures. Il est furieux contre son général en chef qui s'autorise des déclarations publiques intempestives brouillant la ligne politique officielle. Que peut-on répondre à Mac Arthur dont la hantise est de voir le communisme s'étendre au monde entier ?

La réflexion que S Harry mène avec lui-même, se traduit par un dialogue avec Nèves :

-       Tu as dit dans ta conférence de presse que tu n'excluais pas l'emploi de la bombe.
-       J'en ai déjà balancé deux sur le Japon. S'il faut, on remettra la gomme. J'ai tous mes boys qui se font descendre par les Chinois. Ça ne peut plus durer !
-       Tu sais très bien qu'ils ne veulent pas de guerre extrême. Tu as dit toi-même que les Chinois cherchent à sauver la face. Ne te laisse pas embarquer par Mac Arthur dans une galère sans fin. C'est un fils de pute[34] ; tu l'as dit aussi. On n'écrase pas des idées,

---

[34] Propos rapporté par Graham Wallace H médecin de la Maison Blanche. Truman l'a peut-être pensé à ce moment-là, mais il l'a assurément dit quelques mois plus tard en avril 1951.

fussent-elles mauvaises, avec des bombes. Si elles sont mauvaises, elles s'élimineront d'elles-mêmes. Il suffit de résister et d'attendre que la raison l'emporte. Résister, voilà le maître mot Harry. Les forces de paix finissent toujours par l'emporter comme nous l'a enseigné Gandhi.

- On a évité la déroute de justesse. On ne va tout de même pas continuer à jouer au yoyo sur la frontière. Un coup tu gagnes, un coup c'est moi. Il faut en finir.

- Calme-toi Harry.

La situation ne vous est pas favorable aujourd'hui mais elle n'est pas désespérée. Ce que vous avez réussi à Ichéon[35], vous le referez. Cette péninsule étroite ne peut être durablement conquise par les forces communistes tant que vous avez la maîtrise du ciel et de la mer.

- Avec la bombe, c'était vite réglé. C'est ce que pense Mac Arthur.

- Tu n'as pas compris que c'est un piège que te tend Staline et son meilleur allié, c'est ton général !

- Comment ? Explique-moi cette aberration.

- En 1945, les communistes ont bien compris ton message. La fin de la guerre avec les Japonais à bout de souffle, c'était une question de jours. Avec un peu de patience, tu pouvais en venir à bout sans être obligé d'envoyer tes bombes atomiques ; tu l'as fait pour impressionner les Russes et leur rappeler que le maître

---

[35] Lieu du débarquement au cours de l'opération Chromite

du jeu, c'était toi. Aujourd'hui, ils te tendent la perche pour que tu recommences.

- Oui, je t'écoute.

- Si tu utilises encore la bombe, c'est l'Europe, le monde entier qui criera à l'impérialisme yankee. Les Russes disposeront de tous les arguments pour gagner par la communication la guerre idéologique.

Tous ces européens qui sont dans le doute encore aujourd'hui, tous ceux, par millions qui ont signé la pétition de Stockholm, basculeront dans le communisme. Tu comprends Harry ! Ne tombe pas dans le piège que te tend le p'tit père des peuples[36] prêt à sacrifier une fois de plus des milliers de Coréens et de Chinois pour faire valoir ses idées, comme tu l'as fait toi-même à la fin de la guerre mondiale pour faire valoir les tiennes.

- Tu ne peux quand même pas comparer ! les situations ne sont pas les mêmes. (Truman essaie de se justifier).

- C'est ce qu'on dit toujours. Mais le résultat est le même. Au lieu d'Hiroshima tu aurais pu choisir un atoll perdu. Au Japon, ce n'est pas ce qui manque. Tu pouvais faire peur sans pour autant massacrer.

- Pardonne-moi mais la guerre nourrit les haines. Aujourd'hui, s'opposer à Mac Arthur qui a l'opinion avec lui, n'est pas sans risques.

- Son idée aussi de faire combattre les Chinois de Formose contre ceux du continent est une ineptie ; jamais les Chinois ne te le pardonneront. L'avenir en

---

[36] Nom donné à Staline

serait altéré pour des décennies alors qu'au contraire ils auront toujours une dette de reconnaissance, si vous savez garder la maîtrise de votre puissance. Ils ne pourront dans l'avenir, que rendre grâce à votre magnanimité. Pense que le futur est avec eux ; les Chinois, sont vos voisins du Pacifique. Crois-moi, un jour viendra où tu trouveras ton effigie sur la place Tiananmen, et ce ne sera que justice. Dis–toi bien qu'une Victoire par la bombe atomique serait une victoire à la Pyrrhus qui vous reviendra comme un boomerang. D'agressés vous deviendriez les agresseurs.

- C'est une folie. Il faut qu'il se taise, ce « va-t-en-guerre ». Ce fils de …

- Oui, c'est un enfoiré ce général surenchérit Nèves qui veut rester dans le ton. Mais calme-toi Harry, ne refais pas Nagasaki et Hiroshima.

- Il a une telle notoriété, il va complétement me plomber. En l'écartant du champ des opérations militaires, sûr que j'aurais sur le dos les trois-quarts de mes concitoyens. Les élections de 1952 c'est fichu.

- On s'en moque Harry, l'essentiel est de sauver cette humanité innocente même si elle est communiste pour le moment. Tu dois la protéger de ces fauteurs de guerre. Place-toi au-dessus de la mêlée. Tu vires Mac Arthur, OK !

Truman avait cessé de rouler sa perle sur la table. Il l'avait prise entre ses doigts et la regardait attentivement. Elle scintillait étrangement. Comme beaucoup d'hommes, Harry ne s'était jamais vraiment intéressé à ces babioles. Il la trouva quand même très belle mais n'en tira aucune conclusion, pensant que cela était simplement normal. Nèves s'employait du mieux qu'elle pouvait pour le conforter dans sa décision courageuse.

-       T'es bien Harry, t'es bien Harry, disait-elle en lui envoyant des ondes de réconfort.

Harry laissa la perle sur la table avec l'intention de la rendre à Margaret, puis, il prit sa tête à deux mains et se frotta la figure vigoureusement pour se décontracter de la tension extrême à laquelle il s'était soumis.

Maintenant que sa décision était prise d'une manière définitive, il se sentait apaisé. Il convenait sans tarder de mettre la force de frappe nucléaire sous le contrôle du Strategic Air Command et de confier le commandement de la 8eme armée au Général Ridgway, qui de fait en avait pris les fonctions à la suite du décès du Général Walker. A cette période la visite du premier ministre du Royaume Uni, Clément Attlee, permit d'exprimer également des craintes de voir l'arme atomique entre les mains de Mac Arthur et confirma la position déjà prise par Harry S Truman.

Les forces de l'ONU reprennent l'offensive en février 1951, libèrent Séoul en mars et contraignent les forces chinoises à se replier au-delà du 38ème parallèle. Le front se stabilise enfin, et les belligérants consolident leurs positions sur une ligne de front proche de celle d'avant les combats. La possession de l'arme nucléaire n'avait pas empêché la guerre mais rendait cependant la négociation incontournable. Il faudra attendre toutefois la mort de Staline en 1953 pour obtenir l'aboutissement d'une négociation à Panmunjean.

L'éviction du Général Mac Arthur, qui critiqua ouvertement la politique conduite par son gouvernement, contribua largement à l'impopularité du Président Truman dont la réélection se trouva sérieusement compromise. Il préféra donc abandonner l'idée d'un troisième mandat et renonça à se représenter aux élections de 1952. Peu importe, l'essentiel n'est-il pas d'entrer dans la postérité.

Ces événements importants ne doivent pas faire oublier le drame qui s'est joué dans Pennsylvania Avenue le 1er novembre de cette même année 1950. Régulièrement Harry S Truman traversait l'avenue, aussi bien le matin que l'après-midi, pour se rendre au bureau ovale de la Maison Blanche qui est à proximité de Blair House :

Pour faire valoir leur cause, deux indépendantistes de Porto-Rico, fomentèrent un attentat contre la Présidence. Les assaillants arrivèrent par les deux côtés de la maison avec l'intention de tuer les gardiens en faction puis de pénétrer dans le bâtiment pour attaquer le président qui faisait, comme il en avait l'habitude, une sieste au premier étage. Ils se heurtèrent aux policiers sans pouvoir pénétrer dans la maison. Les échanges de coups de feu se produisirent dans l'avenue, tuant un des attaquants et blessant l'autre, mais au prix de la vie d'un policier : Leslie Coffelt.

Une autre victime aurait pu être la personne même du Président si ce dernier était sorti de Blair

House un peu plus tôt, mais il préféra prolonger son repos quotidien de quelques minutes reportant ainsi opportunément son départ pour la maison blanche ; sans doute un pressentiment auquel Nèves ne fut peut-être pas totalement étrangère.

Pour Nèves et S Harry le pari était gagné même si c'était dans la douleur. Elle avait partagé pendant tous ces mois de guerre les inquiétudes du Président soucieux d'épargner de la mort tous ces gars qui se battaient au nom de la liberté. Nèves avait pris sa part de souffrance pour soulager S Harry qui dans les moments de forte tension avait roulé sa perle au fond sa poche sentant une présence intime qui le ré-confortait. Objet apparemment dérisoire, mais témoin d'un lien d'affection qu'il chérissait, il n'avait pas été seul pour porter le poids de la souffrance de ces cen-taines de milliers de victimes, fruit amer de l'affron-tement de deux idéologies opposées.

Le bilan dans son ensemble, serait plus mitigé si on tenait compte que le Président Truman a proposé au congrès la mise à l'étude d'une bombe plus puis-sante encore ; la bombe H à hydrogène. Bien qu'ins-crite dans une politique de dissuasion, elle ne constitue pas moins un pas de plus dans la course aux arme-ments. Mais retenons par contre à son actif son oppo-sition formelle au *McCarran Internal Security Act* voté par le congrès en septembre 1950 : Un texte de loi anticommuniste susceptible de porter gravement atteinte aux libertés individuelles des citoyens Améri-cains et totalement contraire aux fondements de la constitution.

Dans la mythologie coréenne, il n'est pas dit que Hwanung fils du soleil avait aussi une sœur ; une perle d'eau sur le cou d'une colombe qui survole ces terres pétries de souffrances du 38ème parallèle. Elle diffuse un chant d'amour et de paix pour ces deux peuples frères qui attendent avec espoir une réunification de bon sens.

Le plan échafaudé par Nèves apparaissait clairement. D'une part il s'agissait de soutenir S Harry dans sa volonté d'un renoncement à l'arme atomique pour les temps à venir mais aussi de le conforter dans l'initiative prise à la fin de la deuxième guerre mondiale, en faveur d'une réglementation de la pêche en mer, même si l'ambition initiale ne concernait en fait que son propre pays.

En effet le Président Truman s'était exprimé dès le mois de septembre 1945 sur les Droits de pêche sur le plateau continental placé sous la haute mer et contiguë aux États Unis. Cette disposition qui visait surtout à éviter la concurrence des pays limitrophes, allait malgré tout dans le bon sens, c'est -à-dire pour une exploitation raisonnée des océans, et pouvait aboutir à la création de zones de réserves protégées.

L'idée d'un protectionnisme ne pouvait que favoriser une limitation des prélèvements et pouvait laisser croire à la gente marine qu'elle subirait moins la pression des armées de pêcheurs en provenance de tous pays. En repoussant la limite des eaux territoriales, le Président Truman ouvrait une brèche dans laquelle s'aventurèrent peu de temps après d'autres pays sud-américains qui prononcèrent des réglementations analogues, suivies par l'Europe et pour finir les pays du monde entier.

L'amélioration des techniques de pêche, l'emploi de moyens surdimensionnés et la suractivité ont rendu pratiquement inopérantes les dispositions juridiques visant à entraver une activité halieutique dévastatrice. Mais en 1950 on ne pouvait imaginer la situation déplorable constatée quelques décennies plus tard. C'est au bord du désastre que se révèlent des instincts de survie. Ces temps sont venus où les consciences doivent enfin s'éveiller.

19 - L'AMITIE DE LOISE

Nous avions sympathisé Loïse et moi. Dans nos conversations nous parlions de beaucoup de choses mais souvent elles étaient émaillées de ce qui nous préoccupait au plus profond de nous-mêmes. De mon côté, j'essayais d'en savoir davantage sur ce garçon que Loïse avait connu dans sa jeunesse. Peut-être plus exactement, je cherchais à savoir comment son imagination voulait maintenant le représenter. Quelle figure en faisait-elle ? Elle avait plutôt tendance à rejeter cette réflexion qu'elle disait inutile, alors que moi, je m'en rends mieux compte aujourd'hui, je m'interrogeais sur la force de cette empreinte qu'elle pensait annihilée au fond d'elle-même. L'absence d'un « petit ami » dans sa vie présente et l'expérience malheureuse de sa vie passée, laissaient pourtant le champ libre à des réminiscences où l'image de Philippe devait trouver plus de place qu'elle acceptait de s'avouer. Une place ? C'est peut-être cela que je cherchais inconsciemment sans vouloir le reconnaître. Étant moi-même seul, j'avais besoin d'avoir de l'importance pour quelqu'un. Peut-être pour Loïse plus précisément qui au fil du temps marquait une emprise sur ma pensée. Sa présence chaleureuse apaisait mes tourments et insidieusement elle comblait un vide que j'avais tant de peine à contenir et à supporter. Je sentais ma faiblesse et le désir sous-jacent de me laisser envahir. Face à la solitude, ma vaillance perdait en force. Cette indépendance, cette liberté tant souhaitée, acquise au prix de tant d'efforts et de patience, j'étais prêt à lui tourner le dos pour succomber au premier sentiment qui mettrait un terme à mes souffrances. Mais je n'étais, ni sûr d'elle, ni de moi-même. Je n'étais sûr de rien. Les sentiments comme les idées ont besoin de mûrir. Il leur faut du temps. Un concept bien mal compris de nos jours.

Loïse aussi avait tendance à revenir sans cesse sur la personnalité de Gaëlle. Il fallait tout lui dire de ce que je ne savais pas. Elle ne comprenait pas comment j'avais pu construire mon personnage à partir de quelques souvenirs épars tellement distants de la réalité. Elle disait sans doute avec raison que je montais moi-même le piège dans lequel j'allais perdre toutes mes illusions. Ce que j'avais forgé au fil des ans dans ma détresse, était un monde imaginaire, un refuge qui m'avait permis d'échapper à une réalité qui me faisait souffrir mais que je devais dépasser aujourd'hui puisque j'étais libre et que je devais me réconcilier avec le réel.

Lorsqu'on allait à la plage ensemble, sa presque nudité, puisqu'elle portait un petit deux pièces quand même très pudique, me laissait apparemment quasiment froid. Elle ne semblait éveiller en moi ni désir, ni envie brûlante. Bien sûr, je cachais cette indifférence factice, persuadé qu'elle était vraie. Aussi, je lui parlais de son allure décontractée, de son élégance naturelle. J'éprouvais malgré moi, le besoin de la complimenter sur sa tenue, son bronzage, mais tout en restant dans la discrétion, la retenue. Je mesurais mes compliments comme faisant mine de ne pas voir sa superbe plastique, car objectivement c'était une belle femme. Elle avait fait de la gymnastique plus jeune, de la compétition et cela se voyait, mais je faisais l'aveugle en fermant les yeux à demi.

Au fond, je crois que j'étais dans l'illusion d'avoir maîtrisé toute pulsion sexuelle, au point de bloquer toute émotion qui aurait pu être à la naissance d'une envie. Je me montrais sous un jour vraiment défavorable, avec des allures d'homme compassé, bien plus retors que je ne le suis vraiment car figé dans le contrôle et la défensive. Une attitude dont on ne peut se défaire de but en blanc et le jour où tout semble permis, on ne sait plus ; la crainte d'être maladroit l'emporte comme celle de se tromper sur les intentions de la partenaire. L'ambiguïté pourtant ne peut se prolonger sans susciter un doute qui peut être fatal. Il arrive un moment où il faut savoir oser quels que soient les risques. Mieux vaut perdre ses illusions que de laisser planer une hésitation qui est un aveu de faiblesse.

Elle aurait pu de son côté chercher les mots, les attitudes, qui sans être provocantes auraient éveillé, voir excité en moi une ferveur qui m'aurait engagé davantage à me montrer plus entreprenant. Elle semblait s'y refuser. Sans doute voulait-elle que l'initiative vienne de moi. Elle était sans doute prête à y répondre mais ne désirait pas faire ce premier pas marquant, décisif, qui nous aurait peut-être attirés irrésistiblement l'un vers l'autre. Elle attendait une démarche forte et résolue de ma part qui soit significative sans équivoque et sans atermoiement. Je ne me décidais pas à me déclarer davantage. Il me fallait du temps. Par contre si on n'osait pas faire le pas de plus, on vivait dans la crainte de décevoir à trop attendre. Une situation qui ne pouvait durer trop longtemps.

Nous restions ainsi dans l'expectative, et même parfois dans une politesse un peu affectée, à nous jauger, dans un apprentissage où chacun avait la volonté de pénétrer le cœur et la personnalité de l'autre. Chacun paraissait vouloir suivre un plan mystérieux et compliqué pour cheminer dans une conquête qui par moment manquait de conviction. Pour Loïse, je n'étais pas convaincant, pas suffisamment.

Il est vrai que pour ma part, atteindre Gaëlle, était une idée toujours présente que je n'avais pas écartée, mais elle me semblait de plus en plus chimérique et de tous côtés, j'avais plutôt l'impression qu'on essayait de me dissuader d'avoir quelque ambition. Inconsciemment elle perturbait cette démarche maladroite et gauche qui tentait de me rapprocher de Loïse. Mon cœur était brouillé et mon attitude ambiguë.

Je demandai à brûle-pourpoint à Loïse sa date de naissance :

-       ma date de naissance ? Je suis bien trop âgée maintenant pour le dire !

Puis après un bref silence : Ce sera dans une semaine, samedi exactement avoua-t-elle inquiète de ce que j'allais dire.

-        On ne doit pas être loin d'une décennie supplémentaire.
-        Passer la cinquantaine ; c'est un choc pour une femme ! Je passe maintenant le cap des 55 ans.
-        Il faut le prendre avec philosophie, l'occasion d'un nouveau départ. Et puis c'est surtout une raison de faire la fête ? Qu'en penses-tu Loïse ?
-        S'étourdir un peu dans ces moments-là, c'est une bonne façon de dédramatiser les circonstances me dit-elle. Tu as une idée ?
-        Pour être franc, je serais bien surpris que Mireille n'est pas mijoté quelque chose.
-        Attendons qu'elle t'en parle ….
-        Sinon je te proposerai une escapade à la dernière minute pour sacraliser ce passage au temps de la demi-sagesse.
-        Faudra-t-il faire un vœu à cette occasion ? interrogea Loïse avec un regard à faire chavirer les plus taciturnes.
-        Bien sûr, évidemment, j'en ai un qui me brûle les lèvres déjà depuis un bon moment.
-        Il faudra attendre, j'imagine pour en savoir plus ?
-        La patience n'est-elle pas la plus sage des vertus ? Elle est bonne conseillère. Il faut lui faire confiance.

20 - LE RETOUR DE NEVES

Nèves pouvait s'estimer satisfaite. Elle avait aidé à repousser les hydres de la guerre et à instaurer un cessez-le-feu durable à partir duquel il appartenait aux hommes de rechercher des conventions équitables. Enfin libérée, le temps était venu pour elle de partir rejoindre les siens. Elle prit congé de Mistigri qui avait su si bien manœuvrer pour mener à terme cette difficile entreprise, l'opération « very Neshar ». Elle lui demanda de l'accompagner près des tourterelles Juliette et Roméo pour prendre son envol et se rendre au bateau où elle comptait retrouver Bénimus et ses compagnons.

Une petite réunion d'adieu était prévue, avec la présence de ceux qui avait permis d'établir le contact avec la famille présidentielle par l'intermédiaire de la bijouterie Tiffany : Grolo, les souris galonnées, les éperviers ... Nèves avait à cœur de remercier tous ses amis.

Les oiseaux tournèrent plusieurs fois sur le port sans apercevoir le navire et finirent par s'arrêter près d'un groupe de pigeons qui se faisaient des politesses pour se partager équitablement quelques miettes négligemment perdues. Nèves demanda des renseignements. Le bateau parti la veille précipitamment s'était dirigé vers le nord. On n'en savait pas plus, et la réunion était annulée. Nèves, très soucieuse, prit alors la décision de s'allier le concours d'un nouveau tétrapode plus approprié pour les vols en haute mer et partir immédiatement à la recherche du bateau de Mylène.

Un goéland l'emporta à la rencontre d'un albatros qui volait dans la direction opposée à celle où s'était orienté le bateau. Cet albatros au sourcil noir regagnait son biotope naturel des Shetland en Atlantique sud. Ce n'était pourtant pas vraiment sa route de repartir vers le nord mais le goéland se fit rapidement comprendre et l'albatros accepta avec raison cette mission d'envergure. Après deux bonnes heures de route, l'albatros, qui s'était fait largement aidé dans sa recherche par tous les oiseaux marins de rencontre, jugea quand même plus prudent de réveiller Nèves, qui épuisée, s'était endormie pour récupérer de ses fatigues.

- Perle, je peux t'assurer que je n'ai aperçu aucun navire ressemblant à la description que tu m'en as faite. Maintenant, le temps semble vouloir changer. Crois-en mon expérience, ce vent, cette houle et ce ciel qui s'assombrit ne me disent rien de bon. Il serait plus raisonnable de se rapprocher de la côte avant que la tempête déferle sur nous.
- Fais comme tu l'entends, nous chercherons demain se résigna Nèves le cœur serré.

-     Vois comme ces vagues s'élèvent, puis se creusent. Leur puissance déplace des masses phénoménales. Elles font peur aux hommes, mais ils les affrontent.

Après un long silence

« Il est possible que le bateau ait cherché refuge plus au nord dans un port près de la côte. Nous allons remonter plus à l'ouest jusqu'en Acadie. On y trouve des havres propices pour des bateaux qui veulent se mettre à l'abri des éléments particulièrement violents dans cette région. Nous pourrons facilement nous abriter en cas de besoin. »

Avant que la nuit ne tombe, l'albatros trouva un refuge à la hauteur de Rockland, en espérant aussi que Nèves trouve dans cette baie le navire qu'elle cherchait.

Aux premières heures du jour, l'albatros reprit la route du nord. Le vent avait perdu un peu de sa puissance mais avait tourné, prenant un cap sud-ouest. L'oiseau était obligé de faire de brusques écarts pour éviter les violentes rafales de face qui entravaient son vol si fluide et si gracieux d'ordinaire. Il était visiblement contrarié de faire subir à Perle ces turbulences et Nèves elle-même se posait la question de savoir s'il était vraiment utile de poursuivre dans ces conditions des recherches jusqu'alors infructueuses. L'idée que le bateau ait pu être englouti dans les abîmes d'une mer en furie devenait plausible. L'albatros, n'osait pas l'avouer franchement mais Nèves devina son sentiment.

- Je pense que tu as fait le maximum de ce que j'étais en droit de te demander, notre route s'arrête là, tu vas me déposer en mer, lui dit Nèves résignée.
- Tu ne crains pas …
- J'ai une voie à suivre, tu peux dès maintenant me laisser. Sois tranquille et mille fois merci.

L'oiseau se posa sur les eaux, Perle brilla de tous ses feux en signe d'adieu quand une dernière fois l'oiseau la regarda du haut du ciel. Puis, elle se laissa glisser dans la mer. Emportée par le courant qui devait la conduire vers le grand nord, elle émit une lumière chaude, comme un appel et des myriades de poissons l'entourèrent l'accompagnant dans son dernier périple.

Parvenue à la hauteur du grand banc, aux approches de Terre Neuve, elle demanda à tous ceux qui s'étaient joints à elle, de la laisser seule.

Longtemps elle s'était interrogée sur les motivations qui conduisaient les hommes à s'autodétruire. La cupidité était le mal qui les minait le plus gravement comme si leur pérennité individuelle dépendait de la masse de biens possédés et du degré de pouvoir atteint dans la hiérarchie sociale. Les hommes oubliant leurs responsabilités, dévoyaient cette liberté dont ils sont si fiers, une liberté accordée pour être au service de l'humanité. La vie n'est rien sans lui mais l'homme est libre de son destin.

21 - REPAS DE FETES

Je crois bien que l'idée est venue de Mireille :
Elle m'avait susurré à l'oreille, qu'un repas de fêtes
pour l'anniversaire de Loïse serait une bonne façon de
revoir quelques amis de longue date.

-       J'enverrai un petit mot à Gaëlle. Peut-être
qu'elle pourra se rendre disponible pour l'occasion !
-       Qui ne tente rien n'a rien, répondis-je pas très
convaincu. On en parle à Loïse ? Le mieux serait de
retenir une table au « Coq Hardi » pour que tu sois
totalement libérée également.

Quelques jours plus tard, alors que je me ren-
dais au restaurant pour le petit déjeuner, je vis Mireille
derrière le comptoir consulter son courrier fraîchement
arrivé. Elle avait en main une lettre qui la laissait perplexe. Elle retourna l'enveloppe à plusieurs reprises,
indécise, et pour finir elle la rangea dans son tiroir-
caisse sans l'ouvrir. Je fis celui qui discrètement semblait n'avoir rien vu et j'eus la conviction sans pour
autant avoir le moindre indice que ce n'était pas Gaëlle
qui avait écrit mais je ne pouvais rien affirmer. Après

la bise du matin, Mireille me confirma qu'elle avait effectué la réservation pour la soirée au restaurant.

- 	Peut-on savoir pour combien de personnes ? Demandais-je d'une manière inquisitive.
- 	Rien de définitif pour le moment mais cinq ou six guère plus, à moins que Loïse m'annonce d'autres invités à la dernière minute ? Mais Il ne faut plus tarder.

Je me gardais bien de réclamer davantage de précisions pour ne pas gêner Mireille. Comme un fait exprès la chanson de Jacques Brel me vint à l'esprit.

…Ce soir j'attends Madeleine …elle est toute ma vie… Madeleine ne viendra pas, Madeleine ne viendra pas …

Le Coq Hardi était tenu par un vieil ami de la famille que Mireille connaissait depuis sa toute jeune enfance ; Xavier, un ancien cuistot dans la marine qui avait ouvert ce restaurant après sa retraite de matelot. Il avait mis pour l'occasion, les p'tits plats dans les grands et avec le concours de Loïse avaient préparé une table royale. Elle s'était mise sur son trente et un, une robe légère qui lui allait à ravir et peut-être un clin d'œil ; un simple collier de perles comme bijou.

Un couple d'amis, une relation de Mireille, devait se joindre à nous. Elle, était vétérinaire en activité dans la région, son mari dans la magistrature. Des gens plutôt cool, du type routard qui d'ordinaire à cette époque de l'année sont plus souvent sur les routes de montagne que dans la région. Si bien qu'en comptant les couverts, j'en trouvais un de plus. L'idée que Gaëlle pouvait être des nôtres semblait se confirmer contrairement à ce que j'avais pu croire. Pour ne pas vous mentir, je dois avouer que j'eus un petit tressaillement au cœur.

Étant arrivé un peu avant les autres, Xavier m'entraîna vers les cuisines pour m'enseigner quelques « trucs » bien à lui dont il avait le secret. Un homme intarissable dès qu'on lui parle recettes. C'est ainsi que j'appris comment il fallait s'y prendre pour ne pas rater un risotto. Savoir obtenir un riz nacré à la cuisson avant d'ajouter le parmesan et le bouillon. J'étais en train de me dire que la nacre décidément se niche partout quand Mireille vint nous rejoindre et me demanda de prendre Gaëlle au téléphone. Surpris, je me retrouvai tout à coup avec le combiné dans les mains ; au pied du mur, face à mon destin …Je n'avais plus qu'à entendre la sentence. Les jambes flageolantes et le cœur battant la chamade, j'avais bien du mal à contrôler mon émotion.

La réalité est déroutante. Elle vous tombe dessus à brûle-pourpoint. Ou c'est plutôt l'idée qu'on s'en fait ; on l'attend, sans vraiment y croire, sans vouloir y croire, en imaginant que cette réalité soit impossible et pourtant elle finit par se produire quand même. Quand elle est là, elle s'impose avec toute sa virulence, et c'est trop tard pour l'écarter. Y échapper n'est plus possible. Il faut faire face.

Ces circonstances que j'évoque ci-après, même si je ne les ai pas vécues personnellement, je les ressens intimement. Il m'arrive en effet de penser à ces périodes très dures de l'histoire, comme ces moments de déclarations de guerre où la stupeur le dispute à l'effarement. Après des mois, des semaines de mûrissement, alors que les hostilités se préparent, que la guerre se nourrit et se grossit des haines et des lâchetés accumulées, alors que les plus avisés hurlent leur inquiétude, puis leur désespoir, pendant que les autres, plus nombreux se contentent d'espérer, abandonnant leur destin au gré des courants les plus forts et les plus insidieux ; comme un couperet, la réalité à laquelle on refusait de croire, apparaît brutalement dans toute sa véracité effrayante : c'est la mobilisation, la guerre.

Pourquoi écrire cela maintenant ? C'est une incongruité ! Cette pensée n'a rien à voir avec ce que je vis présentement, qui est insignifiant au regard de cette vision d'apocalypse que je viens d'évoquer. Pourtant cet instant tant attendu, tant craint, où je dois affronter Gaëlle, me crée une telle émotion, elle est si violente, que je cherche, pour me raisonner, des situations autrement plus douloureuses, m'imposant à la fois le respect et le sens de la mesure.

-       ALLO, Allo …Alors Pierrot, t'es de retour au pays ? Je ne t'entends pas ?   Alloo … !
        …
-       Oui, je suis là ! …. Mais tu connais l'histoire ; tu es absente et tout est dépeuplé !
-       J'espère bien que non, tu es avec Loïse ?
-       C'est son anniversaire. Alors on fait un peu la fête.
-       Écoute, je suis très sincèrement désolée. J'ai tellement de choses à régler, je ne m'en sors pas. Tu ne peux pas savoir comme j'aurais aimé être avec vous ; je t'assure qu'en fin de semaine je verrai enfin le bout du tunnel. Je t'embrasse et n'oublie pas d'embrasser les

autres de ma part. A bientôt, je suis désolée...mais je dois raccrocher.

Je reposais le combiné quand même déçu, mais curieusement avec le cœur plus léger. J'avais eu beaucoup d'appréhension pour ce premier contact et tout compte fait le dialogue s'était passé le plus simplement du monde, un peu court, mais on s'était parlé. Ses paroles résonnaient encore dans ma tête. Une réalité qui me soulageait et à laquelle j'avais bien du mal à croire.

Mireille devait déjà savoir que Gaëlle ne pourrait se libérer et pourtant, en refaisant mes calculs mentalement, j'en concluais qu'il y avait une ou un convive supplémentaire dont je ne connaissais pas le nom. J'étais quand même intrigué. A tout hasard je dis à Mireille :

-     Je pense qu'on va pouvoir retirer un couvert.
-     Et bien non justement. Il y a une surprise inattendue. Un vrai cadeau d'anniversaire.

On s'est tous regardé un peu perplexe cherchant qui pouvait bien être l'invité de dernière heure. Mireille se déplaça jusqu'au vestiaire et revint en brandissant la lettre mystérieuse que je l'avais vue enfouir avec beaucoup d'hésitation au fond du tiroir-caisse comme si la lettre ne lui était pas destinée..
-     J'ai reçu il y a quelques jours un courrier de Détroit …
-     Philippe ? Ce n'est pas possible s'exclama Loïse dont le visage avait pâli subitement. Machinalement, elle avait retourné une chaise sur laquelle elle se laissa choir, visiblement impressionnée.

\- Il voulait vous faire la surprise. Je l'ai eu au téléphone. Il m'a assuré qu'il serait là ce soir sans faute. Il ne voulait en aucun cas rater ton anniversaire Loïse.

La voyant dans tous ses états, je m'approchai d'elle avec un verre d'eau.

\- Bois un peu, ça te fera du bien. Et viens prendre l'air, on va faire quelques pas dehors.

Je pris un châle que je lui jetai sur les épaules et prenant son bras, je l'emmenai à l'extérieur. Je la sentis terriblement émue, les jambes en coton. Dans mes bras j'essayai de la calmer en cherchant les mots pour la rassurer.

\- Respire à fond. Allez, détends toi, c'est formidable, tu croyais avoir un lot de consolation, tu as tiré le gros lot !

Et pour la décontracter un peu, j'ajoutai :

\- Eh bien oui, Grolo comme le Doberman de M. Lorrys.

Loïse leva les yeux vers moi un regard attendri, en se pinçant les lèvres.

\- Ne te moque pas, c'est si difficile parfois la vie.

\- C'est vrai, il faut suivre !

Allons, reprenons nos esprits : S'il vient nous voir de si loin, c'est que nous sommes,... enfin toi surtout, quelqu'un d'important pour lui. On va l'accueillir chaleureusement et il ne tardera pas à nous éclairer sur ses intentions. La sentant un peu mieux et pour qu'elle prenne le temps de réfléchir posément, je la fis asseoir sur le siège avant de la voiture garée à l'entrée du restaurant et je pris congé d'elle.

-        Remets-toi de tes émotions. A tout à l'heure mais ne tarde pas trop les autres vont arriver.

-        Merci Pierrot, t'es vraiment chic, merci. Toi aussi je t'aime tu sais !

-        Alors, laisse-moi te voler un baiser avant que ce ne soit plus possible.

Et Pierrot déposa sur les lèvres de Loïse un baiser furtif mais chargé de tendresse.

Philippe est arrivé au moment où Mireille proposait de prendre l'apéritif. Un grand brun d'allure sportive, pas loin de la soixantaine, ouvrit la porte, un énorme bouquet de roses rouges dans les bras.

Il s'esclaffa :

-        Bonsoir les enfants, c'est le père Noël du mois de Juillet !

Du coin de l'œil, j'observai Loïse. Elle s'était bien reprise mais malgré tout dans son regard elle ne put cacher son inquiétude mêlée de joie. Ses yeux pétillaient comme le champagne que venait de nous servir Xavier.

-        Philippe ! Ce n'est pas possible après tant d'années, tu te rappelles de nous ?

-        J'ai toujours pensé à vous, même de si loin. Pourtant je ne voulais pas nourrir l'espoir de vous revoir si tôt. J'ai préféré faire le silence de mes sentiments pendant toutes ses années, mais je vous aime, croyez-le, plus que tout.

Il s'adressait à tout le monde. Enfin à ceux qu'il connaissait de longue date. Il prit Mireille dans ses bras et la fit tourner sur elle-même. Puis, ce fut le tour de Loïse, et les larmes de joie perlèrent dans leurs yeux au point de se les essuyer l'un l'autre en faisant des mimiques à pleurer de rire.

Le début de la soirée s'annonçait bien. Chacun y allait de son chapitre sur les retrouvailles toutes plus extraordinaires les unes que les autres. De mon côté je ne pus m'empêcher de penser à l'histoire de Léa. (Nèves et Bénimus pourraient-ils jamais se retrouver ? Je me jurais de les aider et de tout faire pour cela, même si je n'étais pas le Bon Dieu.) Comme elle aurait été heureuse d'être parmi nous ce soir Léa. Mais je gardai le silence car ce n'était pas le moment d'en parler.

Le magistrat commença à discourir sur son boulot ; des procédures interminables, des difficultés de rendre justice aux victimes, etc.… Intéressant mais on préféra le brancher sur ses randonnées en montagne. Le Népal avait sa préférence avec les balcons de l'Annapurna qu'il avait gravis avec une bande de copains. On n'imagine pas la beauté du paysage avec ces collines couvertes de rhododendrons en fleurs qui se découpent sur un fond de hautes montagnes couvertes de neiges éternelles. C'est vrai que le marcheur a le plus souvent les yeux sur ses chaussures car les chemins sont   difficiles mais quand il s'arrête pour reprendre son souffle, quel plaisir de plonger son regard vers des vallées où s'étagent sur les flancs des coteaux en terrasses, des rizières verdoyantes. Un pays d'une grande pauvreté dont les habitants sont d'une telle gentillesse qu'ils méritent bien notre aide et notre respect.

Pensant toujours à mes écritures, je ne pus m'empêcher de poser un peu naïvement des questions à son épouse sur les capacités des animaux ; surtout sur leur mode de communication en particulier, sur leur possibilité d'adaptation à un nouveau milieu. Leur intelligence peut-elle évoluer au-delà de ce qu'on imagine habituellement ? Les animaux souffrent tant, pourquoi la vie ne chercherait-elle pas à leur donner plus de moyens pour résister à l'homme leur principal prédateur ? Puis comprenant qu'il était mal séant de monopoliser la parole, je préférai me mettre en sourdine pour laisser parler Mireille qui se félicita d'avoir auprès d'elle ses amis qui avaient chéri sa jeunesse.

Après le plateau de fruits de mer, particulièrement savoureux, on passa vite fait sur le fromage pour profiter du dessert : La tarte tatin du chef un peu arrosée et des glaces maison fameuses avec boules à profusion, un régal.

Loïse et Philippe goûtaient leur bonheur de se retrouver ensemble mais collaboraient totalement aux échanges du groupe d'amis. Philippe nous brancha sur les problèmes de société. Son idée d'un fonds monétaire visant à développer le bien-être humain mérite d'être rapporté. Bien sûr il rejetait le système de la croissance à tout crin et affirmait que le PIB[37] ne permet en aucune façon de mesurer le bonheur des gens. Une opinion qu'on partageait tous. Il proposait qu'on établisse un indicateur à partir d'une série de paramètres se rapportant aux besoins de base des citoyens.

---

[37] Produit intérieur brut

La qualité du logement, l'emploi partagé, la durée du travail, le pouvoir d'achat etc. L'évolution d'un tel indicateur social, comparé à celui du PIB indiquerait le sens véritable du progrès. Le niveau d'exigence pourrait être programmé en fonction de l'évolution générale de l'économie mondiale. Je fis remarquer qu'on restait quand même dans le consumérisme. La croissance, aujourd'hui n'est acceptable que si elle permet de corriger notre consommation dans un sens plus favorable aux équilibres naturels de la planète. Ce que consomme l'individu devient plus important que ce qu'il produit. Il est rémunéré selon sa production et contraint dans sa consommation d'une manière punitive par les lois et les taxes. Un système inadéquat aujourd'hui. L'homme consommateur doit être récompensé[38], pour la mesure de sa consommation, pour sa civilité, sa solidarité, son empathie, des choix favorables à la société et à l'environnement. C'est dans cette voie que nous devons maintenant évoluer.

On fit l'unanimité sur de telles options qui mettaient en place une solidarité universelle et qui contraignaient enfin les Etats à orienter leurs efforts dans un sens favorable à l'environnement et à l'humanité. Encore une utopie. Mais c'était aussi le début d'une belle ambition. Refaire le monde après chaque repas d'amis, c'est le signe que tout peut changer à la longue. Rien n'est vraiment perdu, mais il faut de la persévérance pour changer les états d'esprit,

---

[38] Dans une croissance modérée, le travail partagé s'impose. Le temps libre rémunéré pourrait être la contrepartie d'une consommation régulée.

bien assis dans leur rente de situation, enracinés et allergiques à tout changement.

Loïse semblait s'être métamorphosée tellement elle était rayonnante. Sa joie transparaissait sur son visage et sa beauté en pleine éclosion était resplendissante. Profitant d'une accalmie dans nos débats, et voyant que je la regardais peut-être avec un air trop admiratif, elle me demanda :

- On te voit souvent écrire, parle nous un peu de ce livre qui t'absorbe tant.
- J'approche de la fin. Mais je ne sais pas quelle tournure lui donner car Léa cette fois semble m'abandonner. Elle dit que le bateau de Mylène a coulé dans la baie de la Fresnaye. En 1950, ce ne peut être que le Laplace, ce bateau océanographique qui a sauté sur une mine au large du fort La Latte. Je pense que cet évènement a dû beaucoup l'impressionner. Elle fait une confusion ou sa part de rêve se mélange avec cette réalité dramatique. Je ne sais pas vraiment, mais j'imagine que son coquillage s'est retrouvé largué à ce moment-là.

Les autres convives qui évidemment ne comprenaient pas vraiment le sens de mes paroles demandèrent quelques explications. Je fus donc contraint de faire un court condensé des notes de Léa et du travail que j'avais entrepris en glissant ma part de fantasme et de vérité.

« Léa raconte que Gustave son père, était en mer dans son doris quand sur une ligne, au lieu de trouver une morue, il vit, accrochées à l'hameçon, des algues de fond dans lesquelles brillait une perle d'une extrême beauté. Son équipier avait le dos tourné et n'a pas vu Gustave fourrer dans sa poche sa précieuse prise. Le cadeau d'anniversaire promis à Léa était tout trouvé. Il y pensa sur le coup mais son attention pour l'heure était concentrée sur d'étranges remous qui montaient en surface. Il vit apparaître un poulpe bien charnu qui se tenait à distance sur la surface de l'eau mais qui pourtant ne semblait pas vouloir partir à la vue du pêcheur. Au moment de mettre la perle dans sa poche le regard de Gus croisa celui de la pieuvre. Un regard si intelligent qu'il en eût un frisson dans le dos et Gus ne manqua pas par la suite de faire le rapprochement avec ce qu'il avait trouvé dans l'algue marine. Comme si la bestiole avait accompagné la perle pour s'assurer que le marin l'avait bien prise.

Il en aurait bien parlé au père Yvon l'aumônier des terre-neuvas, qui était de passage sur les bancs, mais l'aurait-on cru ? D'aucuns auraient dit qu'il avait perdu la tête depuis la mort de son frère. Il préféra ne rien dire et garder son secret. »

- T'es sûr qu'elle raconte tout ça, Léa dans ses cahiers ? me dit Mireille incrédule.
- Pas tout à fait de cette façon. C'est un peu plus énigmatique, mais il y a beaucoup de vrai et en vous parlant, l'idée m'est venue que les choses ont pu se produire de cette façon.
- Et alors …. firent de concert Mireille et Loïse déjà captivées par l'histoire et qui évidemment voulaient en savoir plus.

- Alors ! Alors … Pour le moment Gus est en mer avec sa perle dans sa poche, laissez-lui le temps de revenir. Et tout le monde s'esclaffa de rire en goûtant les roupettes à queue du pays.

Comme la discussion allait s'orienter sur un thème trop sérieux, Philippe complètement détendu, préféra amorcer avec Loïse une chanson de pays.

Sur les bords de la Rance où j'ons vu le jour
J'ons la douce espérance d'être aimé d'amour.

Ah ! Nulle bretonne n'est plus mignonne à voir
Que la belle que l'on appelle Fleur de Blé Noir
Non, non nulle bretonne n'est si mignonne
A voir, que ma Fleur de Blé Noir[39].

---

[39] Chanson de Théodore Botrel

......

22 - DERNIERE CAMPAGNE DE PECHE

- Oh ! Gus, tire Bon Dieu ! Qu'est-ce qui t'arrive ?
- J'y suis, ça va !

Le temps d'un bref instant, Gus a relâché son effort. Francis a ressenti d'un coup toute la traction du poids de la ligne sur ses doigts gourds et gelés.

Patron de Doris, Gus est à l'arrière de l'embarcation. Son matelot (l'avant) placé devant lui, n'a pu le voir enfourner dans sa poche la perle qu'il a trouvée, coincée dans l'algue accrochée à l'hameçon ; un dard hérissé et menaçant qu'il faut saisir avec adresse sans se blesser. Surpris, Francis a bien failli perdre l'équilibre et lâcher prise. Près de deux kilomètres de lignes à tirer avec la charge d'une grosse chaloupe en remorque déjà à moitié pleine de morues, le travail est exténuant et Francis peut rouspéter ! Gus se garde bien de relever les injures de son « avant ». La confiance entre eux, c'est leur assurance-vie et des incidents comme celui qui vient de se produire sont trop dangereux pour être tolérés. Plutôt embarrassé et penaud, le patron le sait bien. Il redouble de vigilance et d'efforts pour soulager son matelot. Après cinq heures à haler pour lever les lignes, Gus, prend les rames et le chemin du retour, la boussole entre les pieds. La pêche fructueuse redonne enfin le sourire au jeune matelot et lui fait oublier sa frayeur passée. Gus ose enfin parler :

- J'ai pas voulu te fiche la trouille, mais tout à l'heure j'ai vu apparaître un poulpe énorme qui me regardait bizarrement.
- Je m'suis bien douté qu'il y avait quelque chose. J'ai même cru qu'on avait affaire à un morse. Lui dit Francis.
- J'ai pensé qu'il allait attaquer la ligne, et prendre du poisson. Mais il a plongé sans même essayer de s'emparer d'une morue. C'est plutôt curieux !

Gus se gardait bien de parler de la perle. Après une heure de navigation, quand le matelot reprit les rames, il enfonça ses mains gantées dans ses poches et du bout du doigt toucha la perle enfouie dans les coutures de sa vareuse. Elle était bien là, il n'avait pas rêvé. Quand même, une perle à cet endroit ? Peut-être que c'était autre chose qu'une perle, C'est à peine s'il avait eu le temps de vraiment la regarder. Enfin une nacre qui scintillait joliment. Peut-être s'agissait-il tout bêtement d'une pierre ou d'un verre poli ? Mais comment aurait-il pu briller sans soleil. Gus réfléchissait sans pour autant trouver de réponse à ses questions.

Tout à ses pensées, il n'avait pas senti venir la brume. Quant à Francis, le nez sur les genoux s'arquant de toutes ses forces pour arracher la chaloupe à la mer et la faire avancer, il était entièrement pris par son labeur. Le voile de brume enroba l'embarcation d'un coup, mais ils tenaient le bon cap et le gros du trajet était déjà accompli. Ils entendirent tinter la cloche. Un son suffisamment proche pour les rassurer. Même s'il n'était pas visible, le bateau n'était plus distant maintenant qu'à une dizaine d'encablures, tout au plus. Une fois encore, ils étaient sortis d'affaire. L'ombre du navire apparut soudainement en déchirant la brume. Encore insoupçonnée l'instant d'avant, la masse du navire qui se présentait face au frêle esquif, leur parut énorme. Ils ne pensaient pas être si proches et durent même ralentir l'élan de leur embarcation pour s'en approcher lentement et s'arrimer en douceur. La houle longue mais sans violence, leur permit de décharger sans trop de peine leur cargaison à l'aide de leurs piqueux. A peine le comptage fini et après une bonne lampée d'alcool, un « boujaron », rassérénés, ils purent enfin souffler un peu. La journée avait été harassante, mais ils avaient connu bien pire. D'autres doris arrivaient maintenant avec un peu de retard, surtout ceux de tribord qui avaient dû rentrer face au vent.

Une fois dans sa cabine, Gus plongea la main dans sa vareuse. Depuis qu'il l'avait trouvée accrochée sur l'algue, il n'avait pas cessé de penser à elle, toujours inquiet de la perdre. Elle aurait pu rouler de sa poche, surtout quand il jetait les morues par-dessus bord. A chaque grand mouvement du bras, il vivait l'impression que la perle allait sauter à l'eau. Les gars du pont l'ont même houspillé gentiment : « Alors vieux Gus, t'en as plein tes bottes ! Allez c'est bientôt la retraite ! ... ». Pour ne pas risquer de faire voltiger sa perle, il mesurait son geste, sans à-coup et sans trop de violence. Mais cela, il ne pouvait pas le dire.

Nèves avait compris l'embarras du pêcheur. Elle aurait pu s'en amuser mais pour l'heure elle se débattait dans un magma gélatineux qui la collait au fond de la poche du suroît. Il n'y avait pas de danger pour qu'elle saute par-dessus bord.

Maintenant qu'il était seul dans le carré des matelots, il allait en avoir le cœur net. Son doigt épais et court fouilla contre les parois gluantes de sa poche, dans les fonds de coutures graisseux, cherchant la niche où la perle avait pu se loger. Il l'extirpa d'une fange écœurante et l'essuya sur le dos de sa manche pour en faire apparaître l'aspect. Nèves qui ne manquait pas d'abnégation, espérait quand même voir cesser son calvaire. Un peu de brillance peut-être suffirait pour lui octroyer le droit d'être remisée dans un endroit plus confortable et plus propre. Dans l'état où elle était, elle ne risquait pas d'en faire de trop. Elle réussit malgré tout à reluire suffisamment pour convaincre Gus qu'il avait fait une belle trouvaille et qu'il convenait de choisir un endroit plus adéquat pour conserver sa perle. L'idée lui vint d'aller chercher son écuelle, de prendre un peu d'eau à la barrique, et de lui faire un sérieux nettoyage. Elle en avait bien besoin. Il arracha ensuite le bout d'un vieux journal pour l'emballer et il la plaça dans sa trousse au milieu d'autres objets précieux : le livret maritime, sa médaille bénie de la Sainte Vierge et une ou deux photos de famille. Là, en lieu sûr, elle y restera jusqu'au retour au pays à St Germain.

Le baromètre marquait une dégringolade verti-gineuse et si rapide que les présages ne laissaient plus de doute sur ce qui allait se produire. La tempête allait s'abattre sur le bateau dans l'heure, peut-être même dans les minutes qui suivent. Déjà, on aurait cru au loin une ligne de front en pleine offensive tant les grondements se succédaient dans un roulement terri-fiant de tonnerre. Zébré d'éclairs, l'horizon de plus en plus court, noirci par l'ouragan semblait fondre sur le bateau en poussant d'immenses vagues aux crêtes ra-geuses couvertes d'écume. Au vent, qui par rafales redoublait de violence, se mêlait un grain glacial, gi-flant à toute volée les marins affairés sur le pont. Le bateau, rapidement prêt par des hommes survoltés pour affronter la puissance des éléments, virait de bord pour se placer face à la mer déchaînée. Il n'y avait plus qu'à courber l'échine, parer les coups pour amoindrir leur violence et attendre que la furie de la tempête se calme. Encore un temps de souffrance pour le marin dont le corps chamboulé doit non seulement lutter pour résister à l'agression marine, mais rester disponible et vaillant pour répondre aux besoins de la navigation.

Gus n'en pouvait plus. Il jeta son suroît sur la couche et se laissa choir comme une masse. Il était le plus vieux de l'équipage. Il avait derrière lui de nom-breuses campagnes comme aurait pu le prouver son livret maritime. S'il ne connaissait pas tous les ba-teaux du port de St Malo, il avait quand même gravi plus d'une passerelle pour embarquer à destination des bancs. Le temps était venu pour lui de s'arrêter de naviguer pour prendre la retraite.

Le temps des grands voiliers et des goélettes était maintenant dépassé, même si certains avaient repris la mer à la fin des hostilités en raison de la pénurie de matériel. Leur époque était révolue. Les méthodes de pêche n'étaient déjà plus celles qu'il avait connues et les pratiques nouvelles ne lui plaisaient pas. Déjà on parlait de chalutiers de hautes technologies qui ratissaient les fonds au point de tout ravager. Pour lui ce n'était plus de la pêche mais une razzia qui s'annonçait. Il préférait ne pas trop y penser car une boule lui montait dans la gorge, la colère lui montait au nez.

Il partageait deux couchettes contigües avec le moussaillon. Gus s'accommodait bien de sa présence et veillait sur lui pour qu'il ne lui arrive rien. Comme il n'avait pas eu de garçon mais que des filles, il avait plaisir à lui apprendre le métier, sachant bien pourtant que l'avenir était ailleurs. Il en avait parlé au capitaine et quand l'occasion le permettait, il emmenait le jeune garçon voir les machineries : un moteur d'appoint, comme on en trouve sur les grands voiliers. Là, avec le mécanicien, ils étudiaient ensemble le fonctionnement du moteur, le maniement de la direction, avec l'idée d'éveiller chez l'enfant le goût de la mécanique. Un domaine propice pour susciter l'envie de choisir un futur métier moderne et plus sûr.

On était à la fin de la campagne. Le bateau ventru à craquer de poissons avait pris le chemin du retour. Il ne restait plus que la dernière pêche à ébrè-guer [40] . Sans relâche, le travail avait repris entre chaque dépression. Une fois le poisson traité, le navire remis de ses avaries, et les hommes enfin propres et lavés, l'arrivée au port d'attache devenait possible. Encore quelques heures de navigation et les murailles de St Malo seraient en vue.

Pour Gus, une page de vie se tournait définitivement. Depuis l'âge de quatorze ans qu'il bourlin-guait, il allait devoir se résigner à vivre sans la pêche sur les bancs. Il sentait aussi que le métier devenait plus dur et surtout il savait que la pêche de demain n'était plus la sienne. La Galante ne serait pas réarmée pour la prochaine campagne. Il ne fallait pas y comp-ter. Seuls les chalutiers désormais prendraient la mer.

Sa nouvelle existence devrait être semblable à celle qu'il connaissait déjà lorsqu'entre deux cam-pagnes, il s'occupait des bêtes et du jardin. Et puis la pêche du bar, en posant des lignes dans la baie de St Germain était pour lui une activité qui lui rappellerait son métier. Avec la pêche à pied, il n'aurait pas le temps de s'ennuyer. Il avait des projets. Du matériel à acheter et la terre de la Gênette si Le vieux Ballan de la Ville d'Uvart était toujours décidé à vendre. Menta-lement il refaisait ses comptes. Ce serait juste, trop juste. Il demanderait à sa sœur. Il lui en avait déjà par-lé, elle n'était pas contre.

---

[40] Nettoyage : vider le poisson

La main dans sa poche Gus tâtait le morceau de journal qui contenait la perle. Il était impatient de la remettre à sa fille Léa. Pour une fois qu'il pouvait lui faire un vrai cadeau. Il était fier de sa fille, déjà grande maintenant. Il pouvait compter sur elle.

23 - L'ATTENTE

Cette fois, j'en avais la certitude, Gaëlle avait confirmé son arrivée pour ce soir. J'avais comme un nœud dans le ventre.

Muni du maillot, d'une serviette et d'un bouquin pas trop sérieux, je filais vers la plage. En plein mois d'août, par une chaleur pareille, les places un peu tranquilles se font rares. Dans un premier temps, je restais assis sur les marches de l'escalier qui mènent à la plage, en regardant à la ronde si un endroit convenable se libérait.

Pour Philippe et Loïse, ce fut une irruption de joie et de bonheur, pareils à ces volcans trop longtemps contenus qui projettent leurs entrailles comme pour inonder le monde. Là aussi, quel débordement ! Des rires, des larmes, puis le besoin de crier, pour chasser tout ce qui, retenu au fond de soi-même, avait besoin de sortir. Faire le vide de ce qui avait servi à tenir, à se conformer, faire le vide pour enfin faire le plein du bonheur qu'ils avaient à construire. Philippe et Loïse, ces quinquagénaires fringants étaient comme de jeunes épousés. Tous ensemble on les poussa hors de l'auberge pour qu'ils aillent vivre leur pleine joie retrouvée, en leur faisant promettre de revenir le plus vite possible car nous avions aussi besoin d'eux. Ils allaient nous manquer. Nous les aimions.

Puis évidemment, je me mis à penser à Gaëlle. Était-ce possible que nous aussi on puisse se retrouver ? L'histoire ne se ressemblait pas. Gaëlle n'avait jamais exprimé clairement des sentiments vraiment amoureux même si, ... mais ce sont des idées trop manipulées par l'imagination ; Même si, ... dans notre jeunesse, quelques échanges auraient pu laisser croire que ... Mais c'est si loin.

Il y a des destins malheureux où les êtres qui se cherchent ne se trouvent jamais et d'autres, dont les unions se déchirent ou encore se séparent malgré eux comme ce fut le cas pour Eloïse et Abélard. Des êtres, qui à deux doigts de se rencontrer, qui se frôlent, qui perçoivent le temps d'un instant, dans un regard, une parole échangée, le bonheur attendu et que le mauvais sort s'ingénie à écarter au tout dernier moment. Combien de romances mort-nées, de bonheurs conçus, qui n'auront pu éclore mais qui auront laissé leur espérance en souffrance derrière eux. Je dis à ceux que la malchance poursuit, de persévérer. La nature, la vie est si prolifique qu'il n'est pas possible que le lien idéal nous échappe toujours. S'ouvrir au monde et persévérer dans sa quête du bonheur, voilà bien ce qui doit nous conduire.

Je me souriais à moi-même visiblement content de mes réflexions rassurantes, quand tout à coup l'inquiétude fondit sur moi comme une brume de mer.

Cette obstruction permanente, obstinée, qui tenait Gaëlle éloignée de moi m'assaillit d'un coup.

Comment conjurer le destin qui allait s'abattre sur moi et qui semblait vouloir tout faire pour que le rapprochement ne se réalise pas, comme s'il fallait se soumettre à un destin prédéterminé sans la moindre échappatoire. L'idée que Gaëlle prendrait sa voiture en risquant un accident pour venir nous rejoindre avait cessé d'être plausible, pour devenir plus vraisemblable, puis de probable était passé à la quasi-certitude. Mille indices venaient corroborer cette hypothèse maléfique et la panique s'amplifiant, il devenait évident que les choses allaient se terminer ainsi en catastrophe.

J'allais prier le Bon Dieu pour qu'elle ait un empêchement de dernière minute, quand je vis sur la plage, une place se libérer justement à l'endroit que je convoitais depuis un moment. Débarrassé subitement de mon angoisse, je fus vite sur pied pour prendre d'un pas vif la direction de cet espace vide. Je balayai du regard l'environnement afin de repérer tout congénère intéressé, susceptible d'enlever la place avant moi. Certains amorcèrent un départ, mais qui resta sans conviction devant mon allure très décidée. Le temps d'avance pris au démarrage fut décisif pour emporter l'endroit.

Ouf ! Bien calé contre un petit rocher, entre deux familles dont les enfants semblaient assez calmes, la place était suffisamment spacieuse pour un homme seul. Comme la lecture de mon roman ne parvenait pas à monopoliser totalement mon esprit, ma pensée vagabonde s'intéressa aux bavardages des enfants qui jouaient dans le sable à proximité :

- Montre-moi ce que tu as ramassé dit l'un.
- De jolis coquillages pour faire la route de mon château.
- Tiens, en voilà pour faire la porte et d'autres pour les fenêtres.
- Tu sais pourquoi, il y a des coquillages qui sont retournés et d'autres pas ?
- C'est la mer qui fait ça !
- Non, ce n'est pas la mer.
- C'est quoi alors ?
- C'est le ciel, car les coquillages qui ont de la nacre aiment bien briller au soleil.
- Et puis, la nuit ils regardent les étoiles dans le ciel
- Et ils peuvent briller aussi avec la lune.
- Peut-être qu'il y a des coquillages mariés avec des étoiles et qui ne se séparent jamais.

J'écoutais avec attention le bavardage des enfants qui avaient compris que les objets aussi ont une âme.

La mère assise un peu plus loin regardait la scène avec amusement. Je la regardai à mon tour et elle appuya son sourire à mon endroit avec entendement. Je me sentis autorisé en quelque sorte à parler aux enfants.

- J'ai connu une dame, il y a bien longtemps qui avait trouvé dans la baie un très beau coquillage ....

Sans m'arrêter de parler, j'eus l'impression d'une présence derrière moi. Dans un premier temps je ne voulus pas y prêter plus d'attention, concentré que j'étais sur l'histoire à demi improvisée que je racontais aux enfants. Puis l'idée me vint que ce pouvait être Gaëlle, qui déjà arrivée, voulait me surprendre peut-être par jeu. Comment traduire par les mots cette sensation qui traversa tout mon corps à ce moment-là. Je me sentis pâlir, avec des sueurs froides sur le front. Peut-être que mon pouls doubla de vitesse ou l'inverse. Je ne pourrais l'affirmer, mais l'émotion fut si violente que sur le coup, je craignis de suffoquer. Pourtant je dû surmonter ce bouleversement qui m'envahissait et rester attentif à ce que les enfants attendaient de moi. Ils restaient à l'écoute de ce que j'allais dire, avides de mes paroles pour connaître la fin de l'histoire. Il faut croire que je fus impassible puisqu'ils n'exprimèrent pas la moindre réaction d'inquiétude. En les regardant, je compris que l'essentiel était en eux, que je devais me ressaisir et oublier mes anxiétés.

Mon esprit travaillait sur deux registres, car en même temps que je construisais le conte crédible que Gaëlle était censée entendre, je me préparais à croiser son regard..., plutôt à me fondre dans ses yeux. C'est le soleil que j'allais affronter et loin de moi d'être un aigle. Les images de son regard me revenaient à l'esprit : une eau vive, pure, étincelante, avec la force du torrent comme à la fonte des neiges. Je ne lui connaissais pas ces regards de velours attendris, ces regards chavirés, comme enivrés d'amour. D'elle, je ne savais que des regards curieux, intéressés, intelligents, des regards d'amitié voire un peu complices. J'avais tout à connaître ou plus probablement à ne jamais savoir.

Le dos tourné, j'essayais intérieurement de rassembler toutes mes forces pour lui dire que de tout mon être j'irai au-delà de ses espérances. Le moment n'était pas à la demi-mesure, à l'égal de mes capacités réelles, mais à l'exaltation de mes ambitions et des siennes car la pure vérité était que je l'aimais, et il fallait qu'elle en soit éblouie. N'y tenant plus, prenant mon courage à deux mains, et ce n'était pas de trop, je me décidai avant même d'avoir terminé l'histoire que je contais aux enfants, à me retourner tout de go, en faisant l'homme surpris.

Le plus surpris ce fut moi, car une fois encore j'étais dans ma chimère l'objet d'une hallucination et c'était bien le vide qui me faisait face. Rien. Sûr, qu'elle s'était envolée comme une vision fugitive qui s'amuserait à me narguer. Maintenant j'en étais sûr. Enfin pas vraiment. Il était temps que sa venue me place enfin devant mon destin.

En fait, c'est la mère des enfants qui vint à ma rencontre. Le gosse s'était fourré un mini coquillage dans la bouche qui apparemment, semblait coincé dans la gorge. Quand elle arriva, j'étais déjà sur les lieux de l'accident en train de lui appuyer sur le plexus cœliaque pour lui faire éjecter ce qu'il avait avalé.

- Allez crache, crache !
L'enfant suffoquait et la mère les yeux exorbités était complètement paniquée mais me laissait faire, voyant que j'opérais avec la qualité d'un secouriste averti. Pour finir le gamin cracha un bonbon et non un coquillage. Ouf, mon histoire n'était pas en cause.

- Où as-tu trouvé ça lui dit sa mère effarée ?
- Là, sur le sable.

-       Un bonbon déjà sucé par un autre, t'es fou !

-       Non, y-avait un papier et l'enfant de montrer du doigt un papier de bonbon qui en effet gisait un peu plus loin sur le sable.

-       Bon, j'aime mieux ça, mais tu n'as pas à manger n'importe quoi sans me demander, tu entends !

Je m'étais bien gardé de me mêler à cette intervention et je m'attendais à des pleurnicheries intempestives que la mère su prévenir en prenant son enfant dans ses bras pour le cajoler.

-       Tu me jures que tu ne recommenceras pas !

Elle dorlotait son gamin tout en me regardant avec complicité. Ses yeux verts, des plus beaux, s'apparentaient merveilleusement avec son teint et la couleur de ses cheveux prenait dans le soleil des reflets auburn du plus bel effet. J'étais fasciné, tel un peintre qui chercherait à saisir l'image de la lumière sur une mèche posée comme un voile au travers du regard ; la grâce de ce visage, illuminé par un sourire radieux, m'avait hypnotisé. J'étais conquis, Enjôlé, au point que j'eus du mal à me ressaisir.

L'enfant reprit ses jeux et la mère me fit mille remerciements pour mon intervention. Voulant faire quelque chose pour me gratifier, elle chercha un moment une idée, sans trouver, puis sortant de son sac une carte de visite elle me dit :

-       Faites-moi plaisir, acceptez que je vous offre l'apéritif, demain midi si vous voulez bien.

Après les palabres habituels sur le dérangement possible que je pouvais occasionner, puis compte tenu de l'insistance de cette Madame Leroy, j'acceptai, toujours curieux et avouons-le un peu émoustillé par cette invitation.

Entre temps le ciel avait changé brusquement comme cela arrive en Bretagne. Au moment où nous allions prendre congé, un coup de vent plus violent s'abattit sur la plage, et plus particulièrement à l'endroit où nous étions installés. J'avais peu de choses à ranger : une natte, un bouquin, mais pour elle ce n'était pas le cas et d'emblée je me suis mobilisé pour lui venir en aide, ramassant les jouets, les restes du goûter et pour finir, je m'employai à rhabiller les enfants, pendant qu'elle se débattait avec ses propres affaires : parasol, journaux etc. ...

Au moment où elle enfilait sa robe, une rafale plus violente encore vint lui plaquer son vêtement sur le ventre et les cuisses la moulant dans toutes ses formes. Cette vision me fut fatale au point de ressentir dans mon corps un embrassement que j'eus du mal à contenir, revivant en un instant l'émotion que j'avais éprouvée le jour où Gaëlle chevauchant le vent des marais m'avait laissé apercevoir son corps jusqu'au plus haut des cuisses.

Elle s'empêtrait dans ses vêtements de ville qu'elle n'arrivait pas à passer. Je fus obligé d'y mettre les mains, de tirer sur le haut de sa robe trop ajustée.

- C'est la fermeture me dit-elle alors qu'elle avait encore l'encolure de sa robe sur les yeux.

Les miens, mes yeux, je les ouvrais à peine pour éviter la pluie de sable emporté par le vent. Comme il n'était pas question de chausser des lunettes, seul le tâtonnement pouvait me sortir de cette situation burlesque qui devait trouver une fin rapide pour éviter tout soupçon. Mon adresse de pêcheur émérite me servit une fois de plus.

Sur l'instant, dans le feu de l'action, je n'y pensai pas, mais après, cette peau satinée, ce sein que j'avais frôlé, empoigné peut-être, je ne sais plus, c'était comme le poison qui faisait son effet après coup. Une pensée insidieuse qui tourmente, qui vous envahit, et qu'il faut à tout prix domestiquer au plus vite. Je m'en voulus d'être aussi impressionné par des mini-évènements pour lesquels j'aurais souhaité marquer plus d'indifférence. A cinquante-cinq ans, je réagissais encore comme un gamin de vingt ans avec la même fragilité, la même émotion toujours aussi juvénile. Je ne me corrigerai donc jamais ?

Le grain assez frisquet m'avait saisi et douché. Il m'avait aidé aussi à retrouver mon calme après les fortes émotions que je n'avais su maîtriser. Je rentrai à l'Auberge archi-trempé, ruisselant de pluie et de sable, plutôt sale. Par expérience, je savais que la providence choisissait toujours des moments aussi inconvenants pour me placer dans les situations les plus embarrassantes. Sûr que Gaëlle serait là, toute pimpante, ça ne pouvait pas être autrement !

En passant incognito directement dans ma chambre, en me faisant tout petit, tout irait bien. J'aurais le temps de me changer. Je fouillai dans mon sac, pour récupérer la clé de l'hôtel. Rien ! Mince, moi qui d'habitude emporte toujours ma clé, je l'avais laissée au tableau de l'hôtel. C'était bien ma chance. Furieux, je m'arrêtai carrément sous la pluie, en serrant les dents et me promis d'affronter les événements avec l'énergie des grands espoirs. Du coup mon pas plus cadencé, me conduisit rapidement à l'auberge.

Premiers pas dans le hall, personne pour m'accueillir. Une pensée fugitive me vint à l'esprit, et si c'était moi M. Lorrys ? Pour conjurer le sort, contrairement à mes premières intentions, je renonçai à franchir la première marche de l'escalier pour aller me changer. Je décidai d'aller directement dans la salle du restaurant en prenant quand même le temps d'enlever mes chaussures dans les toilettes et de secouer mes vêtements dégoulinant de pluie pour me débarrasser du plus gros de l'orage. Complètement échevelé, au plus mal de mon apparence, j'allais enfin savoir si je pouvais sortir indemne de mes complexes. Évidemment personne ! « L'ennemi » feignait la retraite, surpris de me sentir plus fort qu'à l'ordinaire. Je poursuivis donc mon avancée jusqu'aux cuisines où je pensais trouver Mireille.

Gaëlle était là, avec un tablier de cuisine qui était loin d'être immaculé. Elle avait dû éplucher avec l'adresse d'une cérébrale, les légumes terreux que j'avais bêchés le matin même. L'instant de stupeur passé, l'élan qui nous attira dans les bras l'un de l'autre fut égal à la force de l'attente qu'il avait fallu pour nous retrouver.

Gaëlle cria : « Mon Pierrot » et elle se projeta sur moi, m'embrassant sur les joues d'abord, puis à pleine bouche ensuite, me prenant la tête à deux mains pour me regarder bien en face.

-       On a tellement de choses à se dire mon Pierrot !

J'étais sonné, éberlué, la réalité était aux antipodes de ce que j'imaginais. Je suis resté pantois un moment, le souffle coupé, incapable de réagir et Gaëlle ne semblait pas s'en rendre compte, tout à son excitation de me revoir. Son corps contre moi, fut certainement l'électrochoc qui me sortit de cette torpeur qui m'avait complètement paralysé. Mon réveil fut paradisiaque. On s'est tellement embrassé, serré dans les bras, que sans s'en rendre compte on s'est maquillé comme pour se préparer à une embuscade de nuit.

-       T'as vu dans l'état qu'on s'est mis ?
-       Barbouillés comme on est, il ne nous reste plus qu'à prendre une petite douche pour réparer tout cela. Ce qu'on fit sur le champ tout en continuant à bavarder entre deux baisers baignés des larmes et des rires de nos retrouvailles.

Les choses se passèrent si vite que j'en perdis l'esprit. D'abord la nuit fut torride. Je me laissai emporter par la fougue de cette femme qui elle aussi semblait vouloir rattraper un manque qu'elle avait dû refréner trop longtemps. Après on s'expliqua. Gaëlle me parla de sa vie, surtout de son métier.

-       Tu devrais te souvenir de mon caractère. Je suis un électron, on ne peut plus, libre. C'est bien pour cela qu'un mariage avec toi n'était pas possible. « Je t'aurais fait trop souffrir mon Pierrot » disait-elle.

- Je n'ai rien su de ton premier mariage, un an après mon départ à l'armée. Que s'est-il passé ?

- Histoire banale, une soirée trop arrosée avec des étudiants dans une « surprise partie » comme on disait à l'époque et je me suis retrouvée bêtement enceinte. Rappelle-toi cette époque, l'avortement c'était tout un binz, surtout avec des familles très catholiques. J'étais jeune, j'ai culpabilisé énormément et je ne savais plus où j'en étais. La solution du mariage précipité s'est imposée de facto pour éviter le scandale, d'autant plus que les familles étaient du même bord. Pour finir j'ai fait une fausse couche et le mariage n'a pas tenu trois ans. Il était infantile, carrément insupportable et j'ai dû divorcer avec les parents sur le dos. C'était, m'a dit Mireille, peu de temps après ton mariage à ton retour d'Algérie.

- On a fait tous deux un chassé-croisé. Je ne pouvais pas te raconter tout cela dans mes lettres, c'est pour cela que je préférais m'abstenir de t'écrire. Tu as manqué d'ambition à mon égard, me dit Gaëlle, un manque de confiance en toi car si tu m'avais fait l'amour avant ton départ à l'armée, j'ai la conviction que tout aurait été différent.

- Je te vénérais, j'étais bien au-delà du sexe. Tu personnifiais toute l'espérance à laquelle peut croire dans la vie qui s'ouvre à lui, un jeune homme de vingt ans.

- Puis plus tard, j'ai rencontré Paul après quelques aventures plutôt féminines auxquelles j'ai pris goût. Quand je me suis mariée avec Paul, bien plus âgé que moi, les choses étaient claires dès le départ. C'était plutôt un arrangement et si je n'ai pas eu d'enfant, c'est que j'étais bien incapable de les élever. Je ne me sens pas faite pour cela. Deux ans après notre mariage, il a eu la surprise de voir ressurgir dans sa vie une de ses anciennes conquêtes qui l'a convaincu qu'il avait une fille, Marine. Bon joueur, il a reconnu les faits et sa fille, et il ne l'a pas regretté. Une adorable petite qui a été un peu la mienne aussi sans que j'en aie pleinement la responsabilité. Bingo !

Pour moi le temps n'est pas encore venu pour une autre vie. Je suis trop impliquée dans mon métier. Pour m'en extirper, il me faudra du temps ou des déboires pour m'en dégoûter et ça finira bien par se produire. Tout mon temps je le passe au boulot. Je suis une femme de terrain, tout le temps sur les chantiers, le plus souvent à l'étranger, toujours avec des projets dans la tête. Tu t'imagines avec une femme pareille ?

- Je savais que tu étais une battante, mais pas à ce point. Je réalise mieux aujourd'hui le fossé qui nous sépare ...

- ...Et les liens qui nous rapprochent j'espère ! ajouta Gaëlle.

- Certes, mais cela ne fait pas une vie à deux !

- Toi, tu es fait pour la romance. Moi, ça me va, mais il ne faut pas que ça dure trop longtemps, j'ai trop à faire pour le moment ! Avec de grosses responsabilités me dit Gaëlle.

- Mireille t'a peut-être raconté pour Loïse et Philippe ?

- Oui, mais eux, c'est différent, ils s'emboîtent comme dans un puzzle à ce qu'elle m'a dit. On verra avec le temps.

-        Vive notre amitié hard, mais le vrai bonheur est à construire en dehors de toi. C'est bien le message que je dois entendre !

-        Tu as tout compris mon chéri. Je le regretterai peut-être un jour, sûrement, mais aujourd'hui j'ai besoin d'une totale liberté. Ce à quoi je tiens surtout c'est ton amitié. Je ferais tout pour la garder. Même me donner à toi. Par amour ! Dans ce monde de fous, tu restes ma lumière par laquelle je sais que la vie peut être autrement.

La matinée touchait à sa fin et j'avais oublié le rendez-vous proposé par Mme Leroy. Les propos de Gaëlle m'avaient quand même un peu déprimé mais l'essentiel était dit. Annuler à la dernière minute ce rendez-vous pour l'apéro, cela m'ennuyait autant que d'aller chez elle, et l'idée par ailleurs de s'épancher sur nos souvenirs avec Gaëlle, de lui raconter ma vie surtout, ne me convenait pas davantage. Il fallait bien choisir. Tout compte fait, le mieux était encore de me rendre à ce rendez-vous. Et puis Gaëlle opportunément me déclara qu'elle devait impérativement passer chez le notaire pour onze heures trente et qu'elle n'avait pu obtenir de modifier l'horaire. Pour finir une coïncidence qui tombait à pic.

24 - UN FABULEUX COQUILLAGE

Les dernières nouvelles dataient déjà de plusieurs semaines. Nèves avait dû opérer conformément au plan puisque malgré la contre-offensive chinoise du mois de novembre, les bombes atomiques étaient restées dans les arsenaux. On pouvait donc se réjouir du succès de l'opération « very neshar ». Il suffisait d'attendre avec patience pour en savoir plus.

Alors pourquoi Latextique venait-il le secouer brutalement en pleine nuit dans son aquarium où il reposait tranquillement.

- Secoue-toi, on a quitté le port, on est en pleine mer.
- Quoi ! Mais Jacot ne nous a rien dit.
- Il dort lui aussi à serres fermées.
- Il faut faire le point et transmettre immédiatement nos coordonnées ...ordonna Bénimus
- … aux pigeons résidentiels du port L.L. Marina de New-York ?
- Oui, évidemment, Ils sont à côté de la Statue de la Liberté et surveillent en permanence les entrées et les sorties du port.

\-   … Ils devraient ! Tu veux dire ! Comment se fait-il qu'on n'a pas été prévenu ?

\-   La nuit ! s'indigna Bénimus. Là aussi il y a du relâchement ! Je trouve le bateau passablement agité. Pressons-nous Latextique ! Il faut savoir au plus vite ce qui se passe là-haut sur le pont.

En pleine nuit, le poulpe était comme chez lui sur le bateau. Plus silencieux encore qu'un chat, il monta sur le pont arrière pour déterminer la direction prise par le bateau mais le ciel se chargeait de gros cumulus menaçants. L'horizon se zébrait d'éclairs et les étoiles n'étaient plus visibles. Il constata aussi que tous les oiseaux de mer avaient disparu et eut le pressentiment qu'on était en pleine mer, très au large. Nul doute qu'une puissante tempête allait s'abattre sur le bateau. L'agitation de l'équipage sur le pont était tout à fait anormale. Il se passait quelque chose. L'idée qu'une avarie ait pu se produire n'était pas exclue. Il en rendit compte immédiatement à Bénimus. Tout moyen de communication avec la terre par les airs n'était plus possible et il ne fallait pas trop compter sur les poissons qui eux-mêmes allaient fuir les eaux de surface.

Marcel apparut tout à coup complètement apeuré. Il mit une capuche sur la tête du perroquet encore endormi et l'emporta précipitamment après avoir mis un dossier dans un sac dans lequel il semble qu'il ait placé également quelques objets précieux. Tout laissait croire que les choses allaient au plus mal.

Le ronronnement habituel des machines s'était tu, et ce silence accentuait le bruit des craquements du bateau livré à lui-même, c'est - à -dire à la fureur des eaux. Comprenant que leur présence sur le bateau était inutile et même dangereuse, Latextique et Bénimus décidèrent de rejoindre la mer dans les eaux profondes et plus calmes où ils pourraient aviser de ce qu'il fallait décider.

La porte ne s'ouvrait pas. Latextique avait beau tourner la poignée dans tous les sens, cette fois, ses efforts restaient sans succès. Est-ce que Marcel avait stupidement fermé la porte à clé en partant ou plus simplement les coups de boutoir d'une extrême violence de la mer empêchaient la porte de s'ouvrir ? Il fallait trouver une issue. Latextique essaya de passer par les toilettes. Il aurait pu s'introduire aisément mais la coquille de Bénimus se serait coincée dans le siphon. Il fallait donc chercher une autre solution. Le bateau avait pris une gîte importante qui allait s'accentuer davantage. Le plafond de ce fait devenait accessible et nos deux compères en profitèrent pour s'échapper par le conduit de ventilation.

Entre-temps les hommes d'équipage avaient mis une chaloupe à la mer et s'apprêtaient à en mettre une seconde. Latextique plongea pour sonder la mer et surtout les fonds car il craignait des à-pics vertigineux, sans possibilité de se protéger d'éventuels prédateurs. Effectivement, le bateau se situait sur des abysses et le moins risqué était encore de s'accrocher aux embarcations de secours qu'il ne fallait surtout pas rater car elles étaient sur le point de se détacher du bateau en perdition. Latextique enroula Bénimus dans une de ses tentacules et ils se laissèrent glisser sur la coque pour rejoindre l'eau qui giclait dans tous les sens. Les matelots étaient bien trop occupés pour faire attention à eux. Ils réussirent à se placer à l'arrière de la deuxième chaloupe en veillant bien à ne pas gêner les rameurs.

Le comportement relativement calme des passagers, laissait présager que leur message de détresse avait été entendu et que des secours interviendraient au plus vite. Il suffisait de tenir bon jusqu'à leur arrivée mais jusqu'à quand ? Ce n'était pas vraiment le problème de nos deux naufragés partiellement amphibies qui avaient décidé de rester accrochés à la barque tant que les fonds marins ne seraient pas plus hospitaliers. A chaque fois que Latextique faisait un sondage dans les profondeurs de la mer, il espérait rencontrer une espèce compatissante qui aurait pu le renseigner sur les lieux.

L'embarcation chargée d'une partie de l'équipage prit une direction qui pouvait être celle de la côte, d'où viendraient probablement, les secours. Latextique s'assura que la deuxième chaloupe était bien dans le sillage de la première où devaient se trouver certainement Marcel et Jacot.

- Rassure-moi, Jacot est-il dans la deuxième chaloupe ? S'inquiéta Bénimus.
- Je me suis approché au plus près. Je n'ai rien entendu. Ou bien il dort encore avec sa capuche sur la tête, ou plus vraisemblablement, il est mort de trouille comme au moment du débarquement en 44.
- Arrête ! Je voudrais bien t'y voir à sa place.
- Tu sais bien que même si leur chaloupe coulait, je serais le premier à lui tenir la tête hors de l'eau.

- Bon, j'aime mieux ça. J'ai comme l'impression qu'on se remue beaucoup dans la chaloupe. Va voir ce qui se passe.

Après une attente de plusieurs heures, les secours étaient sur place. Les naufragés récupérés les uns après les autres étaient hissés sur le pont d'un aviso de la marine nationale américaine. On entendit les fanfaronnades et autres rodomontades de Jacot qui s'égosillait, bien réveillé cette fois. Il réclamait qu'on n'oublie pas sa boîte à cacahouètes.

- Te voilà tranquille à présent, il n'y a plus de souci à se faire pour Jacot. Reste à savoir comment la barque laissée à l'abandon, va dériver maintenant.

- On n'a pas le choix. Ce que je crains, c'est que les militaires fassent exploser la barque. Un coup de canon, c'est suffisant pour tout éclater.

- Tu as raison, il est préférable qu'on s'écarte un peu, juste le temps qu'ils repartent. Il en restera bien quelques morceaux qui nous serviront d'abri jusqu'à la côte.

Ils avaient vu juste car les marins ne laissèrent pas cette grosse chaloupe à la mer comme un écueil dangereux pour la navigation. A peine nos deux complices eurent-ils quitté la barque, que la déflagration se produisit, brisant l'embarcation en mille morceaux.

Latextique déposa Bénimus sur le premier bout de bois trouvé et se mit immédiatement à la recherche de ce qui restait du plus gros de l'épave. Il finit par repérer une grosse pièce de l'étrave. Après l'avoir inspectée soigneusement il en conclut qu'elle pouvait faire office de refuge. Maintenant, il fallait retrouver Bénimus, et ce n'était pas le plus facile.

Cette partie de longeron en bois, sur lequel s'était accolé le coquillage avait évidemment dérivé dans cette mer agitée et Latextique n'était pas sûr de pouvoir le retrouver. Ni le vent ni les courants ne pouvaient être d'aucun secours. Les morceaux de la barque s'étaient dispersés dans tous les sens. La traverse en bois, comportait cependant une pointe effilée sur laquelle était resté accroché un morceau d'étoffe. Bénimus qui avait anticipé les difficultés que ne manqueraient pas de rencontrer Latextique pour le récupérer, pensa qu'il serait judicieux de s'en servir comme drapeau. Il suffisait de transformer ce bois flottant en bouchon comme le pratiquaient les pêcheurs. Doucement il rampa sur la partie opposée afin de peser de tout son poids, avec l'idée de faire relever la partie opposée comportant le tissu. Arrivé à l'extrémité, il eut la satisfaction de voir le gros tasseau basculer ; le dispositif fonctionnait et l'étoffe hors de l'eau, se mit à claquer au vent.

Malheureusement, Latextique monté sur l'étrave ne voyait rien dans la nuit profonde. Il se sentit découragé, jamais il ne pourrait retrouver son ami. C'est alors que le manteau nuageux se déchira d'un coup laissant filtrer un faisceau de lumière. La lune généreuse apportait son concours aux deux compagnons en difficulté. Hissé sur le haut de l'épave, Latextique cherchait de tous les côtés un indice et trouva insolite cette pointe de bois surmonté d'un bout d'étoffe flottant au-dessus de la vague. Ce ne pouvait être qu'un signe de Bénimus. Rapidement, il rejoignit son compagnon, le ramena sur l'étrave de la chaloupe, ou du moins ce qu'il en restait. Sauvés !

Il était temps qu'ils arrivent, car ces pièces de bois flottantes avaient attiré des prédateurs qui allaient trouver notre coquillage à leur goût. L'arrivée de Latextique permit une franche explication. Les habitants du lieu purent renseigner nos amis, rassurés de savoir qu'ils étaient proches du plateau continental. Ils avaient donc bien dérivé dans une direction favorable. Il suffisait par conséquent de se laisser porter par le courant encore pendant quelques miles pour rejoindre un biotope offrant un abri convenable et sécurisé.

Bénimus ne pensait pas qu'il lui serait possible de retrouver Nèves trop occupée par la mission qu'elle avait à accomplir. Il se rappela ce qu'elle lui avait dit ; se diriger vers l'Est en suivant les quarante neuvièmes parallèles. Il en fit part à Latextique qui voulait reprendre sa liberté et préférait plutôt se diriger vers le Nord en suivant les courants riches en nutriments. Au moment de se séparer, Jacot occupait toutes leurs pensées. Il s'en était bien sorti comme tous les occupants de la chaloupe. Bien au chaud maintenant, il devait être chouchouté par tout l'équipage. Un perroquet mascotte sur un aviso, il fallait reconnaître cette fois que cela n'était pas impossible.

- C'est quand même dommage qu'on n'ait pas eu le temps de se dire au revoir soupira Bénimus.
- Quand je me serai refait une santé sur les côtes du Canada, il n'est pas dit que je ne redescendrai pas plus au sud et si je rencontre le bateau des Lorenzo, un tout neuf évidemment, sûr que j'irai dire un petit bonjour à Jacot, histoire de lui piquer aussi quelques cacahouètes.

Ils pouvaient être fiers tous les trois, d'avoir contribué efficacement au succès de l'opération « Very Neshar » qui avait permis aux hommes de ne pas sombrer dans un désastre meurtrier.

En se propulsant vers l'avant, Latextique agita ses tentacules une dernière fois en signe d'adieu et disparut en zigzagant entre les rochers. Quant à Bénimus, il voulait prendre le temps de réfléchir sur la manière dont il pourrait diffuser le message de Nèves et puis il se devait d'attendre qu'une opportunité se présente pour entreprendre un voyage aussi long et aussi difficile que celui de rejoindre la côte Ouest de l'océan Atlantique.

Après le passage de plusieurs lunes, Bénimus qui avait pu nouer des relations proches, solidaires de son action en faveur de la faune marine entreprise par Nèves, était sur le point de se mettre en route pour rejoindre un port de la côte la plus proche. Il pensait trouver sur place une coque plus adaptée pour effectuer la transatlantique vers la France. Le destin malheureusement ne lui fut pas favorable. Le matin de son départ, il fut réveillé par un tintamarre infernal. Une horde de poissons fuyait un immense nuage de sable et de vase qui déferlait à vive allure.

- Sauve-qui-peut, les chiens de fer sont à nos trousses !
- Non, ce n'est pas contre nous cette fois, vociférait un coquillage. Ce sont des filets pour une pêche de poissons !

Les filets ne sélectionnent pas leurs prises et prennent tout ce qui se présente devant leurs mailles.

Bénimus n'eut pas le temps de réagir et se trouva pris dans la nasse avec une multitude d'autres espèces ; petits et grands tous pêle-mêle dans une grande confusion. Cette masse énorme et vivante s'agitait dans un grand frisson convulsif, suffoquant sous la pression écrasante du filet meurtrier. Bénimus n'échappa pas à la curée. Son corps servit d'appât pour une autre pêche. Le bateau usine qui faisait route sur la côte Ouest de l'Europe se délesta de ses déchets lorsqu'il aborda la Manche. Dans la masse rejetée à la mer personne ne remarqua la coquille de ce fabuleux coquillage qui roula par-dessus bord avec tout ce qui n'était pas utile à cette industrie flottante.

C'est ainsi que cette coquille vide portée par les eaux et les courants, vint échouer sur les rivages de la baie de St Germain, là où Léa sans le savoir vraiment l'attendait. C'est sous ses pieds qu'elle le trouva en remuant le sable du gué. Elle le garda précieusement. Écouta ses récits et le cacha pour le soustraire à la convoitise de ses sœurs jusqu'au jour où son père lui offrit une perle : Nèves.

25 - LE CADEAU DE LEA

Même si le navire lourdement chargé tenait bien la mer, le retour de la Galante fut des plus pénibles. L'équipage à bout de souffle, épuisé par les fortes tempêtes qui s'étaient succédées, n'avait guère eu le temps de récupérer. Il fallut attendre de voir sur l'horizon apparaître les remparts de St Malo pour que les visages commencent à se dérider et que les premiers sourires pointent sur les lèvres. Retrouver leur femme, le cœur paisible des chaumières, c'était bon d'y penser. On le pouvait maintenant, on n'avait plus à se l'interdire et la joie commençait à se lire dans les regards. Gus aussi, comme les autres, y croyait, bien que de fichus souvenirs lui passaient par la tête.

Fallait-il croire ce que le saleur de Pléneuf avait rapporté concernant son meilleur copain. Il profiterait de sa retraite anticipée de marin pour passer du bon temps, en rendant des visites dans les chaumières des marins en mer. Sous prétexte de donner des coups de mains, il en donnerait d'autres, il exciterait les « natures ». Les rumeurs disaient qu'il savait s'y prendre et sa femme ne serait pas la dernière à réclamer ses hommages.

Qu'avait-il donc à lui reprocher à la Germaine, sa femme ? Elle ne renâclait pas trop pour la chose. Non ! Mais elle était bien trop dure. Pas un sourire, jamais ; jamais il ne l'avait vu chanter ou même rire, sinon pour se moquer des gens, par derrière, à qui elle faisait quand même des courbettes pour se faire bien voir. C'était une pas franche, menteuse et près de ses sous. Plutôt des miens pensait Gus, puisqu'elle n'en avait pas vraiment à elle et puis méchante avec ma sœur, au point de lui verser ses pots de nuit par-dessus le mur mitoyen, puisque sa maison jouxtait la nôtre. Il aurait fallu quand même se méfier mais, la nature joyeuse et optimiste de Gus l'aveuglait et lui faisait prendre toujours la vie du bon côté.

En arrivant au port, pour une raison ou une autre, bon nombre de marins se retrouvaient au café. Ils avaient des sous à dépenser et comme ils estimaient avoir été privés un bon bout de temps, « y'avait pas de mal à rattraper ». Gus essayait de ne pas se laisser entraîner encore une nouvelle fois. Heureusement que le car n'attendait pas et ne lui laissait pas le loisir de s'attarder au café. Sitôt ses affaires réglées avec le capitaine, il s'efforçait d'oublier les compagnons et de filer vers la maison. Le car, le déposa au village avec son barda et son osier à poisson plein à craquer de morues salées. Julien, qui tenait café sur la place avait l'habitude de lui garder ses affaires, le temps qu'il rentre à la ferme, chez lui, pour atteler sa mule et revenir chercher tout son attirail.

Il prit la route à pied. Trois bons kilomètres à faire, mais le temps plutôt clément favorisait une promenade qu'il connaissait bien et qu'il n'avait pas faite depuis le printemps dernier. Cela lui semblait bon de reprendre ce chemin. Il pouvait prendre le temps de réfléchir, de se préparer au retour. Personne ne l'attendait à ce jour précis mais c'était la période où les terre-neuvas revenaient de leur campagne de pêche et on s'y préparait dans les chaumières. On en parlait plus souvent. Untel était déjà rentré, alors pour nous ça ne devrait pas tarder se disaient les uns, ou, ils sont partis bien tard dans la saison, on ne les reverra que bien après la fête de la Montbran, peut-être fin octobre, guère mieux, disaient d'autres.

Pour une fois, il pouvait s'attarder en route, bavarder à l'occasion d'une rencontre et prendre des nouvelles du pays. Il n'était pas rare qu'en son absence, un décès ou une naissance se soit produit, ou bien alors c'était les élections, ou que sais-je encore. Il s'enquérait de la santé des uns et des affaires des autres et n'hésitait pas à prendre une bolée chez un voisin si on l'invitait. Bref, il reprenait toute sa place au pays car même si les nouvelles parvenaient jusqu'au bateau pendant les campagnes de pêche, il n'avait le plus souvent guère le temps, ni toujours l'envie d'y prêter vraiment attention. Par contre, au pays, ces choses-là, reprenaient toute leur importance.

Pendant qu'il était sur le chemin du retour, Germaine, sa femme discutait avec son amant qui avait trouvé un prétexte facile pour s'autoriser à venir voir la femme de Gus pendant l'absence du mari. Ce dernier avait toujours dit que le travail de la terre le rebutait. Il le faisait mais sans vraiment de plaisir. Alors si Jules aimait bien, autant qu'il le fasse à sa place, pensait Gus. Seulement Jules ne venait pas uniquement pour cela.

S'adressant à son amant, Germaine lui dit :

-       Il faut s'attendre à le voir rappliquer d'un moment à l'autre ton copain. Il va falloir que tu te décides et ne pas attendre qu'il se rende compte de quelque chose.

-       Tu sais qu'il veut acheter les terres de la Gênette. Il n'a pas assez d'argent ; sûr qu'il demandera à sa sœur. Laisse-le d'abord acheter la terre. Comme il ne fera pas de papier avec elle chez le notaire, t'auras pas besoin de la rembourser répliqua Jules calculateur.

-       Oui, mais en attendant, y'a intérêt à se tenir tranquille pour ne pas éveiller de soupçons. Et puis va casser du bois si tu veux avoir aussi ta part.

-       J'aime mieux pas traîner dans l'coin, j'prends mon vélo et j'file par la vallée.

Sans même l'embrasser, Jules enfourcha sa bicyclette et prit le chemin de traverse par les champs pour déguerpir plus vite.   Le retour de Gustave, n'arrangeait pas ses affaires. Il avait pris ses habitudes avec la Germaine. Il vivait chez Gus comme un patron. Faudrait-il mettre une croix sur ce bien-être une fois Gustave à la retraite ? Il n'imaginait pas renoncer à un confort de vie auquel il s'était habitué. Revenir en arrière lui semblait impossible. L'idée leur était donc naturellement venue de se débarrasser du gêneur. Germaine le poussait à faire quelque chose ; et vite !

En mettant sa main dans sa poche, Gus sentit le papier journal un peu gras dans lequel il avait enveloppé sa perle. Nèves s'extirpa du papier en roulant sur elle-même. Gus prit la perle entre ses doigts, en pensant à Léa, sa fille : Déjà une petite personne à qui on pouvait faire confiance. Il lui donnerait la perle. C'était décidé mais la mère ne laisserait pas faire. Elle valait peut-être plus d'argent qu'il se l'imaginait. Il se retourna pour voir si personne dans les parages ne pouvait l'observer puis, s'approchant d'un arbre comme quelqu'un qui aurait eu envie d'uriner, il sortit la perle de sa poche, l'essuya d'un coup de revers de manche pour la faire briller.

Nèves savait adapter son allure selon les circonstances et offrit à Gus le plaisir de voir une perle nacrée avec des reflets argentés comme celle du bar fraîchement pêché. Il la trouva à son goût et pensa que sa fille l'aimerait tout autant. Mais le mieux peut-être serait de la confier à sa tante pour la donner plus tard à Léa, au moment de son mariage ou de sa majorité.

Arrivé à la hauteur de la chapelle, il vit la grève au loin. La mer « au bas » découvrait une vaste baie de sable. Elle montait cependant et les rochers de l'Ecluse dressaient encore leurs pointes acérées, mais plus pour très longtemps. Les hauteurs d'eau à cette époque s'amplifient et Gus se dit que ce serait bon de poser des lignes de fonds si le temps se maintenait encore. Du coup Il pressa le pas pour arriver plus vite.

La mère ne fut pas surprise de le voir apparaître au bout du clos. Elle redressa son corps engourdi trop longtemps penché sur la terre et frotta vigoureusement ses mains terreuses sur le coin de sa blouse bleu-marine.

Le maladroit eut la mauvaise idée de lui dire :

-	Alors la mère, c'est un temps pour la pêche !
-	T'en a pas assez comme ça ! Y-a bien d'autres choses à faire que d'penser à t'amuser.

Ils s'embrassèrent quand même, d'un baiser furtif et Gus empoigna la manne pleine de patates pour rentrer dans la maison. Il vérifia le contenu de la cafetière encore chaude et en prit une tasse. Il hésita cependant quand il vit l'armoire entrouverte, mais se ravisa. Pas d'eau de vie maintenant se dit-il.

-	Faut que j'bride la mule.
	Gus regarda sa montre en gousset et dit

	C'est possible que je rencontre les gosses en route, ils seront sortis de l'école. J'peux bien les emmener avec moi.
-	Y'avait d'l'ouvrage ! J'peux pas tout faire seu, moé !
-	Y'en a pas pour longtemps et j'me dépêcherai ! Ça fera plaisir aux gosses. T'as pas vu Jules ces temps-ci ?
-	Il est passé pour savoir si t'étais arrivé. Mais il a vite filé, il avait du travail chez les Taugardes.

Gus était encore dans le jardin quand la mule se mit à braire pour appeler son maître. Elle l'avait senti de loin et s'était mise à cavaler jusqu'à la barrière du clos où elle l'attendait en caracolant. Joyeuse et impatiente, ça lui manquait de conduire la charrette sur le chemin qui mène à la ville. Une route qu'elle aussi savait apprécier, même si la côte était un peu raide par moment.

La tasse de café fut vite avalée. Gus prit quand même le temps de faire une caresse à sa mule, avant de la mener par son licou jusqu'à la remise pour l'atteler. Il constata que la carriole avait bien besoin d'être graissée. Jamais, elle n'avait autant couiné mais Gus devait se presser s'il voulait croiser les enfants sur la route.

Il les rencontra, juste à la sortie du hameau et leur proposa de monter dans la charrette, mais la cadette ne voulut pas venir. Comme il n'était pas encore parti très loin, il demanda à Léa d'accompagner sa jeune sœur jusqu'à la maison et de revenir aussitôt. Ce qu'elle fit en se gardant bien de ne pas se faire voir de sa mère qui à coup sûr ne lui aurait pas permis de repartir. Elle, qui d'ordinaire n'aimait pas trop courir, se trouva tout à coup des ailes pour aller retrouver son père qui l'attendait dans la carriole.

A l'aller, il ne parla pas de la perle et préféra se soucier du travail de classe de Léa, de la vie à la maison. C'est vrai qu'ils étaient partis du matin au soir et que dans la journée il pouvait s'en passer de belles sans que les enfants n'en sachent rien. Pourtant d'autres enfants qui entendaient leurs parents raconter sans trop prendre de précaution, rapportaient, mais Léa préférait ne rien dire. Les choses des grandes personnes, il valait mieux ne pas s'en mêler.

Au retour, Gus s'adressant à sa fille lui dit :

-       Ton anniversaire, c'était y a pas longtemps ?

- Vendredi dernier. Je suis une grande maintenant.
- Tu te rappelles ce que je t'avais promis ?
- Bien sûr, un cadeau tu avais dit, mais je pensais que tu avais oublié.
- Voilà ! dit-il en montrant la perle qu'il avait sorti de son mouchoir quand elle était encore dans sa poche. Il l'essuya sur son pantalon et la tendit à Léa : « Fais bien attention de ne pas la laisser tomber. Ça coûte beaucoup ! ».
- Tu l'as achetée ?
- Non, c'est une récompense qu'on m'a donnée, mais c'est pour toi, mais pas tout de suite. T'es encore trop jeune. Je dirai à ta tante de la garder pour toi. Je ferai même un papier, mais faut pas qu'elle reste à la maison. Ta mère la prendrait et peut-être bien qu'elle la vendrait. Ce sera mieux comme ça.

Léa obtint cependant l'autorisation de garder la perle pour un soir à la condition de ne la regarder qu'une fois la nuit venue et dans sa chambre seulement.

Quand toute la maisonnée fut endormie, Léa put enfin sortir sa perle de la boite où elle l'avait remisée et l'examiner à loisir. Il lui sembla que les reflets étaient très proches de la nacre du coquillage qu'elle avait découvert dans la baie. Elle les plaça côte à côte pour mieux les regarder. Elle n'eut pas le temps de s'émerveiller que déjà elle entendit sa mère crier :

- Veux-tu bien éteindre ta lampe de poche, tu vas encore user les piles !
- Oui maman, c'était une araignée !

Une fois la lumière coupée, dans le noir apparut une douce lueur, d'abord diffuse et tamisée qui émanait de la perle, puis quelques instants plus tard, le coquillage lui aussi commença lentement à s'éclairer. Le halo de lumière qui les enveloppait et qui allait en s'élargissant couvrit les murs de paille tendus de draps blancs. Il aurait pu s'identifier à ces aurores boréales qui jettent un voile de lumière sur les horizons glacés des banquises du grand nord. Des méandres de couleur pastel, puis d'autres plus vives, se mêlaient à cette pâle lueur, inondant la chambre d'une clarté vivante. Les formes hélicoïdales se chevauchaient, s'ouvraient d'abord en s'élargissant, puis se fondaient les unes aux autres, laissant apparaître de nouvelles arabesques plus surprenantes encore.

La chambre de Léa, si modeste d'ordinaire, s'illuminait dans une clarté féerique que seule l'enfant semblait percevoir, puisque le silence profond de la nuit ne fut pas troublé par les vociférations menaçantes de la mère. Léa ne disait rien. Dans l'émerveillement, elle était fascinée par ce qu'elle voyait. Elle croyait distinguer dans l'échange des gammes de nuances, aux couleurs de l'arc-en-ciel, dans les variations de leurs intensités, un mode d'expression, un code de langage encore inconnu par lequel Nèves et Bénimus exprimaient leur amour.

Le coquillage et la perle avaient bien des choses à se dire assurément et Léa dut faire un gros effort sur elle-même pour se séparer de ses amis. Délicatement, sans déranger, en tout cas le moins possible, leur intense communication, Léa déposa Nèves et Bénimus dans son coffre secret pour qu'ils soient bien ensemble pour terminer la nuit.

Au petit matin son père vint chercher la perle pour la remettre à sa tante en attendant que Léa plus âgée de quelques années puisse elle aussi porter Nèves à son cou comme l'avait fait la grande actrice Rita Hayworth.

Après la mort de son père, une profonde détresse s'abattit sur Léa. Sans comprendre, la jeune adolescente sentait l'incohérence des événements : la visite de la famille à St Germain et ce repas de fêtes sans vraie raison, puis les cousins qui dorment le soir, ce n'était pas habituel, l'accident bizarre de son père non résolu, la semaine précédant son soi-disant infarctus, enfin les protestations de sa tante qui ne croyait pas à la mort naturelle de son frère mais qui, sans en parler franchement, bougonnait dans son coin et laissait par quelques onomatopées transparaître sa colère. Et puis, si son père buvait parfois, il n'était jamais malade et ne s'était pas plaint du cœur de son vivant.

Elle ne comprenait pas, mais instinctivement elle sentait quelques manigances criminelles possibles. Comme elle ne disposait plus de la protection de son père et que sa mère prenait toute une série de mesures pour se prémunir des commérages susceptibles d'être alimentés par sa belle-sœur, Léa, se décida à se séparer de la perle que lui avait donné son père. Trouver un prétexte pour aller voir sa tante n'était pas chose facile mais le hasard lui permit un jour d'échapper à la surveillance de sa mère pour réclamer sa perle.

Nèves également ne voulait pas se retrouver entre des mains impies. Sa mission achevée, elle devait rejoindre les nuées qui étaient à l'origine de sa création.

Quelques jours plus tard, reprenant dans sa cachette la boîte dans laquelle elle avait placé Nèves, Léa enfourcha son vélo et se rendit jusqu'à la pointe de l'île. Le soleil était au couchant, la mer apaisée se retirait des plages découvrant des guirlandes de sable au pied des rochers. La campagne du soir, odorante mais silencieuse semblait vouloir marquer sa compassion respectueuse et le vent de terre se voulait plus doux, plus léger pour accompagner Léa dans son geste.

Elle se disait que son père aurait dû lui aussi mourir en mer comme son frère plutôt que dans des circonstances aussi suspectes. En conséquence, la perle qu'il lui avait donnée devait donc elle aussi rejoindre la mer, là où elle avait accompli sa destinée.

Léa ouvrit la boîte et sortit Nèves de son petit chiffon blanc. Elle avait du mal à détacher ses yeux des reflets nacrés et changeants qui dans son langage de lumière exprimait son amour pour Léa et pour les hommes en général, auxquels elle voulait croire encore. En fermant les yeux Léa reçut son dernier message :

Nos routes se séparent mais reviens souvent sur ce rocher ou au pied des marches de St Germain et je te parlerai. Garde encore avec toi Bénimus qui fut mon compagnon et qui t'aidera à supporter ces années difficiles qui s'annoncent.

Léa lui parla comme à une personne :

-       Tu es trop belle pour que je te garde plus long-temps. Avant qu'ils ne sachent aimer vraiment le monde qui les entoure, les hommes auront pendant longtemps encore, besoin qu'on les accompagne dans la conduite de l'humanité vers le bonheur. Reviens !
Elle l'embrassa et la jeta vers la mer
Une immense gerbe scintillante se fit au-dessus des eaux qui semblèrent se couvrir d'une nappe d'écailles nacrées aux reflets argentés et qui par ses lumières répondait aux derniers rayons du soleil cou-chant.

Après s'être séparée de Nèves, Léa garda près d'elle Bénimus et plus tard, bien plus tard, quand elle put calmer son chagrin, elle enterra son coquillage au pied d'un rocher, dans la baie de St. Germain.

26 - RENCONTRE FORTUITE

A la sortie de la ville une maison cossue s'ouvrait sur un grand parc arboré avec ses relents de bourgeoisie aisée du siècle passé et j'avoue que je ne me sentais pas trop à mon aise. Le côté un peu trop guindé n'est pas ce que j'apprécie le plus. La carte de visite qu'elle m'avait remise mentionnait simplement : Annie Leroy, Artiste peintre, 6, rue des peupliers.

Bon ! Il fallait s'attendre encore à quelques surprises, mais qui cette fois seraient sans conséquence. Je devais me considérer comme un observateur neutre et non impliqué. D'un pas franc je gravissai le perron à l'heure dite. La montée de l'escalier était à peine achevée que mon hôtesse était déjà là pour m'accueillir comme si elle avait attendu mon arrivée derrière les vitres de son salon. Une pensée qui m'agaça sur les prétentions que j'avais sur moi-même.

Je m'attendais à la voir dans une robe de soierie grand chic vu le contexte environnemental. Non, elle était habillée encore plus simplement qu'hier à la plage mais cette fois les formes, sans exagération quand même, étaient bien mises en évidence, ce qui pour moi n'était pas neutre et nécessitait de ma part un effort supplémentaire d'abnégation. Une femme dans la quarantaine à peine, mais svelte et élancée, qu'un rien habille, mais qu'on est tenté de déshabiller au premier coup d'œil. Je serrais les dents, pas très sûr de moi car la féminité m'impressionne énormément. Un mystère non résolu.

\- Bonjour Pierre, les enfants sont impatients de vous voir

\- Annie bonjour. Savez-vous que je me suis battu toute la nuit avec votre fermeture. » (Je n'en revenais pas de mon audace primesautière, moi qui me croyais plutôt sur la défensive ; A croire qu'il doit y avoir un plus et un moins en chacun de nous et on ne sait jamais qui va l'emporter en cas de conflit). Cet orage était si violent !

\- Un doux rêve alors, si l'orage n'a pas déclenché de cauchemar. En tout cas sans vous, je ne sais pas comment j'aurais fait. Vous êtes l'homme de la situation.

Je n'ai pas vraiment eu le temps sur le moment de comprendre le sens de ses paroles. Utiliser le présent pour un événement qui s'était produit hier ? Mais j'ai pris cela comme un compliment supplémentaire qui pouvait renforcer mon aplomb déjà passablement offensif. Je devais sans doute avoir un air perplexe puisqu'elle voulut préciser :

\- Oui, un homme opérationnel …

\- …. Dans un moment où la dextérité et la concentration exigeaient un homme de mains pour venir à bout des boutons.

- Quel esprit ! Décidément quand je vous ai rencontré, j'ai fait une trouvaille ! (le ton était donné) un peu comme dans l'histoire que vous avez racontée aux enfants.

Sur ces mots, alors qu'on franchissait la porte du salon, ils accoururent vers moi et je m'autorisai à les embrasser comme ils me le demandaient. C'est alors qu'une Annie Bis apparut derrière les enfants.

- Je vous présente ma sœur Fadette, Pierre. Vous risquez de nous confondre. Pour nous cela n'a aucune espèce d'importance. Ce qui est bon pour Fadette l'est également pour moi et vice versa.

La ressemblance était saisissante. Aussi élégante l'une que l'autre, mais heureusement habillées différemment. Comme je leur en faisais la remarque elles étaient prêtes à me faire la même réponse mais Annie mit la main sur la bouche de sa sœur et répondit :

- Voyons ce n'est plus de notre âge. Mais nous avons les mêmes goûts et nous adorons nous repasser nos affaires. Ainsi on multiplie notre garde-robe par deux.

(A part) n'empêche qu'Annie doit être un chouia plus grosse que l'autre ! Critère à vite oublier, mais je comprends mieux les problèmes d'hier à la plage.

Comme les enfants allaient de l'une à l'autre, je n'étais plus certain du lien de parenté qu'il y avait entre eux et elles. Mais je me gardai bien de poser une question indiscrète pensant qu'une occasion se présenterait pour m'éclairer sur cette interrogation.

Je lançai un regard circulaire qui m'indiqua qu'à l'opposé de l'extérieur, qui avait plutôt un côté belle époque, l'intérieur de la maison était moderne sans apparat de mauvais goût, simple mais avec une harmonie de couleurs qui n'était pas le fait du hasard. On prit place dans de confortables canapés, sauf Fadette qui déclara qu'elle partait avec les enfants chez le coiffeur, ce qui ne me permit toujours pas de savoir qui était la mère de qui !

- Nous sommes toujours tributaires d'incidents imprévus qui dérangent constamment nos projets, Pierre. Mais il me semble que vous avez dit aux enfants que votre petit nom était Pierrot. Pourrai-je avoir aussi le privilège de vous appeler ainsi ?

Puis vous aurez l'occasion de mieux connaître ma sœur une autre fois si ma compagnie vous est agréable.

Elle continua sur le ton de la plaisanterie :
- D'emblée, deux d'un coup en une seule fois, c'est dit-on un peu trop pour un seul homme.
- Mais prévenu, n'en vaut-il pas deux ?
- Et bien voilà qui fait le compte Pierrot !
- Pour l'heure occupez-vous de la première qui meurt d'envie d'en savoir davantage sur ce conte qui a tant ravi les enfants.

Ni tenant plus et pour éviter de parler de mon imaginaire, j'osai à mon tour poser des questions :

-       Puisqu'on aborde des questions intimes, éclairez-moi sur un point. La maman des enfants c'est vous ?

-       C'est les deux. Moi je suis la maman de Frédéric et Fadette la maman de Maryse. Nous les avons eus au même moment. Ils ont donc cinq ans tous les deux. Pour vous en dire plus, nous avons pratiquement divorcé en même temps. Il y a maintenant trois ans à peine. Mon ex. était industriel, toujours par monts et par vaux avec des maîtresses dans tous les ports et le mari de Fadette un financier incapable de lever le nez de ses cours de bourse, toujours à l'affût d'une O P A. Des mentalités de tueurs comme on dit aujourd'hui depuis les années quatre-vingts. Le pied à fond sur l'accélérateur de la compétitivité. Du fric, du fric du fric. Et la poésie dans tout cela ?

-       Plutôt éberlué, ne trouvant rien d'autre à dire : « Tout le monde n'écrit pas le « Petit Prince et on ne trouve pas un Jacques Prévert à tous les coins de rue... ».

-       Les femmes n'en réclament pas tant. Mais un peu de charme morbleu, de la fantaisie ! La poésie c'est le sel de la vie, sinon c'est insupportable. Nos sociétés d'aujourd'hui n'ont plus qu'une obsession : la croissance et l'enrichissement. A terme ; on épuise les ressources de la terre, on épuise les hommes, c'est une course de vitesse à qui serait le plus fort, pour imposer pouvoir et culture.

-       De tout temps il en a été ainsi répondis-je.

-       Oui, mais les moyens dont disposent les hommes sont de plus en plus exorbitants et les enjeux aussi. En s'adonnant totalement au libéralisme, Thatcher et Reagan ont ouvert la boîte de Pandore et advienne que pourra, osa dire Annie.

-    Craignant l'ouverture d'une discussion politique, je me permis quand même de répondre : « Difficile d'imaginer les années deux mille, mais une telle politique ne peut en effet aboutir qu'à une crise d'envergure en l'absence de régulation raisonnable. A terme l'oppression se fera sentir sur les plus déshérités. Ce courant du laisser-tout-faire, est une mode qui en arrange beaucoup, mais cela ne durera qu'un temps ».

-    Excusez-moi de vous interrompre mais dans votre conte les humanoïdes qui pourraient peupler l'univers n'ont jamais atteint un niveau d'intelligence supérieur au nôtre, disiez-vous ?

-    Ou alors ils ont renoncé à rechercher des congénères dans l'espace extra-terrestre. On peut imaginer que l'humanité est la dernière survivance des nombreuses tentatives de la vie. En tout cas si elle a existé ailleurs, il est vraisemblable qu'elle n'ait jamais atteint un stade d'évolution aussi élevé que le nôtre.

-    Comment pouvez-vous l'affirmer ?

-    Aujourd'hui nous avons des radiotélescopes géants qui fouillent l'univers pour entendre des messages significatifs. Si des hommes, comparables à ce que nous sommes avaient existé ailleurs que sur la terre, leur science leur aurait permis de se faire connaître à l'univers entier.

-    Je ne comprends pas !

-    Si, parce que ces hommes seraient passés par des stades primitifs avant d'être supérieurs ou égaux à ce que nous sommes. A un moment ou à un autre, ils auraient cherché à se faire connaître où pour le moins à localiser des environnements où l'émergence de la vie est possible dans notre galaxie. Ils auraient donc laissé des traces, des vestiges de leurs investigations, que nous ne trouvons pas aujourd'hui alors que nous avons les moyens de les déchiffrer. Si on ne trouve rien, c'est bien la preuve qu'il n'y a rien[41]. Le passé ne s'efface pas. En tout cas rien ne semble avoir été supérieur à ce que nous sommes. Différents peut-être, mais pas des humanoïdes s'interrogeant sur des questions métaphysiques, ou alors des peuples qui ont renoncé à découvrir le monde et dont la béatitude religieuse est le fondement de leur existence. Le Bing Bang a eu lieu il y a des milliards d'années et voyez ce que l'humanité est devenue en quelques milliers d'années seulement. Les hommes s'ils ont existé dans l'univers, ont eu tout le temps pour se faire connaître.

-     Et que faites-vous des OVNI ?
-     Si on doit convenir qu'ils existent, alors bientôt, il faudra admettre qu'ils viennent d'une autre galaxie ou d'un monde qui n'est pas encore perceptible à ce jour.

---

[41] En 1950, le physicien Enrico Fermi soutient la thèse de l'inexistence des extraterrestres. Si l'hypothèse de civilisations plus avancées que la nôtre est possible en raison de la « jeunesse » de notre astre solaire dans la galaxie, aucune trace cependant de leurs histoires n'est ressentie par nos moyens astrophysiques capables de capter des signes significatifs de leur présence ou de leur passé. L'équation du physicien Drake aboutit à la même conclusion, mais la controverse n'est pas achevée.

\- Selon vous, l'homme serait la forme la plus évoluée de la vie dans l'univers !

\- D'où sa responsabilité extrême du maintien et de l'essor de la vie. Toutefois, il n'a pas encore terminé sa maturité qui devrait le conduire à proscrire toute violence, à faire de l'empathie sa règle de vie, pour mettre en place des sociétés solidaires où l'individu accepte librement les contraintes incompressibles de la vie en collectivité.

\- Le rêve !

\- C'est pourquoi je formule aussi cette hypothèse que l'espace ne nous sera ouvert qu'à cette condition. J'entends souvent ce mot de « conquête » quand il s'agit d'investir l'espace. J'ai peur que ce soit symptomatique d'un état d'esprit du même ordre que celui qu'on a connu du temps des conquistadors, ou de l'époque de la ruée vers l'ouest en Amérique.

Si les hommes veulent découvrir le monde, ils doivent se présenter propres et unifiés. Adopter une démarche plus digne et plus respectueuse, sinon des dimensions spirituelles leur feront obstacles. Les rivalités des États pour dépecer notre Terre, si elles devaient se perpétuer dans ce même esprit mercantile de conquête au-delà de notre environnement terrestre, nous irions à l'autodestruction de l'humanité et la vie elle-même serait obligée d'emprunter de nouveaux chemins. On accumule les pollutions, sans être capable de les résorber. Une croissance saine demande de la sérénité, de l'entente, de l'équité et du temps. Progressons moins vite mais surtout progressons mieux.

-       On ne peut écarter l'idée d'une rencontre avec des extraterrestres !

-       Oui, mais franchement ce n'est pas souhaitable. Quel exemple de civilisation honorable pourrions-nous donner ? Vouloir découvrir le monde et traîner nos casseroles derrière nous, croyez-vous que ce soit raisonnable ?

Pour éviter quand même des élucubrations trop fantaisistes sur ce sujet, que le champagne n'aurait pas manqué d'empanacher, je cherchai une échappatoire par une banalité qui me valut une belle répartie.

-       Vous faites quand même une belle famille tous les quatre.

-       Oui, merci, mais il y a cinq places dans la voiture et il nous manque encore le chauffeur.

Du coup, pris d'inquiétude, j'ai préféré revenir à mon histoire.

-       Je suis chauffagiste de profession, mais chauffeur pourquoi pas ! Et bien je vous propose de vous emmener sur les lieux mêmes où les événements de mon histoire se sont déroulés et là je répondrai à toutes vos questions.

-       Un chauffeur qui peut nous réchauffer ! Quelle aubaine. Fadette va être ravie. D'ailleurs elle ne devrait pas tarder à rentrer. J'y pense, un déjeuner sur l'herbe vous conviendrait-il ?

-       Permettez-moi s'il vous plait, d'emprunter votre téléphone avant de vous répondre.

Je préviens Mireille de cette escapade et je lui dis que je serai sur la pointe de l'île pour pique-niquer avec des amis. Libre à Gaëlle ne nous rejoindre si le cœur lui en dit.

Au retour des enfants, je pris en effet la place du chauffeur pour emmener tout mon petit monde sur la grève de St Germain. J'étais bien incapable de dire laquelle des deux sœurs s'était assise auprès de moi. Elles s'étaient changées avant de partir, ayant revêtu des tenues légères comme il convient d'en porter dans les journées de forte canicule. Leur souhait semblait vouloir maintenir une totale confusion sur leur identité et moi-même trouvant le jeu fort amusant je ne faisais aucun effort pour les distinguer l'une de l'autre.

L'idée m'est alors venue de les appeler Fannie. Bien sûr, il y avait les enfants qui savaient parfaitement à qui ils avaient affaire mais je m'efforçais de ne pas y prêter attention, partant du principe qu'ils étaient à même de se tromper eux aussi. D'ailleurs leur attitude vis à vis de la mère et de la tante était totalement similaire. Un regain d'attention aurait sans doute permis de marquer des différences mais je le répète, le jeu était bien de les oublier.

Nous avions trouvé un petit endroit charmant, ombragé, avec une vue dégagée sur la mer et sur les côtières fleuries de genêts qui se prolongent jusqu'au port St Jean. L'air chargé d'odeurs marines se mêlait de senteurs de paille fraîchement coupée des moissons. Sur une nappe à petits carreaux rouges et blancs Fannie déposa ses paniers bien garnis. A peine installés on vit Gaëlle et Mireille nous faire de grands signes au loin, auxquels on répondit par de grands mouvements de bras pour se faire reconnaître. Dès qu'elles furent à portée de voix, Mireille nous annonça le retour de Loïse et Philippe de leur virée à St Malo. Elles avaient apporté quelques suppléments pour le pique-nique. Quant aux amoureux, ils étaient en train de se changer à l'auberge puis devaient aussi nous rejoindre incessamment pour sabrer le champagne tous ensemble.

Fannie était si contente de cette journée qui s'annonçait sous les meilleurs auspices, qu'elle m'embrassa sur les deux joues en même temps en me glissant à l'oreille un petit mot très doux que j'entendis... en stéréo.

Après le repas les jumelles décidèrent de se baigner. Elles avaient anticipé mes désirs cachés et portaient des maillots identiques. Après le bain, elles s'adonnèrent à des jeux de volant et de balle, où les mouvements du corps dévoilaient leur grâce féminine dans une chorégraphie naturelle et improvisée. Elles me faisaient penser aux farandoles de ces nymphes antiques, révélant leur corps à demi-voilés, à demi-nus. Dans ces jeux dansant, leur exhibition innocente, mais néanmoins érotique me ravissait ; un duo magnifique qui comblait mon imagination et mes plus folles pensées. La nature est toujours dans la création me dis-je, à qui sait bien regarder.

Mireille jouait avec les enfants, et les amoureux avaient encore tant de secrets à se dire qu'on ne les entendait pas. Loïse avait encore embelli et son bonheur irradiant faisait rêver. Gaëlle vint me prendre par le cou et m'entraîna sur un coin d'herbe tendre.

-       vient roucouler avec moi me dit-elle, la vie est si belle avec toi, mais le temps si court.

Allongé dans l'herbe dans un demi-sommeil, je sentis la caresse du vent. Cet air discret, qu'on respire à tout instant sans y prendre garde, prenait de l'épaisseur, du corps, affirmait sa présence comme pour me dire : « tu vis avec moi. Je te suis nécessaire, jouis de ma douceur aujourd'hui ; je suis ton compagnon de vie. » En gonflant mes poumons d'air marin, je glorifiais cette alliance.

En ouvrant les paupières à demi, mes yeux se perdirent dans l'immensité du ciel.

-       A quoi bon vivre et aimer si au bout du compte notre histoire doit s'oublier dans la nuit des temps ? L'homme veut l'éternel dans un monde qui ne l'est pas puisqu'il disparaîtra comme il est venu dans un nouveau big bang inversé, un retour au néant, dissipant ses énergies dans l'infini ? Les robots de demain seront les maîtres d'œuvre d'un nouveau monde à créer pour se substituer à cet univers défaillant, voué à mourir.
-       Dans cent milliards d'années alors ! me dit Gaëlle.
-       Peu importe la durée. L'éternité est à créer, sinon nous ne sommes rien. Autrement, comment expliquer la pugnacité de l'homme à vouloir comprendre, à conquérir, à entreprendre si ce n'est pour échapper à son destin et viser l'immortalité. Il est habité par la vie qui lui a confié la mission d'assurer sa pérennité.

\-   Gaëlle restait songeuse et grave. C'est une vision de l'avenir où la nature ne trouve plus sa place ! Moi qui te croyais écologiste ?

\-   Ne rêvons pas. Cette nature, je l'aime, mais elle va disparaître un jour sans qu'on ait pu en tirer tout le savoir qu'on pouvait en apprendre. Notre cupidité sans borne nous pousse à la voracité, à l'empressement, alors que la sagesse s'imposerait pour atteindre la connaissance. Il importe que nous recueillions de la nature tous ses secrets, si nous voulons survivre.

Les doigts effilés de Gaëlle couraient sur mon front et peignaient mes cheveux. Elle fredonnait.

Que reste-t-il de nos amours
Que reste-t-il de ces beaux jours ….
Une photo … bonheur fané …

Trenet partageait nos ébats et nos réflexions philosophiques.

\-   Raconte-moi plutôt une belle histoire pour me faire rêver me demanda Gaëlle en faisant une mimique de supplication dont elle avait le secret ; ou alors récite-moi un poème, avant tu savais si bien m'enchanter !

\-   Une nuit d'été, je dormais à la belle étoile. Le ciel dégagé laissait voir les astres dans leur multitude et la lune en croissant d'or se découpait dans la nuit. Je crois bien qu'avec cette image, je me suis endormi. Puis mon rêve m'a emporté sur les bords de cet astre doré. Je regardais la terre animée et vivante. Une statue m'est apparue ; une femme, telle qu'aurait pu la sculpter Praxitèle. Je la regardais avec fascination, tant sa grâce raffinée, un peu lascive en était émouvante. Passive et silencieuse, elle s'offrait à mon regard ému. Sa coiffure en chignon, dégageait ses épaules et laissait voir dans le prolongement de son corps, un cou frêle et délicat. Simplement avec les yeux, je sentais la finesse du grain de sa peau. Est-ce sa nudité ou la fraicheur de la nuit qui me fit frissonner ? Je ne peux le dire mais, comme elle me tournait le dos ou presque, j'eus l'envie de la contourner pour regarder son visage. Ses yeux éteints ne disaient rien, pareils à ceux d'une statue ; inerte et sans âme à la froideur du marbre.

- C'est quand même une histoire un peu triste, me dit Gaëlle dont la moue désabusée soulignait le reproche qui s'exprimait dans son regard sévère.

- En effet, j'étais sur le point de me réveiller plutôt déçu, mais la lune n'a pas voulu. Je lui ai demandé d'éclairer son visage, de faire vivre ses yeux. C'est alors qu'elle m'a donné deux très sages nuages de neige et deux points de nuit que j'ai mis dans les yeux d'Eve, qui m'a souri.

- Ah ! Voilà qui est plus joli !
- Mais les rêves ne durent pas,

Le soleil,
Lui aussi
A son éveil,
S'est épris,
Des yeux bleus d'Eve, qu'il m'a pris.

298

\-   Comme les joies sont fugaces !

\-   On peut toujours tenter de les retenir, de les faire durer mais sans jamais les emprisonner.

Je fis le plein de bonheur, un peu nostalgique cependant. J'avais terminé de raconter l'histoire de Léa, de sa perle et de son coquillage. Un autre rêve prenait place dans mon cœur. Celui d'une humanité sereine et unie trouvant au sein de la nature, le graal mystérieux assurant sa pérennité pour les temps futurs.

Les vacances touchaient à leur fin, chacun semblait trouver sa voie, même moi qui avait un projet d'avenir, car Fannie avait énormément insisté pour que j'accepte un emploi (sans stage ni période d'essai), à plein temps en C D I, de chauffeur-réchauffeur, avant l'arrivée des grands froids d'hiver.

Fin

27 - CARTE

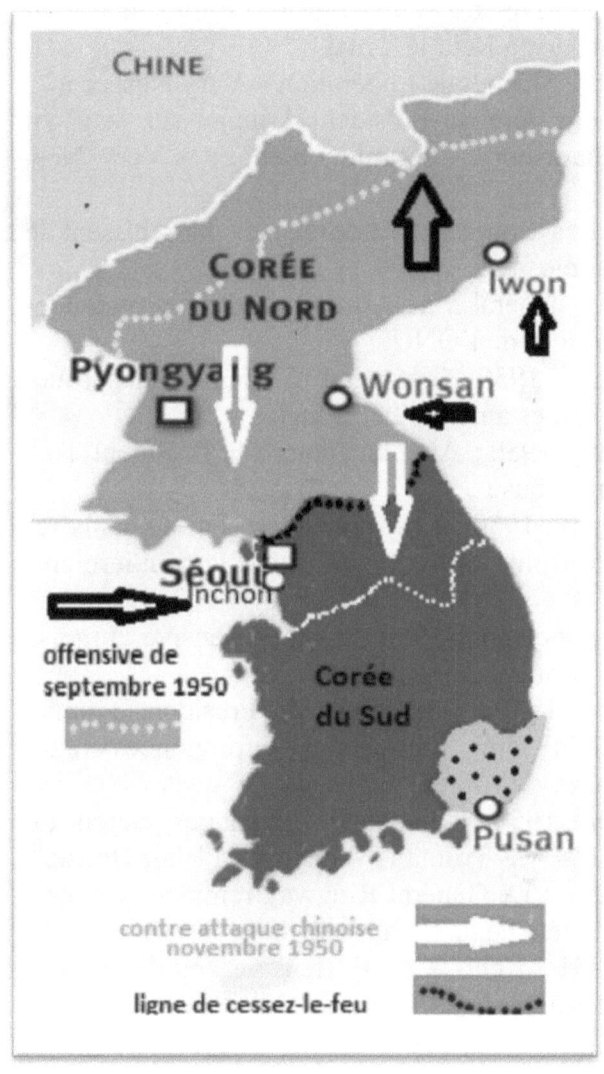

Fin avril 1950 : Retour d'Europe Nèves revient sur Washington : Dîner à Blair House : Le Président Truman reçoit Mesta Reid le 2 mai.

15 mai 1950 : Début de l'opération « Very Neshar »

Mi-juin : croisière du Président Truman sur le yacht USS Williamsburg - Réunion plénière « Very Neshar »

26 juin : Les troupes nord-coréennes franchissent le 38ème parallèle.

30 juin : Le général Mac Arthur prend le commandement des forces de l'ONU.

15 septembre 1950 : Opération Chromite ; débarquement des forces américaines à Incheon.

1 Novembre 1950 : Attentat contre le Président Truman à Blair House.

Octobre /nov. 1950 : Les forces des Nations Unis repoussent le front nord-coréen jusqu'à la frontière chinoise.

Fin nov. / Décembre 1950 : contre-offensive chinoise reprise de Séoul.

1 décembre 1950 : Conférence du Président Truman au sujet de la Corée. Premiers griefs prononcés contre Mac Arthur.

3 décembre 1950 : Dimanche. Echanges secrets du Président Harry S Truman avec Nèves à Blair House.

23 décembre : Le Général Ridgway remplace Général Walker à la tête de la 8ème armée.

Février 1951 : Reprise de l'offensive américaine qui repousse les assaillants jusqu'au 38ème parallèle.

Avril 1951 : Mac Arthur est démis de ses fonctions de général en chef des armées.

Bénimus : coquillage Chef du staff de l'opération Very Neshar

Filus, Glucie, Pégase Ranie : compagnons de Bénimus

Grolo : le doberman de M. Lorrys

Jacot : le perroquet gabonais

Juliette et Roméo : tourterelles agents de liaison

Latextique : le poulpe

Mistigri : le chat de Blair House

Nèves : une perle messagère de la paix

Les souris galonnées gardiennes du Trésor chez Tiffany

Aga Khan : Chef spirituel des ismaéliens

Ali Khan : fils de l'Aga Khan et mari de Rita Hayworth

La Begum : épouse d'Aga Khan belle-mère de Rita Hayworth

Bess : épouse du Président Truman

Harry S Truman : Président des Etats Unis nommé suite au décès du Président Roosevelt (1945-1953) – deux mandats (1945-1953)

Leslie Coffelt : policier mort en défendant le Président Truman.

Lorrys : Gemmologue à la bijouterie Tiffany de New York

Margaret : fille du couple présidentiel

Mylène : une amie de Perle Mesta

Perle : Mesta Reid née Skirvin (1889-1975) amie du Président et de sa famille

René : Chef de rang au Plazza Athénée
Rita Hayworth : Actrice américaine (1918-1987) star surnommée « déesse de l'amour », belle fille de la Bégum.

Adeline : femme de Pierrot
Francis : l'avant sur le doris de Gus
Gaëlle : sœur de Mireille
Germaine : femme de Gus,
Gustave dit Gus : père de Léa

Annie : sœur de Fadette
Fadette : artiste sœur d'Annie
Fannie : union de Fadette & Annie
Frédéric : fils de Fadette
Jules : amant de Germaine
Léa : Auteur des cahiers – décédée.
Loïse : amie de Léa
Maryse : fille d'Annie
Mireille : tenancière de l'auberge
Mathieu : mari de Léa - décédé
Pierrot : conteur
Philippe : ami de Loïse
Xavier : restaurateur du Coq Hardi

TABLE DES MATIERES

remerciements

J'adresse ici mes plus vifs remerciements à Colette Guyomard pour la relecture de ce roman.

Note de l'auteur :

Pour l'essentiel, les références de cet ouvrage n'ont d'autres sources que celles puisées sur internet, un instrument incomparable d'investigation.
Je dois citer en particulier :

Wikipédia – Google - You tube - Aol - Arte - Le courrier international – Le réseau Aga Khan
Truman Library and Museum.
Des quotidiens et des revues :
Edit. Percée, Revues scientifiques
Sciences et avenir
Le Monde,
Le Figaro

Des livres :
Avec les bagnards de la mer du R.P. Yvon
Avec les pêcheurs de Terre-Neuve et du Groënland du R.P. Yvon Edit. L'ancre marine
Cinq siècles de pêche à la morue de Nelson Cazeils éditions Ouest France.

Des amis :
La rencontre d'un ancien terre-neuvas
Les conseils d'un ami vétérinaire ornithologue